乡土文学

韶山冲往事

Shaoshanchong Wangshi

张步真 著

人民出版社

题　叙

这是一部乡土文学作品。本书的主人公，都是韶山冲里的普通百姓。他们之中，有种田人、老木匠、教书先生、小学校长、乡村郎中、花鼓戏艺人，还有猪牛经纪人和看风水的勘舆家……由于他们与毛泽东或有亲情关系，或是童年伙伴，在上世纪五六十年代，他们成了紫禁城里的常客。菊香书屋浓郁的文牍味儿，与韶山冲里的泥土芳香，经过主人和客人的奇妙糅合，成为一曲风光旖旎的田园乐章——

后山远眺

小溪

古老的木犁

火塘屋

梯田

水坝

石桥

春天到

热土

故居

春笋

山冲

等待收割

河水煮河鱼

目录

乡　韵 / 1
馈　赠 / 13
诗　友 / 23
“过激派”阿公 / 39
最后的蓝长衫 / 60
陪斩者 / 114
惺惺子小传 / 133
逊五阿公 / 149
老作家 / 167
诗人的夜晚 / 186
儒　医 / 203

火焙鱼 / 220
搬娘家 / 241
猪客别传 / 259
这方水土 / 293
桑梓地礼赞
——《韶山冲往事》跋 / 346

附　录

人是他作品的中心（孙武臣）/ 353
淡墨写真情（周蕴琴）/ 357
评　说（刘起林）/ 364

乡　韵

张有成是个毫不显眼的乡下老汉，肚里没有多少文墨，毕生也没有什么惊天动地的壮举，但他的大名却是见之于经典的。人民出版社 1983 年 12 月出版的《毛泽东书信选集》第437页致周恩来之后，第439页致陈毅之前，即第438页，有一封致张有成的信。毛泽东主席称他为“有成兄”。

毛泽东都与他称兄道弟，这该是怎样一个人物呀?! 其实，张有成是个木匠。在我们家乡，“有”和“佑”谐音，人们于是都叫他佑木匠。

对了，我们那地方叫韶山冲。

据我奶奶说，佑木匠年轻的时候因为木匠手艺好，在当地很有名气。我奶奶当年陪嫁的那张镂花宁波床，就是出自他的手艺。我奶奶终生都以此为荣耀。床是紫檀木做的，雕花镂朵，栩栩如生。床棂中央，有两匹活灵活现的麒麟，象征着早生贵子早接代。我奶奶二十多岁就接连生了我大伯、二伯和我爹，是否就是得益于这种吉祥的征兆？我自然无法揣摩。尽管自改革开放以来，家具公司引进了法国式的、意大利式的，还有别的什么床铺式样，而经佑木匠打造的我奶奶陪嫁的那张床，其工艺的精细程度，实在是令人叹为观止的。以至前些年我带着儿子回家探亲，那张本世纪初期打造的宁波床还在。我儿子对于他生命的最初发祥处竟无半点景仰之情，反而满不在乎地说："老奶奶这张床，洗刷拭抹一下，卖给有家具收藏癖的外国人，至少可得两千美金！"我恨不得揍他两耳光！

奶奶还曾告诉过我，论辈分，我得叫佑木匠叔爷爷。恰恰因为张姓在当地也是大姓，在众多的张姓长者中，我实在弄不清谁是叔爷爷，谁是伯爷爷。我在懂事的时候，他的木匠手艺在韶山冲里早已不甚知名了。据说早年间，他开着一爿木作坊，雇了三四个木工，自己既是掌作师傅，又是老板。木作坊专门打造各种工艺程度较高的家具，甚至于接受一百里外的湘潭县城和八十多里外的湘乡县城大户人家的订货。不知什么原因，后来家道衰落了，没有本钱再继续经营木作坊。又因为他自尊心太重，不愿意像普通木工一样上门做活，常常闷在家里抽烟，喝烧酒。于是很长时间没有新作品问世。于是他那高超的手艺只在老一辈人的嘴上流传。于是年轻的一代几乎不再提起他。因而我对他显赫的过去便一无所知。

我第一次知道我们张姓家族里有这么一位叔爷爷，是在那片杂树林子旁。说到这片杂树林子，也许读者同志您本人就去过那地方。而且我还可以毫不夸张地说，全中国至少有五千万以上的人去过那里。单说在红卫兵大串连的时候，经常有数千乃至上万的男女青年，乘火车来，坐汽车来，更多的是徒步跋山涉水来。他们到了这里，往往忽略了这里的青山绿水，更忽略了这里的空气有一股透明的温柔感。他们全都被这里庄严肃穆的气氛慑住了。在毛泽东故居陈列馆和韶山宾馆之间的那块坪子里，排成长队或者方阵，左手擎起红色的宝书，一股虔诚圣洁的激情从丹田里生发出来，化作嘹亮的歌声：天大地大不如共产党的恩情大，河深海深不如毛主席的恩情深……然而，谁也不曾想到，他们站立的这一块偌大的柏油坪子，就是我讲的过去的杂树林子。林子里有茅深草乱的孤坟，有黄鼠狼打下的地洞。在春天的夜晚，草丛里必定有临盆的落鸡婆发出的凄婉的啼鸣。当然，人们更不会由此而生发开去，想到从前这里和所有的南方偏僻村寨一样，贫穷，落后，闭塞。至于通往湘潭的柏油马路，通往长沙的火车路，那都是后来的事。

故事发生的那天傍晚，我正在杂树林子里拣柴禾。天气极热，牛虻不时飞来叮在我的手上和腿上。林子里还有一种小蚊子，北方叫“小咬”，此地叫麻鸡婆。它悄没声息地往你身上一叮，立时出现一个豆大的圆肿块，奇痒难熬，浑身麻辣火烧。这时，林子外面传来一片喧哗。

“一匹红马，一匹白马，好威风啊！”

山里孩子格外好奇，我自然也不例外。循声跑出林子，那蹄声得得的红马和白马，已经向那边山坳上飞奔过去了，给人们留下一个大大的疑问号。直到夜晚在坪子里乘凉，大家方才知道：毛润之在北京坐了江山，头一件事就是派两个马弁来接佑木匠去北京相会！这更使人纳闷儿：毛润之在韶山的本家，有四代以内的叔伯兄弟。在湘乡唐家坨的外婆家，还有嫡亲的舅表兄弟。如意亭那边也还有姑表兄弟。为什么头一个接的竟是佑木匠？我奶奶那年五十九岁，她是见过毛润之的。我奶奶的娘家就在对面山坳上的团山寺，和毛润之家只隔一条田垅，也就是隔着后来修成的韶山青年水库。我奶奶怎么也想不起佑木匠和毛家有什么亲戚关系。我爹是个乡村小学教员，见识毕竟多一些。他说："我猜想佑叔一定是个地下党！"我爹的猜想立即获得许多人的认同。于是，不乏有天才演绎家预言：肯定是个地下党！既是地下党，又是共产党里坐头把交椅的毛润之亲笔写来一封八寸长的"公事"——如今的青年人只知道"文件"，不知先前的文件是叫"公事"，肯定会给佑木匠封个官。对比。韶山冲的农民也喜欢对比。蒋介石喜欢用奉化人，毛泽东为什么就不能用韶山人?！于是，纳凉坪里就毛润之会给佑木匠封个什么官，开展了极其热烈的辩论。有的说是县长。有的说，决不止一个县长。凭毛润之的亲笔公事，起码是个省长，或者当个师长、军长什么的。当然，佑木匠肚里文墨不多，这不能不说是一个缺陷。但是，"行人都靠左，右边哪个走"的韩复榘，都能当山东省的省长，佑木匠左右还是分得清的。由于当木匠，尺寸计算，银钱进出，也都挺精明，他为什么不能当省长?！……一直到公鸡打鸣，纳凉坪里的人脑壳上都打露水了，辩论仍然没有结论。

第二天，也许是我们这位叔爷爷一生中最显赫、最辉煌的时刻。太阳刚刚露脸，山冲里紫微微的雾霭正在四散开去。前来迎候的两位解放军战士，请佑木匠老俩口上马。开初，佑木匠婆婆子执意不肯。她说："我头昏，怕摔下来！"那位小战士说："不怕。大娘，我在旁护着呢。您抓住马缰，眼睛平视前方就行！"

于是，一匹白马，一匹红马，在两位战士的牵引下，从山坳上的小路缓缓溜达下来。背景是青翠的山峦，初升的朝阳为他们的身影打着逆光，佑木匠平时嗜酒，脸色红润，此刻更是红光满面，气宇轩昂。成天围着锅台鸡笼转的婆婆子，在马背上也显得庄重慈祥。山冲里的人全出来了，在田边和路边为他们送行。我奶奶几步颠过去，招呼佑木匠：

"他叔，你这就上北京去？"

"是呀，没有办法呀，石三兄弟执意要我去！"

石三是毛润之的乳名。现在人家成了中国共产党的最高领袖，还敢叫他乳名！我爹忙上前一步，悄声说："佑叔，您去了北京，千万莫喊石三兄弟了！"

"该喊什么？"

"要喊毛主席！"

佑木匠婆婆子接过话头："我们晓得，晓得的！"

马在缓缓前行。有人问："佑师傅，去了北京，还回来吗？"

"看吧！"佑木匠作思索状。虽然骑着高头大马，仍然是农民式的思索。

"你还看什么呢？毛主席润之先生请你去享福，还舍不得你那几间破房子么？"

佑木匠呵呵大笑。

眼看快要出冲了，佑木匠婆婆子叫那战士："我要下马！"

"为哪样？"

婆婆子招手让侄女小聪过去，叮咛道："夜里你要记得关鸡笼啊。那只花鸡婆一天下一只蛋，那只黑母鸡三天下两只……"

直到小聪答应了，她才又上马。

佑木匠走后，冲里又议论了好一阵子。接着，有各种更为新鲜的信息传到冲里来，使人眼花缭乱，应接不暇。于是，大家渐渐淡忘了佑木匠。况且，也没有听到他去当省长的消息。

腊月廿四，佑木匠忽然又回来了。带回一张四寸大照片。照片是在"含和堂"的大门口照的。毛泽东和电影上的形象一个样，灰色呢子制服，呢制八角帽。他右手挽着佑木匠，站在左边的佑木匠婆婆子，牵着毛泽东的手。也许有人说了句什么逗趣的话，他们都在笑。佑木匠咧开嘴巴笑，他婆婆子抿着嘴巴笑。毛泽东也在笑，笑得极开心。乡音乡韵总关情啊！

上屋下村都来佑木匠家看照片。在我的印象中，那照片上已经有不少作田人手指的痕印，我很是惋惜。这时，有人更关心另外的事情，问佑木匠：

"你没有去当省长？"

佑木匠十分诧异："我斗大的字只认得几箩筐，当什么省长啊！"

“当个师长，军长也行呀！”

佑木匠嘿嘿一笑：“我又不会放枪！”

“那么，你怎么不多住一些日子呢？”

佑木匠婆婆子说：“听不见鸡叫猪叫，心里怪慌的！”

人们哈哈大笑。佑木匠说：“北京冬天太热！”

这就奇了。北京的冬天怎么还热？佑木匠说：

“屋里烧暖气，太热了。进屋就要脱棉衣，不脱棉衣就出汗。鼻子里起火，喉咙焦干，总要喝开水！”

“打开窗户嘛。去外面走走嘛！”

佑木匠说：“打开窗户又冷。还是在自己屋里安逸！”

金窝银窝，当不得自家的茅草窝。这个老木匠！

我奶奶问：“你们就这样回来了？”

弦外有音。

佑木匠说：“石三兄弟工作很忙，有空才来我们屋里聊天，讲古。我怕耽误他的事，要回来。他真心留，留不住，就交代秘书，每月给我寄五十万元钱（旧币）。我推辞。他说，一定的，按月寄。一直寄到你不在了，或者我去见马克思了！他还说，你们不用担心，这是我的稿费，卖文章的钱！”

在当时，五十万元钱可是个挺大的数目啊。村里还有毛泽东的许多近亲，他仅有信函问候，为什么要寄这么多钱给佑木匠呢？听那口气，一直要到他们两人之中有一人不在了，才不再寄了。人们想探究其原因，佑木匠却环顾左右而言他，于是成了村里一个难解的谜。

一次，佑木匠婆婆和我奶奶，老妯娌讲私房话，佑木匠婆婆子终于把谜底透给了我奶奶。并且一再嘱咐我奶奶：老倌子不让给人家说，千万莫讲出去啊！

一九二七年，毛润之回韶山，不幸被白狗子知道了。一天下午，他神色匆匆地来到山坳上佑木匠的木作坊。他们儿时同放牛，同戏水，很要好的童年伙伴。那会儿，佑木匠的木作坊正红火，雇了七八个木工，有的锯木板，有的刨木花。刚巧理发匠在木作坊给人理发，佑木匠忙把正在理发的人推开，让理发师傅将毛润之一头浓密的头发，三下五除二推干净。毛润之年轻时就爱说幽默的话，这时，他摸着那光净净的脑壳，也许是惋惜自己一头漂亮的头发；也许觉着这木作坊里的气氛太紧张，白狗子来了反而糟糕。他故作沮丧地说："有成哥，我离开韶山在外边拱了十多年，好容易才熬了个西式头。现在叫你快刀斩乱麻，一家伙全剃光了，我这十几年白熬啦！"木工师傅们果然都笑了。佑木匠说："头发剃光了会慢慢长起来，若是让枪兵抓起，把脑壳剁掉了，那就拐了大场咧！"他不由分说地将一条青布帕子，挽在毛润之的脑壳上，又拿出一套旧衣服换下他的蓝长衫，然后让他去拉锯子。

忙完这一切，真有三个枪兵寻到这里来了。那些枪兵在木作坊里搜寻着，好像狐狸寻鸡。这时，满屋子的锯子锉子刨子斧头不约而同地加快了频率，一股刺耳的噪音超过了忍耐的极限，枪兵们于是出门说话。

木匠，你看见一个蓄西式头，穿蓝长衫的人没有？——

枪兵说。

看见啦！——木匠说。

在哪里？——枪兵说。

从后面的山埂上跑啦！——木匠说。

怎么不抓住他？

一个教书先生，我为什么要抓他呀！

嗐，那不是教书先生。跑了好长时间啦？——枪兵急得直跺脚。

怕有半个时辰了。——木匠慢悠悠地抽旱烟。

从山埂上往前，是什么地方？——枪兵说。

那是湘乡县的地界啦。走四十里是城前铺，再走二十里是湘乡县城。再往前走是什么地方，我也说不上啦。——木匠说。

枪兵把满身刨花的佑木匠又打量了一番，骂骂咧咧地往那山埂上追去了。

当晚，毛润之要走。佑木匠塞给他一个沉甸甸的褡裢："石三兄弟，你快走吧，越远越好！"

褡裢里有五十块光洋。那会儿，两块半光洋可以籴一担戽桶谷子。每担合老秤一百二十五斤。毛润之激动起来了，说："有成哥，感谢你一番好意。这钱是木作坊的本钱，我拿十块吧。全部拿走了，你的木作坊要开不成了！"

佑木匠说："你都带上。俗话说，穷家富路。出门在外，事事处处要花钱。至于我，一把斧头在手，饿不着的！"他执意将褡裢挂在毛润之的肩头上。

天上的星星很密，草丛里的虫豸唱着悠长的歌。浓重的夜色增添了离别的惆怅。这时，毛润之的眼也潮湿了。他握着佑木匠的手，说："这钱，今生今世，我要加倍地还你！"

佑木匠扬扬手说："你我之间，不说这个话！"

从此，这一对童年伙伴天各一方。

二十二年后，却有一首陕北民歌唱遍了全中国：东方红，太阳升，中国出了个毛泽东！

这时候，我爹被调往区完全小学教语文。不知一种什么情绪驱使，他忽然觉得张姓人为人民立了大功，不应该埋没。他自恃有些笔墨功夫，于是去找佑木匠，想一鸣惊人。他问："佑叔，你老人家当初担那么大的风险，掩护毛主席，心里头是怎么想的？"佑木匠说："石三兄弟和我一同长大。他比我天分高，读了一肚子书。他有难处，我能不管吗？那次他若被枪兵捉去，说不定就没命了。人常说，救人一命，胜造七级浮屠。见死不救，天不容哩，雷火劈哩！"一个积德行善的乡下老汉，一点也不高境界。我爹并不气馁，启发他："你想过没有，他是中国人民的大救星。你保护他，是为了保护革命领袖！"佑木匠矢口否认："没有。我哪晓得他日后要当主席呀！"我爹说："白狗子明明在抓他，你却把他掩护在木作坊里。假如被发现了，你就会被抓去，甚至还要砍脑壳哩！"佑木匠打哈哈，说："不会的。石三兄弟贵人福相，白狗子是抓不到他的。至于我，远近都晓得我是个木匠，做些家具还凑合，至于革命呀什么的，我连想都没想过。真要抓了我，我就告诉他们，韶山冲里有一句乡谚：亲愿亲好，邻愿邻安……”

我爹的文章终于没有写得出，我们张姓家族终于没有争得那份伟大的光荣。

不过，佑木匠的大名仍然会流传久远的。他从北京回来时，毛泽东交代他，一年要给他写几封信，不写别的事，就写家中事村里事高兴的事和恼火的事。佑木匠这样做了。于是，《毛泽东书信选集》第438页，赫然印着《致张有成》的信：

有成兄：

前后来信都收到了，谢谢你。你于阴历五月初一给我的信很好，使我晓得乡间许多情形。粮亏猪贱，近月好些否？文家诸位给我的信均收到，便时请你告他们一声，并问他们好。乡里禁酒是因缺粮，秋收后可能开禁，你们也可以喝一点了。此复。顺问安好！

毛泽东

一九五二年七月七日

我们这位叔爷爷嗜酒，每天不喝几两，就浑身不好受，还唉声叹气，甚至咒爹骂娘。新中国刚成立时，生产正在逐步恢复，国家困难甚多。乡间因为缺粮，县政府贴出告示：严禁蒸酒熬糖。老木匠没得酒喝，于是向他在北京坐江山的石三兄弟写信诉苦，引来共和国主席一封体心剖意的安慰信。

此后他倒是没有断过酒。佑木匠在“含和堂”门前和他的童年好友照相，摄影师正要按快门时，毛泽东突然冒了一句：“有成兄，你的那个木作坊，我可赔不起。至于每天二两老白干，我还是管得起的啰!”说着，毛泽东哈哈大笑了。他们于是都笑了。

石三兄弟言而有信。每月十号左右，老木匠必定会收到一张五十万元（旧币）钱的汇款单。他不仅有钱买酒，还常常买一些腊猪耳朵做下酒菜。这样，一直到老木匠一九六〇年病逝。

馈　赠

他做过皇帝，也做过小偷。他做过员外郎，还做过反绑着双手、午时三刻押赴刑场问斩的死囚……

他说，我想当什么就能当什么。

他是个唱花鼓戏的乡村艺人。在乡间的社戏舞台上，他什么角色没扮过呀！

我记不得他的名字了，只知道人人叫他李哥。

村里许多人都迷李哥。农村花鼓戏没有固定的剧场。李哥的戏演到哪村，一些老爷子老太太清鼻涕娃娃就跟到哪村，不到挖台脚不会走。李哥唱过的一些曲调，村里老少皆知。时隔四十年，至今我还能哼上几句。以致前几年我做了市文化局局长，市直和县里剧团的同志经常请我去看戏，尽管那些演员有的得过省奖，有的评了副高职称什么的，我总觉得他们缺少李哥那种灵气，因而抓不住我。于是我常常借故推托。于是我背了个不重视戏剧的名声。李哥既没有斯坦尼斯拉夫斯基“三堵墙”、“四堵墙”那样的高深理论，也没有《等待戈多》那种玄乎的表现手法。他把观众的情绪和自己的情绪融为一体，叫人哭就哭，叫人笑就笑。啧啧，那才叫功力，那才叫艺术！儿时形成的印象竟是那么固执，除了李哥谁也不能打动我，文化局长的位子我注定是坐不长久的！

一九五〇年秋天，我考入湘潭三中（如今叫韶山二中）的那个学校。开学后不久，一个下午，全校师生集合，听乡农会主席作报告。一阵巴掌声响过，校长将农会主席请上台来，却是曾经令观众们如痴如醉的花鼓戏艺人李哥！

世界在旋转。打比方说吧，常来学校卖毛笔的胡子老倌，忽然把胡子剃光了，戴起八角帽，顶多三十八九岁的样子，他却做了隔邻县的县长。而我们学校的教导主任，戴一副金丝眼镜，面庞白白净净，说话细声慢气的。他却是个暗藏的军统特务，还有血债。抓去没几天，就开公审大会一枪崩了！……这不，在花鼓戏舞台上什么角色都演过的李哥，当上了令人肃然起敬的农会主席！而他作报告的内容，又是他刚刚在北京幸福地会见了毛泽东主席本人！人们的思想节律全打乱了。翻天覆地！

李哥的母亲是毛泽东的姑母。是嫡亲的姑母还是堂姑母，我没有弄清楚。不久前，毛泽东曾托人问候姑母和李哥一家。李哥于是去北京看望大表哥毛泽东。他带去一兜散发着乡土风味的茶叶和鸡蛋，还带去一份亲人的问候。但他心里也有个小九九。大表哥在北京的地位，李哥当然知道。在舞台上扮演过皇帝也扮演过皇亲国戚的花鼓戏艺人当然也会知道，他和毛泽东的这种特殊关系，对他来说又意味着什么。当然，他也没有太多的非分之想。共产党的官也不是那么好当的。这要有功劳。他一个唱戏的，这些年来在乡下的土台子上，做人扮鬼，聊博观众一笑。他没有打过仗，也没有做过地下工作，大表哥能随便让他去做官么？不过，那会儿乡下一些小知识分子，有的上了“革大”（革命大学），有的上了“军大”（军政大学），还有“建院”（建设学院）什么的。学习一段时间，出来就分派了工作。八角帽，灰制服，要多神气就有多神气。论口才，李哥比那些上革大、军大、建院的人不会差到哪里去。论文化，他认得不少字。要不然，他怎么能唱戏?！让大表哥送他去上这样的学校吧，日后好为国家出力。

大表哥好难找哟。他在天安门前，长安街上，来来回回一整天，连门都没有摸到。请问这位大爷，您知道我家大表哥住在什么地方吗？谁是您大表哥啊。毛润之。没听说过。摇头。他于是又说，我家大表哥的官名叫毛泽东。疑惑的目光把他上上下下打量过透：“神经病！”不再理他。一位打扫街道的老爷子被他问烦了，说，你不要说找大表哥。北京这么大，谁知道你的什么大表哥二表哥！又说，也不要说找毛润之，许多人不知道毛润之就是毛泽东。老爷子抬手往西一指：“你去新华门，把你的牌子亮出来。如果你不是个骗子，人家接还接不赢呢！”

他终于见着了大表哥。大表哥很高兴。大表哥说先前你还是孩子，二十多年没见面，很想念你们。大表哥记得许多乡邻亲朋戚友，都一一问候。大表哥惦记着家乡，问韶山的山还是那么青、水还是那么绿么？后来叫韶峰、先前叫仙顶灵山的庙里，依旧有人烧香敬佛么？大表哥谈兴正浓，有人请他去开会。大表哥让秘书送他去招待所，还一再嘱咐他多住一些日子，兄弟们好好聊聊。大表哥见李哥抽烟，忙把自己的烟盒全给了他。李哥只抽了一支，剩下的都留着。这是大表哥抽的烟，带回去好敬客。

秘书同志陪了他一个星期。游了故宫，颐和园，万里长城……客气周到。一天完了，就送他回招待所。闲聊时，他把自己的想法给秘书同志讲了。秘书同志说：我去报告主席。

但是没有回音。

人生地不熟。秘书同志也很忙，有一两天没有来，只打电话来让他休息，或者到附近转转。他在招待所躺下，又起来。出门转转，不敢走远。怕大表哥来找他。走远了，又怕不认得回来的路。

一天，秘书同志兴冲冲地来找他，主席请他吃晚饭。御宴。花鼓戏艺人想。会是什么样子呢？会有些什么规矩呢？不管他，横竖是自己的大表哥。

没有山珍海味，也没有韶山冲里待客的“锭肉”，上海人叫走油肉。一块约一两重，贵重如金锭银锭。专门待贵客的。桌上只有几样家乡菜。霉豆腐，豆豉辣椒。当然也有几样荤菜，也都放了红辣椒。大表哥说：

“家乡规矩，无辣不成菜。你莫讲客气啊！”

乡音乡情家乡菜，胜过慈禧太后的御膳。

席间，大表哥问：“听说你想去学习？”

李哥说：“是的，想学点本领，好为人民服务！”

大表哥被辣椒辣得鼻子尖上冒汗了，说：“你的想法不错嘛。不过，华北的革命大学、军政大学，只在华北地区招生。你要学习，也得进中南或湖南的学校！”

“那就请大表哥给湖南的学校写一封信！”

大表哥哈哈大笑了。说：“你说得容易。我不知道湖南的学校这会子还招不招生，入学需要些什么条件，这信怎么写呀！如果错过了招生时间，我写一封信让你进去了，那就是鸭群里掺进去一只鹅嘛，一群鸭子都会嘎嘎叫嘛！”

乡言俚语。大表哥仍然谙熟。李哥也忍不住嘿嘿笑了。

吃过饭，大表哥点燃一支烟，在屋里踱了几步，说：“我们党有一条规矩，特别注重一个同志的工作表现。我看你还是回韶山去，先在当地做工作。马上要土改了，将来还要搞集体化，要做的事情很多。你工作上有成绩了，不愁没有学习的机会！”

李哥心里不乐意，但也不好强求。君无戏言。花鼓戏台词。李哥滚瓜烂熟。

大表哥让秘书拿来一件皮袄，说：

“这是送给姑母的。你回去告诉她老人家，不成敬意。请老人家好好保重身体！”

又说：“你嘛，我也要送你一点东西啰！”

乡下人极容易满足。虽然不能进学校学习，能带点礼物回去也就欢天喜地了。然而，大表哥的礼物当场没有拿出来，他也不好意思打听。对来自山旮旯里的小表弟，总不能太寒碜地把他打发走吧。那样，韶山冲里的乡邻们也会发议论：真是愈有钱愈小气，官越大越不讲人情。大表哥的面子往哪里放呢？反客为主，他替大表哥担忧。

那么，大表哥会送他什么礼物呢？就李哥的见识而言，他也想不出更贵重的东西。他于是想到了金子。历朝历代，从古至今，莫不是金子值钱。送他一块金砖？李哥并不领情。金砖值钱不能花，终归了是一坨死铁。金戒指？在他的印象中，韶山冲里似乎也极少见过。倘若他戴着金戒指上台唱戏，观众们就不会沉醉于他的唱念做打中去，千百双眼睛都盯着他手上的金戒指，那不把整个一台戏都砸锅了吗？……

于是，晚上他失眠了。

第二天动身回湖南。秘书同志把他送上车，帮他找好座位，将一只皮箱放在行李架上，悄声嘱咐他："这是主席送给你的。"

李哥眼睛一亮，这口箱子好沉！看秘书同志那庄重机密的样子，里边肯定是值钱的东西。果然是金子？一皮箱金子，了得！想想，也许是银洋，或者是钞票。即使是钞票，这么满满一箱子，也够他受用一辈子了，还用得着去做什么工作呢？

火车在原野上奔驰，他无心观赏窗外的景色，想把箱子取下，揭开这个谜底。但是不行。这满车厢都是陌生人，谁敢说这当中没有扒手小偷江洋大盗？财不露白。乡居格言。

他夜里不曾合眼，怕有人把行李架上的箱子提走。白天打个盹，也不敢睡死。第六感官时时悬在行李架上。醒着的时候，就暗自划算这一箱钞票该怎么去花。要土改了，不能买田置地。买牛吧，盖房吧。这也花不完一整箱钞票呀！对，置一套花鼓戏锣鼓乐器。以往唱戏，每人带一样乐器，很不方便。当然，锣鼓乐器齐备了，可以当班主。他不当那个班主。多年同台唱戏，情同手足，千万不能拿大，那样太小人见识。

那么，剩下的钱怎么办呢？留着慢慢花吧。也不能大手大脚胡乱花。挣钱好比针挑土，花钱好比水推沙。不好意思老是去麻烦大表哥啊！

在长沙下了火车，又赶汽车，到家太阳快落山了。

乡亲们闻讯都来了。问北京的金銮殿有好大。问石三兄弟润之先生毛泽东主席跟电影上是不是一个模样。末后问大表哥给了他什么贵重礼物？拿出来让大家见识见识。李哥拿出那件皮袄，乡亲们赞不绝口。又问：

“还有一只箱子呢？”

李哥本想炫耀一番，话到嘴边却又改口了：“没有呀，没有什么箱子啊！”

李哥的脸色有些不自然。

“刚才你不是提回来一只箱子吗？”

乡亲们越是挖树盘根，李哥越是死死设防：“没有，是你们看花眼了！”最善于察颜观色的乡邻们都发现他在讲假话。乡亲邻里，是最听不得假话的。同住一个村里，同在一口井里汲水喝，谁家有几眼灶，有几口锅，大家都一目了然。如果对低头不见抬头见的乡邻们都讲假话，这太见外了。于是，人们讪讪地相继走了。

夜里，李哥把老婆叫来，一起把床铺搬开，在床底下挖坑。没有点灯，这一切都在悄悄中进行。过去，大户人家都要把钱埋在地窖里。钱这东西，没有不行。有，也是个极大的累赘。会不断有人上门来借。当然，李哥也不是那种吝啬鬼。可是，虽说解放了，风声闹大了，也绝不是件好事情。不防君子防小人！

坑挖好了，可以放进一口箱子。这时，他忽然觉得不能全部埋进去，得拿一些出来以备急用。于是，他摸索着打开箱子，伸手去摸里边的钞票。那么，先拿一扎吧。然而，摸出来的却是一本书。大表哥到底是干大事的，你看他多细心，上边放书，下边放钞票，这样保险，这样万无一失啊！

于是，他又摸。

摸出来的仍然是书。

也许钱放在最底层。是的，一整箱钞票，太吓人了。大表哥虽然是坐了江山，国家的钱也是有数目的，他不能给一整箱钞票给自己的小表弟呀！

再摸，还是书。

李哥纳闷了。忙叫老婆点上灯，过细一看，哪里有什么钞票，竟是满满一箱子书！

他以为钞票夹在书里边，一本一本地翻。把书翻遍了，一张钞票都没有，更别说金砖金戒指了。他细看那些书的封皮：《新民主主义论》《论联合政府》……都是大表哥自己写的。还有什么《社会发展简史》《国家与革命》《共产党宣言》……其中有许多精装本，砖头那么厚！

李哥不免有些恼怒。大表哥耍了他！说送他一些礼物，却原来，这礼物竟是孔夫子搬家，尽是书！他一个唱花鼓戏的，要这些书干什么？

韶山冲里有一位革命老人毛月秋，他来看李哥了。李哥说："大表哥太没意思了。我要进革大，他不让进。说送些礼物，却都是书。还有几个外国大胡子写的书，这能当饭吃呀！"

毛月秋白发银须，老资格地下党员。他训李哥："蠢家伙！你不是找大表哥要学习吗？为了使你能好好学习，他送的这些书，金不换哩。我看你别的事都先放下，戏也不要去唱了，关起门在家读一个月书！"

李哥也许得到了某种启示，果真关起门来读书。虽不敢说书里的那些内容他全弄懂了，但觉得心里开朗了许多。他于是报名参加了农会，不久就当了乡农会主席。今天，我们校长请他来作报告，就讲他是怎样去见毛主席，回来是怎样认真读书的。主题明确，内容新鲜丰富。加上花鼓戏艺人极富于表达，时而一本正经，时而来几句乡言俚语，时而夹几句花鼓戏唱腔，做几个幽默的动作，礼堂里于是掌声不断，到精彩处，全场都为之捧腹。以至过了许多年之后，李哥作报告的情景还活鲜鲜地印在我的脑子里。

本来，以李哥的条件——毛泽东的亲表弟，加上他出众的口才，刚好够用的文墨，以及他为人正派善良，他应该是大有作为的。但是，艺人也有艺人的毛病，情绪容易激动，看问题往往容易偏激，于是影响了他的那些得天独厚的条件充分发挥。而他老婆也认识一些字，开头纯粹是出于好奇，后来却是比她的丈夫更认真地阅读了那些书，学得不少革命道理。她勤于知，慎于行，后来做了一个公社的党委书记，成为一位在当地知名度很高的妇女干部。论职位，李哥一直没有老婆高。而且，老婆住过党校，李哥却从来没有这样的学习机会。

诗　友

我为端甫先生著文，不仅因为先生是毛泽东主席的朋友，更因为他是我的小学老师。

那一年，韶山来了日本鬼子，有一个小队驻扎在如今韶山火车站南边的狮子山上。乡谚说，豺狗子进了冲，家家关鸡笼。于是所有的学校都停办了。我父亲也是个乡村小学教员，他和一些同事相约，要外出躲兵谋生，便把正要发蒙的我，领到端甫先生这里来。

冲里许多有文化的人都出去躲兵，端甫先生却不走，还在自家堂屋里办了个学堂。他穿一件对襟青布褂子，留个一月剃一次的和尚头。我和父亲去了，他额头一低，目光透过鼻梁上的眼镜框看我们，很吓人的样子。幸而他很快把眼镜摘了下来，咧开嘴巴嘿嘿嘿地笑。这时，他像一位和善的老伯伯。

他摸摸我的脑壳，问：

“娃娃是读国学，还是读新学？”

父亲代我回答：“读新学。”

“还是读新学好。娃娃年纪太小，读国学，也只能打哇哇腔！”

端甫先生的国学底子很深。前些年，他办私塾，远近都闻名。当然，如果用现代眼光来看，他的教学方法就不足取。完全的填鸭式。学生背着书包来上学，端甫先生就给他点一页书，让他自个儿去读。背熟了，再点第二页。学生有不认得的字，去问先生，先生有时会不厌其烦地讲字义。比如他讲“友”字，从“友”的甲骨文写法，到后来演变为㕛、𠬪……再讲每个字有四声，每个韵有五音。他还解字义：同师为朋，同志曰友。友者，合志同方。相交不厌久，不相见则闻流言不信。然后组词：友谊，友好，朋友，好友……端甫先生摇头晃脑，滔滔不绝，还从历代诗人词家的作品中，旁征博引，一个字可以讲个把小时。他在这方面的学问，足令《辞海》专家们甘拜下风！

但是，他并不是每个字都讲。一要看他高兴，二要看谁来问字。对读书用功的学生，端甫先生一两天就给他讲一个字。有个绰号叫“缺子”的后生，死顽皮，爱闹恶作剧。他无意于认字，纯粹是为了寻开心，捧着书本来找老师。老师告诉了他该为何读音，他却缠着要讲四声，五音，还有字义。端甫先生烦了，说：“要把这些都搞懂，只怕要死三个人！”缺子觉得奇怪，问：“认字还会死人吗？”端甫先生说：“没错。我讲一遍，你仍然会记不住。要真正学懂弄通，须得我坐进你的肚子里去。我在你肚子闷着，就憋死了。你呢，胀破肚皮，撑死了。你娘听说已经死了两个人，会活活气死。行啦，你已经认得这个字，读得一个音出，足够啦！”

缺子因此恨死了他。

日本鬼子来了，端甫先生在危难之中办学，很受人称赞。他还一再声明，他的学校不是私塾，不教国学，只教新学。新学将来可以拿文凭。拿了文凭可以出去搞事。学生人数因此大大超过了过去的私塾。

第一节课是国文课。他领着我们朗读课文：

来来来，来上学。

去去去，去游戏。

都七八岁的孩子了，端甫先生只领我们读了两遍，我们就都会了。于是，大家放开嗓子，一遍一遍地读。读到后来，声音越来越高，那充满稚气的读书声，简直要把端甫先生家堂屋的屋顶掀开了。端甫先生高兴极了，笑哈哈地说：

“好啦，用心背熟，将来必有好处。现在下课！”

又上算术课。端甫先生搬来一把大算盘，挂在黑板上，教我们打加法。从一加到三十六，恰好是六百六十六。下课后自己再练。半个月后，又教减法。然后是乘法，除法。上算术课的时候，算盘珠子炒黄豆般地响成一气。在端甫先生看来，这不啻是天籁。他背着双手，在课堂里来回走动，很陶醉的样子。这样一来，珠算对于我，可称得上学得入骨了。直到如今，我左手和右手都能打算盘。当然，有得也有失。日本鬼子投降后，我去国立二小插班读三年级，却不会列加减乘除的横式和竖式。中学毕业后考大学，皆因数学不及格而名落孙山！

端甫先生也教音乐："怒发冲冠，凭栏处，潇潇雨歇！……"同学们不知有谱。端甫先生哼一句，我们也跟着哼一句，那当然不是唱歌，是跟乡里老先生学着吟诗一样。

村里有个杀猪佬，不知从哪里弄来一头猪宰了，端甫先生亲自跑了一趟，砍来两斤肉，红烧。红烧肉的香味从灶屋里飘逸出来，一上午都课堂纪律不好。端甫先生不得不提前下课。中午，我们几个住得较远的学生都带了饭，在端甫先生灶上热着吃。这时，端甫先生端着肉碗，给我们每人夹两块红烧肉。乡里孩子不晓得说谢谢，尽管馋得流口水，还抱着饭碗，很不好意思的样子："不要，我们不要！"端甫先生执意要夹给我们，说："红烧肉补脑子，你们也尝尝，日后好用心读书！"长大了，便觉得挺奇怪：韶山冲的老头儿，怎么都说红烧肉可以补脑子？冲里人毛泽东在北京坐了江山，操劳过度了，就喊他的卫士长李银桥："该补补脑子啦，请你去搞一碗红烧肉来！"

然而，好景不长。有一天，驻扎在狮子山上的日本鬼子，由一个油头粉脸的翻译官领着，来到我们学校。那会儿，端甫先生正在教我们打算盘。的的得得，得得的的，算盘珠子扒得正欢，满教室的算盘声突然停止了，课堂里霎时死一般寂静。端甫先生很诧异。他抬起头来，额头一低头，目光从眼镜框上方透过去，他的脸庞立时就惨白了。但他马上又镇静下来，摘下眼镜，大声对我们说："同学们好好自习，谁也不许离开教室一步！"缺子冥顽不化，问："先生，我尿胀起来啦！"端甫先生眉毛耸了几耸，平时他发火就是这个样子。到后他却轻轻嘘了口气，说：“撒尿也不要出门。尿急了，撒在屋角里吧！”说完，他拍打着衣袖上的粉笔灰，又整整衣领子，这样去见日本鬼子。走出教室的时候，他忽然把头一扬，胸脯也挺直了，脚步坚定，沉着不慌。本是个毫无朝气的私塾先生，这时仿佛是一位顶天立地的英雄！

的的得得，的的得得的的得。每一个人都在打算盘，每一把算盘都不停歇。缺子尿也不胀了，打得极认真。教室里像有千军万马在奔腾！

端甫先生平时不大关心政治，他也许根本不知道本乡的毛泽东，目下在陕北建立了民族抗日的大本营。他临时改变了主意，决定以屈求伸。他把日本兵让进屋里，便叫老伴泡茶。在我们那一带乡间，除了泡茶，很重要的客人，有时还会送上一碗糯米甜酒冲鸡蛋。那天，恰巧家里有糯米甜酒。当日本兵喝了端甫先生家制的糯米甜酒时，立即翘起大拇指说：“你的，大大的良民的！”端甫先生笑了，笑得不自然，很苦涩。日本兵又哇哩哇啦说了几句，翻译官说：“太君今天受片山长官的派遣，前来向端甫先生致意，并请先生明天上午去狮子山一趟。”端甫先生一愣：“去干什么？”翻译官说：“片山长官说，大和民族和中华民族应该互相提携。片山长官希望与端甫先生商议，在贵校增加一些这方面的教学内容！”端甫先生说：“中华民族文化源远流长，鄙人寒窗十载，方才略知其皮毛。别的什么文化，鄙人不懂，如何施教？”翻译官说：“先生太自谦了。明天上山吧，片山长官会面授机宜！”端甫先生鼻子里哼哼，不答话。翻译官打哈哈：

“片山长官也爱吃糯米甜酒。端甫先生明天带三担上山去，将使先生与片山长官的会见大添异彩！”端甫先生没好气地说：“我们的同胞乡亲，目下逃荒的逃荒，躲兵的躲兵，留下的都是老弱病残，秧都插不下去，哪来的三担糯米甜酒！翻译官先生身为中国人，倒会替日本人打算盘！”那个蓄仁丹胡子的日本鬼子阴着脸咕咕哝哝，翻译官翻译过来：“太君说，端甫先生是读书人，要晓得自珍。明天不上山去见片山长官，不送糯米甜酒去，杀头杀头的！”说罢，扬长而去！

端甫先生气得眉毛胡子都耸了起来。这位铭记大成至圣先师古训的乡村学人，讲究非礼勿为。此刻，他顾不上斯文，朝着远去的日本鬼子，跳脚大骂道：

“禽兽，衣冠禽兽！”

那天下午，学校就解散了。端甫先生带着家小，外出逃命，一直到日本鬼子投降后才回来。

劫后又重逢，乡亲们分外亲热。由于端甫先生在沦陷后坚持办学。又由于他为了保护学生，机智地与日本鬼子周旋。末后又不为淫威所屈，被迫流落他乡。这样，他在乡间的口碑很好。本族小学校长受族人委托，专程送来一张聘书，他于是永远地告别了私塾。

端甫先生任教的学校，离家约十里地，往返不便，平时须得住校。只有星期六的下午，他才提着个篾编的腰篮子，从学校回来。

端甫先生回家去必得经过我家门前的小路。他仍旧不留发，仍旧是对襟青布褂。我在路上碰见他，便向他深深一鞠躬："端甫老师好！"

"好，好。你也放学啦！"

极高兴的样子。

接着就解放了。一天傍晚，端甫先生从学校回来，没有急着回家去，却进了我家的门。此时他已五十开外了，身板骨依然很硬朗。一进门，他就笑嘻嘻地对我父亲说：

"张先生，劳烦你给我一盆水！"

我父亲早已回乡恢复了张氏小学的教职。他给他打来一盆水。端甫先生细细洗了手，还抹了脸，然后对我父亲说：

"也请你净净手！"

过去，乡间举行诸如祭祀祖宗，敬神求雨等重大的活动，为示隆重，以表虔诚，主事人需要净手。我父亲对此并不陌生，出于对端甫先生的敬重，便照办了。这时，端甫先生极为慎重地从腰篮子里拿出一个白龙头细布包包，打开来，里边有一个大信封。他小心翼翼地从信封里抽出一张信笺，对我父亲说：

"润之先生来信啦！"

父亲眼睛一亮，双手接过来，轻声念道：

端甫先生：

承惠祝辞，极感盛意。谨此致谢，并颂教祺！

毛泽东

一九五〇年五月八日

龙飞凤舞，潇洒漂亮。连头带尾才二十多个字，却写满了一张八行信笺。我父亲又默念了一遍，惊异地问：

“端甫先生，您写诗给毛泽东主席了？”

“写了四首《七绝》。”

“什么时候寄去的？”

“去年开国大典后的第二天，我就草成四首，寄润之先生了！”

我父亲很羡慕。说：“您的诗一定很好！”

端甫先生谦逊地说：“比起润之先生的诗，拙作就浅陋了。我念两首给你听听——

曾瞻玉貌在林泉，
祗隔龙门廿里天。
每忆当年聆雅教，
从容态度自悠然。

推翻专制念余年，
民众犹多尚倒悬。
弊政从今全扫去，
一轮红日睹青天。

端甫先生慷慨激越，完全沉浸在自己的诗意之中。我父亲击掌赞叹：“好诗，好诗！”

“表示个意思罢了。”端甫先生说，“我第一次见到润之先生，他来我们这条冲里搞农运调查。我们一起说农村风习，更多的是谈诗，谈得很投机。那天，我请他在舍间用中饭。几天后，我去他家拜访过他。虽只见两次面，他居然记得，还亲笔回信给我，润之先生是个讲仁义、重感情的人哪！”

我父亲点头附和。端甫先生兴致勃勃：

“解放才几个月，就国泰民安，再也没有枪兵过境，不见盗贼狂，连小偷也销声匿迹了。如此清明政治，就打算再写一首诗，寄呈润之先生！”

我父亲忙说：“极愿先睹为快！”

端甫先生谦虚道：“作成后一定送府上请教！”

自此后，端甫先生就常来我们家。他有毛泽东这样一位朋友，是值得骄傲的。他来了，我们一家人都听他谈诗，讲新闻，也讲毛润之年轻时的种种闲闻轶事。

但是，有一天，端甫先生的气色很不好，满脸憔悴，仿佛一下子苍老了许多。我父亲关切地问：

“端甫先生身体不舒服？”

“不。”端甫先生摇摇头，似乎有难言之隐。问：“张老师，你们学校，是不是也由政府接收了？”

早年间，韶山区范围内，只有一所公立小学。现在乾坤扭转，万象更新，人民政府为了发展教育事业，决定将各族氏办的私立学校接收过来，改为公办。小学教师们早就奔走相告。在公立学校教书，该是何等的光彩！我父亲不无夸耀地说：“区政府考虑到我们学校教师水平齐扎，各方面条件较好，就先走一步，接收有半个多月了！”

“你接到聘书了？”端甫先生焦急地问。

我父亲说：“公立学校的教师有教籍，属国家工作人员，工作调动由上边发调令，不必每期发聘书！”

“这么说，是终身受聘啰?!”

“也许是这样！”

那时还没有“铁饭碗”一说，却有因学富五车，众望所归的教师，由本族族长授予终身聘书的。

端甫先生神色不安，又问：“你们学校有没有辞退的老师?”

“有一位。”

“是谁?”

“彭鼎昌先生。”

“为什么把他辞了?”

我父亲道：“端甫先生您该听说过，彭先生家里过去比较殷实，早些年他当过一任保长，那时他还抽大烟。寻花问柳的事，也时有所闻。区文教助理可能掌握了这些情况，说他不适宜作人民教师。当然，这些话没对他本人说！”

“啊?”端甫先生额头上沁出一层细密的汗珠。我父亲没有注意端甫先生感情的变化，只顾讲新闻：“区政府接管学校时，先开了个人民教师的小会，然后再把彭先生请来，当众宣布的。彭先生听到这个消息，先是哭，后是仰天狂笑。大家都很尴尬，有人便去通知他家里。末后，他儿子把他扶回去了！”

端甫先生的面色由白变红，又由红变白，有气无力地说：“张老师，我们学校今天也接收了，我，我……也被辞了！”

我父亲一惊，问：“那为什么？”

他情绪极为沮丧，说：“我也不知道。正像张老师讲的那样，他们先头也开了个小会，然后再把我叫进去。我没有当过保长，不抽大烟，不寻花问柳。过去虽是教私塾，也有益于乡里。我本人又恪守修身齐家之道，特别注重为人师表。可是，今天他们却把我辞啦！”

“这不可能！”我父亲根本不相信。

端甫先生说：“发给我大米三百斤做安家费。你看，这是米条！”

果然是一张抵交公粮的米条！

我父亲忿忿不平，说：“找他们去！把毛主席给您的信带上。毛主席都颂您的‘教祺’。教祺，教书吉祥安好之意也。连书都不让您教，说何吉祥，岂能安好呀！”

端甫先生受我父亲的鼓舞，顿时气壮如牛，很有要去据理力争的样子。过了一会，他又犹豫起来：“在辞我之前，区里应该是知道有润之先生这封信的！”

我父亲说：“怎么会不知道呢？全区的教师都很羡慕呀！”

端甫先生说：“既是如此，区里还是做出了这样的决定。再找，恐怕也不会有结果！”

我父亲又为他筹划："那么，您再写封信给毛主席，就说人家不让您教书了，请主席发个令，让区里收回成命！"

乡村小学教师大都天真烂漫。端甫先生沉吟了片刻，说："我也这样想过，但我不想写！"

"为什么不写呢？您和毛主席是二十多年前的老朋友呀！"

端甫先生说："古云：同志为友，或曰同党为朋。我和润之先生相交时，我们谈得最多的是诗。他没有跟我谈共产主义，也没有邀我加入共产党，我们便不能称为'朋'。这么多年来我没有信仰共产主义，没有合志同方，亦不能称为'友'。我们只能算个'诗友'。现在，润之先生居九五之尊，仍然记得我这个草民诗友，也就很不简单了。如果我写信向他诉苦，他会很为难。当然，他也许会念旧情，向区里发个令，料想区里是不敢打折扣的。这样，我的问题解决了。而对润之先生，这是很有累于他的清德的。于我，则会有攀龙附凤、倚仗权势之嫌。我想，这封信还是不写为好！"

我父亲哭笑不得。都什么时候了，还有这么多讲究！他平时爱打抱不平，第二天就去了区里。区文教助理说，区里知道毛主席和端甫先生是老朋友。又说，区里也很为难。端甫先生教音乐课就会吟诗，教算术只会打算盘，教语文新的见闻太少。旧的那一套根深蒂固，新的东西又一下子接受不了，恐怕很难适应新型人民教师的工作。区里考虑到端甫先生很有民族气节，又做过许多好事。尽管目前财政相当困难，还是发了一点安家费。请转告端甫先生，希望他多多谅解。

屋漏又遭连夜雨。第二年土改复查，端甫先生家被划为地主。他本人不算分子，为自由职业者。随着日子往后推移，阶级斗争的弦一紧再紧，端甫先生的日子就愈见窘迫了。他放牛，刈草，还锄园种菜。韶山也不是世外桃源，也有不尽人意的地方。端甫先生种的菜，常常有人偷。他不能时时守在园子里，于是在菜地里钉上一块小木牌，他的魏碑体书法于是派上了用场：

我种菜，你来摘，
摘菜又要扳动蔸，
园中好似遭了劫，
老汉哭无泪，
心灰冷如铁。
端甫　书
时年七十有一

端甫先生是想来点人情感化。然而，在那样的特定环境，端甫先生这种特殊的身份，这几句顺口溜可就经不起分析了。大队治保主任说，公开张贴反动诗词，这还了得，先开他的斗争会！昔日那个叫缺子的学生，现在是大队支书。缺子上学时死顽皮，端甫先生曾经挖苦过他。长大了，他不记仇，还惦着师生之情，斗争会终于没有开。谁知年年都有新套套，“文化大革命”又开始了。支书靠边站，端甫先生便如水中的浮游物，四面没有了依靠。

这一天，有消息说，晚上将刮一场红色风暴，造反派要抄家抓坏人。端甫先生在劫难逃。他老伴也急得痰火上升，坐下去就站不起来。倒是小儿子老三有主见，安顿两位老人上床睡了，说：“是祸躲不脱。要打要杀，有我撑着。两老安心睡觉好了！”

半夜，果然有一阵急煞煞的敲门声。恰如阎王催命，恶鬼叫魂。六七个造反派冲进门来，先喊口号：从外国的赫鲁晓夫，到中国的、省里的、县里的、公社的走资派，再到本户户主端甫先生，通通打倒一遍，通通永世不得翻身。完了又唱“语录歌”：革命不是请客吃饭，不是绘画绣花，不是做文章……像农村的社戏，开台锣鼓响过了，就唱正本。祸事终于来了。

那时候，家家堂屋里都贴有红纸写的毛主席语录。端甫先生又有一手好魏碑，他们家竟一张也没有贴！这简直是大逆不道，造反派即刻兴师问罪。老三却不慌不忙地解释说：

“我家有毛主席语录呢。还是毛主席他老人家亲自写的！”

“狡辩，你屋里有什么语录！”

老三端着灯盏，来到昔日嵌神龛的地方，那里挂有毛主席像。下面还有个镜框子。老三说：“毛主席语录在镜框子里！”

一个叫胡癞子的造反派头头，就着灯盏看那镜框子，就一把揪住老三的衣领子，喝道：

“你这家伙真是反动透顶。这是什么毛主席语录？那几个字像野鸡扒雪！”

胡癞子只读过二年书，上学时尽逃课。学得的几个字，早还给老师了。但其中也有人粗通文墨。他们看清了镜框里嵌着的，正是毛泽东主席十七年前写给端甫先生的亲笔信，便在胡癞子耳边说了几句悄悄话。胡癞子自知失言，却仍不失威风，警告老三道：

“反动地主你听着，只许老老实实，不许乱说乱动！”

老三不蠢，他也不想去邀功请赏。两下便相安无事。他刚刚关上大门，端甫先生就起来了。虽是劫后余生，他仍然责问儿子：

“润之先生的信，我藏在墙壁缝里，你为什么要翻了出来？”

老三好言对父亲说：“现在不拿出来，还等何时呀！您和毛主席朋友一场，不图别的，就借他老人家的信壮个胆，保个全家清吉平安吧！”

老三太功利，太世俗，端甫先生心里很不是滋味。他瞪了儿子一眼：“信，你……嗐，这怎么对得起润之先生呀！”

端甫先生一直活到一九七〇年代末。据我父亲说，毛泽东主席逝世后，他写过许多首怀念故友的诗。这些诗写得情真意切，在小小的韶山冲，也堪称传世之作。我回家探亲时，曾去寻觅这些佚作，想探索一位乡间老先生和一位东方巨人之间友情的遗迹。而端甫先生的儿子老三却说："都是些老古董，早丢了，你还寻它干什么呀！"

“过激派”阿公

我参加工作后，被分配到离家很远的地方。但由于故乡的一缕情丝牵着我的心，凡关于故乡的文章、书籍，哪怕是报纸上小豆腐块那么大的新闻报道，我都毫不例外地从头到尾细细地读。我从字里行间寻找那亲切悦耳的乡音，感觉那充满淡蓝色温馨的故乡的气息。在我读过的好几本书中，比如大家都熟悉的美国记者埃德加·斯诺的《西行漫记》，还有美国学者斯图尔特·施拉姆先生的《毛泽东》，都提到故乡有一位思想激进的法科学校毕业生，对少年毛泽东产生过许多影响。后来在一篇党史资料中，却说李漱清先生就是那位思想激进的法科生。《韶山地方志》干脆称他为“过激派先生”。我纳闷了，他怎么会是过激派先生呢？在我的印象中，他高挑个子，精瘦。好像还有一把山羊胡子，全白了。那风筝架似的样子，他能激进得起来么？

李漱清排行老大，人们叫他漱清大阿公。亲昵的叫法是大阿公。我见到大阿公的时候，他有七十多岁了。而我正是垂髫之年，在我父亲任教的小学里读书。他常来学校闲坐。有一回，他听说我家屋里有白蚁，桁条、椽子、门框，每隔二三年就要换一次，成了一个恼火的包袱。他即刻自告奋勇："我去给你们捉白蚁！"我父亲将信将疑。一到春天，白蚁成群结队上房，能够捉净么？第二天，大阿公却拿着一个罗盘，来我家屋前屋后到处查看。末后，他满有把握地问："你们这白蚁，是治标呢，还是治本？"病急乱投医。我父亲说："烦请大阿公连根都治了。一到刮风下雨，总睡不安稳，担心房子半夜里垮下来！"大阿公煞有介事地指着屋侧的大枫树说："把那棵树砍了！"

我家那地方叫峡口坝。屋场建在三面靠山的山窝肚里。南侧的山边上，长有一棵挺拔的大枫树，相传是我的曾祖栽的，如今两人合抱还抱不住。春天，长出茸绿的叶，绿得透明。夏天便郁郁葱葱。秋天来了，枫叶全红了。离家二三里地，就可以看到高高耸立的火样的红枫。我父亲舍不得。再说，大阿公的话未必可靠。便问："治标又怎么治呢？"大阿公抬手往西边菜园子里一指，说："那儿有一个白蚁窟，把它挖了，可以保个三五年！"我父亲和伯伯，于是朝那地方挖下去。约四尺来深，果然有一个箩筐大的白蚁窝！白蚁在窝里抱成一团，又互相挤拱。白蚁窝里翻翻滚滚，同时还散发出一股难闻的虫蚁的气息。大阿公急喊："快拿洋油来！"那时的煤油叫"洋油"。我娘端来一盏小油灯。大阿公说："少啦！提二十斤洋油，淋下去，烧白蚁窝子！"我娘说："过年时打半斤洋油，一直点到现在，哪来二十斤洋油呀！"白蚁正在四处乱窜。这时，风筝架似的大阿公，忽然变得极灵活。他奋不顾身地跳进白蚁窝，一勺一勺地朝箩筐里舀白蚁。装了大半箩筐，就命我父亲赶快倒到塘里喂鱼去。这样搬了三箩筐，才把那个白蚁窝子掏干净。我父亲、母亲、伯伯，都累出了一身老汗，大阿公也气喘吁吁。我父亲心有余悸地说：“大阿公，真搭帮你。原来有这么多白蚁在蛀我们家的房子，房子怎么会不年年修，年年坏呢？”大阿公很得意的样子，捋着山羊胡子笑哈哈地说：“人说饭饱文章健，我是饭饱捉白蚁！”我父亲请他进屋歇息，拿出六块光洋酬谢他。大阿公顿时面红耳赤，说：“要说捞钱，你这点钱够我捞么？当年，国民党中央宣传部让我去当新闻检查官，那可是个肥缺呢，我都坚辞啦！”

乡间后来才知道，大阿公也曾有过风风火火的岁月。第一次国共合作，冲里人毛润之出任国民党中央宣传部长，邀漱清大先生去新闻检查处任职。他对毛润之说：“我这个人生性受不得约束，你还让我去约束别人？你这里有个图书室，办了一份《政治周报》，最好是让我当个图书管理员，一边协助办办周报，让别人来约束我好啦！”据说大阿公在那周报上，发表过不少切中时弊、观点犀利的好文章。同时他还忙里偷闲，读了许多书。其中就有一本关于防治白蚁的书。后来，国民革命军的大旗被人窃去了，他回乡闲居，于是时常实地试验挖白蚁，现在果然成了行家里手！

为了乡谊，也为了感谢大阿公为我家除害，第二年正月初九，父亲领我去给大阿公拜年。大阿公住在陈家桥，如今的韶北村。山坡边上一栋单间独屋。去时，屋里竟无一点动静。我父亲叫了几句，也没人答应。他家倒是有过春节的气氛的。门框上贴了红对联。“福”字横贴着。对联是柳体，苍劲有力，一如大阿公那精瘦的手臂：

人带甘草味，

家是冬瓜形。

我父亲忍不住发出轻轻的笑声。而这时，后面传来朗朗的大笑，原来是大阿公从外面回来了。说：

“张先生为哪样发笑？”

我父亲客气地说：“大阿公的翰墨没说的，只是这对联……”

“不好么？”大阿公不以为然。

我父亲道：“过年嘛。”

大阿公颇为得意地说：“我李漱清平时爱讲个笑话，爱打哈哈。走到哪，笑到哪。帮人家挖白蚁，还分文不取，出名的快活人。至于家境，远近都知道，有十几亩地，但债台高筑。金玉其外，败絮其中。冬瓜看起来肚大肉壮，其实里边烂了，人家还不知道呢。别人家是‘福’到了，我家的‘福’字横躺着，打瞌睡啦！”

我父亲道：“您太过谦了！”

大阿公脸上挂着一丝苦笑，说：“我讲的都是真话。其实，讲真话自己心里也是不好受的。只是讲出来了，倒也能安心自在地过年！”

说着，他拉起我的手进屋。我父亲问：

“大阿公走亲戚回来？”

他一边张罗着泡茶递炒黄豆炒南瓜籽，一边说："婆婆子走亲戚去了，我去谭六婆婆家，替她'关仙'来着！"

关仙，就是占卦。在堂屋里摆上香烛供品，香案上放一盘米。细沙也行。巫师手里则端一把水瓢，水瓢把上缠一根竹筷。巫师念着咒词，禀告各路诸神。不多时，神灵附体。巫师就像气功师发了功一样，浑身抖动，口里念念有词。水瓢把上的竹筷扎向盘中。盘中右边主凶，左边主吉。也有将几个药方放在盘中，请神灵指引，哪个药方是仙丹……

父亲惊讶不已。大阿公怎么会干这个？他不信神，远近闻名呢。如今的韶山火车站西边，早先有一个叫清溪寺的庙宇。里边供着大慈大悲的贴了金的观音菩萨，两边还有十八个力大无比的罗汉。当大阿公还很年轻的时候，他带领冲里十几个不信神不信鬼的青皮后生子，冲进清溪寺，把慈航普渡的观音菩萨，还有护驾的十八罗汉，一下子砸个稀巴烂！有一本传记说，那伙砸菩萨的人当中，就有少年毛泽东！大阿公清朝光绪年间毕业于湘潭师范政法专科学校，想必接受了无神论的新思想，回来就拿救苦救难的观音菩萨做试验。痛快淋漓。"过激派先生"的雅号，也就由此而来。那么，在这正月新春，处处一派喜气洋洋的时候，他竟去充当巫师的角色，实在是令人难以相信。我父亲问他：

"这关仙，灵验么？"

"神灵这东西，信则有，不信则无。诚则灵，心不诚则不灵。"末后，大阿公又狡黠地说，"谭六婆婆信这个，她说蛮灵的，每年要请我去一二次。她家有几十亩地，还有银钱存在湘潭的钱庄里生息，一心想长命。她这次是卜家居卦。我给她卜了个清吉平安，招财进宝。老太太高兴得嘴巴也合不拢，赏了我一顿酒肉饭，还有两块大洋的红包。我也乐得开年吉利，真是皆大欢喜哟!”说着，大阿公揶揄着哈哈大笑了。

帮人家挖白蚁，可以名正言顺地收钱。他却不收。这占卦明明是骗人的把戏，他却乐而为之，且收钱，且吃主家的酒肉饭。这位有趣的老阿公!

我父亲任教的学校，有一位年轻的庞先生，曾经是大阿公的学生。可是，他一见庞先生就骂，骂他不守师训。庞先生呢，红着脸，不还口，陪着笑，还恭恭敬敬地给大阿公泡茶，装烟。

大阿公从口岸上回乡后，在李氏族校任教，那时庞先生是小学四年级的学生。学校共有三个老师。大阿公进过洋学堂，在外边干过公事，族里要他当校长。他推了。把一个二十来岁的年轻人抬了出来，自己宁愿当教员。据庞先生说，大阿公的教学方法很开明，不要求学生死记硬背。他见多识广，在课堂上常常讲故事。比如，他讲袁世凯如何当了八十三天皇帝，山东省长韩复榘如何草包，抗战初期蒋介石如何一把大火烧了偌大的长沙城。他说，末后杀了三个替死鬼：警备司令，警备二团团长，公安局长，又拿出十万元来安抚市民。因为那时的省主席是张治中，人们以为这是张治中造的孽，于是送张治中一副对联：

治湘有方，五大政策一把火；

中心何忍，三个人头十万元。

横额是：

张皇失措

这些故事使乡里伢子大开了眼界，幼小的心灵开始感觉到人生的艰辛和世界的诡谲。他有时也考学生：长大了干什么。往往这时候，课堂里齐刷刷地举起许多手。大阿公点了一个，这个学生劲崭崭地答道：

“我长大了去当兵！”

大阿公问：“当兵去打谁？”

“打军阀，打日本鬼子！”

大阿公含笑着点头。他又点了一个，就是后来的庞先生。他答道：“我长大了去教书。像大阿公一样，读许多的书，天上事，地下事，全知道！”

大阿公冷下脸来：“不及格！”

后来的庞先生那会儿感到很错愕。大阿公告诫他的学生：“当教书匠还不如去讨米！你看我，每学期的教薪就十担谷子。剔除寒暑假，每月才两担谷子。吃掉五十斤，剩下的还要养家，要穿衣，生病了要看医生，下雨要买木屐雨伞……一应生活开支，全在里边。我告子告孙，不要当教书匠。你还要来凑热闹，怎么这样没出息呢！”

后来的庞先生怯怯地问："老师，我长大了干什么才好呢？"

"去做官！"

大阿公语气很重，没有任何商量的余地。同学们面面相觑。大阿公说："拿破仑有句名言：不想当将军的士兵，就不是好士兵。将军就是很大很大的官，明白么？"接着，他讲起当官的种种好处。可以光宗耀祖啦，可以穿金戴银、餐餐鱼翅燕窝啦……庞先生不听恩师指点，上完初中二年级就来当教书先生，大阿公见了他就骂。

一次，庞先生和我父亲聊天。说："大阿公书读得好。国学底子深，新学知识也很丰富，却在乡下当教书先生，不得志。现在年纪大了，是否有些后悔？要不然，他为什么老是怂恿学生去当官呢？"

我父亲摸不透，只说："恐怕未必是这样！"

我们的学校在小街上。这一天，庞先生从家里来学校，恰巧大阿公也来小街，师生俩同行。两人一边谈天说地，一边彳亍而行。这时，前边不远的地方，有一乘布轿子迎面而来。大阿公起先没留意，轿子快近前了，轿上的人忽然往后一躺，把礼帽挪到鼻梁上，装作睡着了的样子。大阿公是老花眼，看远不看近。他回头过细一看，认出轿上坐着的，是本区区公所的教育委员李仁斌。

那时的区公所，除了区长以外，还有民（政）、财（政）、建（设）、教（育）四大委员。在普通老百姓眼里，这是五个惹不起也躲不掉的官。李仁斌故意躺下来装睡觉，如果大阿公侧身而过，便会相安无事。偏偏大阿公吞不下这口气。因为在我们这一带乡间，有这么个规矩：凡坐轿的人，如果半途碰见年尊辈长或者是有身份的人，都得主动下轿来寒暄问好。如果有急事要赶路，不能捱误，也要朝轿下的人打个拱，道一句：“失陪！”日后见面还要表示歉意。李仁斌不把人微言轻的庞先生放在眼里，那还情有可原。可是这圈心几十里，谁不知道大阿公满肚子学问？你李仁斌草包一个，无非是巴结了区长刘继苍，才当上了区教育委员！而且，你那个德性！肚里没油水了，就到各学校去督察。去了，就要办酒席，要送礼。吃了喝了，还要人家派轿子送你走！学校通常没有这项开支，全靠在教书先生身上榨油！倘若招待不恭，他就以“不宜任教”为名，责令办学的姓族辞退怠慢了他的教师。大阿公年轻的时候十步成诗，如今更是炉火纯青。轿子刚刚擦身而过，他就说：“庞先生，我出个对子给你对。你听上联：人格何存？文不文，武不武，坐轿愧无颜，帽蔽权当假面具。”

庞先生一时还没有反应过来。大阿公冲着才走十来步的轿子大声说：“庞先生你对不出？我自个儿联上了。你听下联：雷公听令！东打东，西打西，苍生非可继，船翻空用竹篙撑。”

上联是骂教育委员李仁斌的，下联是骂区长刘继苍的。刘继苍就知抓人捆人，诨名叫三十雷公。他的父亲原是个船工。不知怎么发了点小财，于是买田置地。只十来年工夫，就成了当地一个不可小觑的财主。暴发户子弟，热衷于交朋结友，拜把结盟。播了春风有夏雨，刘继苍果然当上了本区区长。大阿公的对联，不仅骂了区长，还把他老子也捎带上了，骂得痛快淋漓！庞先生胆小怕事，进不是，退不是，强拉硬拽着要大阿公快走。大阿公骂道："老鼠大的胆子，难怪你没出息，不能去做官，只能当一钱不值的教书先生！"

躺在轿子上的李仁斌，显然听到了大阿公的无情抨击，顿时恨得牙痒痒！这个老东西尽管不再教书了，堂堂区公所，总还是有办法来对付这种刁怪家伙的。孙猴子一个跟斗翻十万八千里，他能跳出如来佛的掌心么？他一定要出了这口气！

李仁斌却一直没有逮到机会。

快近暑假时，县教育局督导员来区里清理办学产款账目。例行公事，每年一次。区公所杀鸡宰鸭办席面。这时，县督导说，把李漱清先生也请来。李仁斌忙说："他已经离开了教育界，不经管教育产款，也不教书了。清理账目不必他到场。"县督导说："早年间我和漱清先生有交往，多年未见，算是我请他来叙旧吧！"督导是区教育委员的顶头上司，得罪不得，只好派人去请大阿公。李仁斌于是又棋输一着。

那时候乡间的学校，上面不拨经费，每个学校都有几十或上百亩田地，租人耕种，田租就是办学经费。大阿公过去没有参加过这种清账活动，这一次县督导请他来，一见面，督导就问候他的健康，关心他的起居，都是客气话。可见督导是很念旧情的。

一会，李仁斌请督导入席。督导请大阿公先坐。互相谦让。于是同时坐下。桌上有鱼有肉有鸡。还有田鸡。有炖羊肉。李仁斌说："冬狗夏羊。暑期来了，羊肉助脾去湿。督导请！"督导敬重大阿公："漱清先生请！"又向他敬酒。大阿公不胜酒力，喝了一杯，人就晕乎乎的了。

饭毕，来到办公室。杂役送上茶，还在桌上点燃一盏小灯。大阿公是见过世面的，知道这是吸鸦片烟用的。也是那时官场心照不宣的时尚。李仁斌把鸦片烟枪敬给督导，督导说什么也要大阿公先吸。盛情难却，大阿公也吸了一口。又是醇酒，又是鸦片，大阿公双脚就像踏在一片白云上。这时，李仁斌开始宣读办学产款账目。他念得很快，两片薄薄的嘴唇像莲花闹的竹板，叭叭叭叭叭。那声音好像青蛙闹池塘，呱呱呱呱呱。大阿公还没有听出个头绪，李仁斌就念完了。他把账目送给县督导。在场人都要签字。县督导抓起笔龙飞凤舞，签上自己的大名。然后说："请漱清先生也签个名吧！"大阿公说："不在其位不谋其政。我现在既非教书先生，更未经手办学产款。督导要我签名，名不正言不顺哪。"县督导说："您是教育界的老前辈，地方贤达。您签个名，不仅李仁斌委员，就连我们大家都要叨光呢。"吃人家的嘴软，料想他是不会拆烂污的，李仁斌于是把账目端给大阿公，还送上毛笔。大阿公仍在推辞："督导，仁斌先生，李漱清这三个字，刺眼得很哪，还是不签吧！"这时众口一辞恭维他："签吧，签吧！"推不脱，大阿公戴起老花眼镜，拿起笔，在账本的空白处，一笔不苟地写下他的柳体：

督导来乡产款签，
教书先生盼青天。
原是一本糊涂账，
吸了洋烟皆泰然。

写毕，大阿公朝众人拱拱手：“感谢督导相邀，感谢教委的酒宴，感谢各位的盛情。老夫告辞了！”

送走大阿公，一看账本上的打油诗，李仁斌气坏了，督导也气坏了。人是督导请来的，他竟如此不识抬举，督导不免有些失悔。说：“一个疯疯癫癫的家伙，随他去！”

李仁斌心事沉沉，说：“督导，我就担心他将这四句打油诗传到小街上去。那地方可是个拨弄是非的窝子，又传得特快！”

督导涨红着脸说：“一个癫子么，他讲的话谁会相信?!”

消息果然不胫而走：大阿公神经错乱，癫了，成天胡说八道……

作者在家做孩子的时候，就亲眼看见大阿公“癫”过一回。一九五〇年冬天，土改运动。学校组织我们宣传土改。一行十几个学生，打着红旗，敲着锣鼓，逐个屋场去扭秧歌，演活报剧。这天下午，来到陈家桥大阿公家，在他家坪场里围圈圈。这时，我们注意到，大阿公堂屋里有许多人在往外搬东西。民兵队长找老师，让派两个学生去帮忙。老师点中了我。民兵队长小声交代我们：“去把大阿公那件皮袍子拿来!”我问:“干吗要拿他的皮袍子呀?”民兵队长说,“他是地主,没有资格再穿皮袍,要收归贫雇农!”我脑壳里嗡地一下。大阿公帮我家挖过白蚁,不收钱。我去他家拜过年,他给我吃炒南瓜籽,还有炒黄豆。他说他家是金玉其外,败絮其中的烂冬瓜……他怎么会是地主呢?但那会儿,老师在课堂上多次讲地主如何狡诈,又如何剥削贫苦农民。我们还看过《白毛女》《九件衣》。却原来,大阿公竟是黄世仁那样的大坏蛋!十一二岁的孩子是最容易鼓动的。我于是雄赳赳地进去了。

大阿公正蒙头睡在床上,被子掐得紧,一件皮长袍盖在被子上面。民兵队长推了我一把,我果然就去掀那件皮袍。大阿公反应很快,问:

“谁?”

“我。”我说。

“你干什么?”

我说:“民兵队长说,你是地主,要没收你的皮袍!”

大阿公一张苍老的瘦脸露到被子外面,问:“民兵队长是不是王三爹家的狗伢子?”

民兵队长完全可以躲开,他却近前答应:“是我。大阿公!”

“是你爹打发你来抢我的皮袍子吗?”

民兵队长拉不下脸皮,解释说:“不是抢。土改工作同志说要把你的皮袍借一下!”

接着,民兵队长又推了我一把。我怯怯地又去掀那皮袍。这时，大阿公翻身坐起，抓起床头一根刻着笑和尚的拐杖，挥起来。声音也特别大："老虫（虎）借猪，你们敢！"

我吓得抱着脑壳跑了。大家也都愣了。还从来没有见过这猖狂的地主。民兵队长忙把土改工作同志叫来。工作队同志是外地人，刚从建设学院毕业，年轻气盛。他猛喝一声："反动地主还敢行凶？"

大阿公没好气地说："我正要揍你呢！"

"你敢！"工作队同志暴跳如雷。

"你拢来，我揍你个脑壳开花！"

工作队同志命令民兵队长："去，把皮袍拿来！"

大阿公抓过皮袍，穿在身上。又扯着被子盖在胸前。同是一个村里人，民兵队长不好意思去抢，踌躇着。大阿公说："你们要这件皮袍也行，去写个条子来！"

工作队同志说："可以。我给你写张收条！"

大阿公觑了他一眼，笑笑说："你？笔杆子还嫩了一点！"

"你要谁写？"

大阿公打了个长长的哈欠："要毛泽东写张条子来吧。没得他的条子，你休想拿走我的皮袍！"说着，他又打了个哈欠，喊他的家里人：

"送客！"

家里人都在外间屋，却没有应声。他不胜劳累的样子，躺下去，一边拉着被子往身上盖，一边有力无气地喊："送——客！"

年轻的工作队同志火气冲天，上去要掀被子。大阿公又叫了一句：“送客——”

眼看工作同志要动蛮了，民兵队长拉了他一把，悄声说：“这是个癫子，我们走吧！”

土改工作队于是连夜开会，又访贫问苦。集中研究一个问题：李漱清是不是癫子。如果是，只能算了。如果不是，要开个全乡的斗争大会，揭露他的阴谋，打击他的气焰，直到低头认罪为止。会议没有结果。一些人说是，更多的人说不是。工作队于是去请示上级。谁知正在这时候，邮递员送来一封北京邮来的挂号信。许多人都认得，信封上是毛泽东的笔迹。来信问候大阿公的健康，欢迎他去北京一叙。大阿公的儿子李耿侯，一九二五年由毛泽东介绍加入中国共产党，后来去了井冈山。毛泽东在信中说：“耿侯兄自一九二八年在湘赣边界之宁冈县见过一面，随即率队返湘南以后，未再见过。传闻殉难，似属可信。时地则无从查问了。”大阿公在乡间本来没有劣迹，他为革命又痛失爱子，便引起大家的敬仰和同情。于是，关于他是不是癫子之争，也就无人再提起。但他那阵子感了风寒，又年老体衰，恢复也慢，不能立即应约去北京。此后好长一段时间，他就这样病病恹恹地打发着日子……

第二年金风送爽时节，大阿公和邹普勋一起上京访老友。在南岸那个自然村落里，住着三四户人家，毛泽东家叫上屋场，下首的屋场是邹普勋家。两家是紧邻。毛泽东和邹普勋少年时同上私塾。当年大阿公领着毛泽东一伙小青年，去清溪寺打菩萨，当中也有邹普勋。现在大阿公和他结伴而行，路上便有个照应。

恼火的是，邹普勋喜欢婆婆妈妈。到北京住进招待所后，就说："润之先生现在是主席了，见了面我们说些什么才好呢?"大阿公说："主席也是冲里人嘛，拉家常嘛，你怕么子啰!"邹普勋瞅瞅大阿公，说："乡里的事，他问了的，我们就讲。不问，我也不要去烦他。如今比不得先前，他忙。大阿公，您看是不是这样呢?"大阿公山羊胡子一翘一翘地："邹胡子，这些话你都讲三遍了!"邹普勋立刻噤声。他知道大阿公从来没有癫过。但他出了名的心直口快，说话没深没浅。他担心大阿公见了毛泽东，也故态复萌，想先给他打点预防针。他果然又犯"癫"劲了，说："邹胡子，你去告诉那个秘书，毛润之写信叫我们来，这么些天也不见个面。明天还不见，我就回去了!"邹普勋只好又去宽他的心。

九月二十六日下午，一辆银灰色的小轿车来接他们。车子直开到丰泽园的门口。卫士长带着他们穿过几道幽静典雅的长廊，大阿公已经七十八岁了，气喘吁吁的。他于是对搀扶他的卫士长说："这金銮殿原来还有这么深奥，可见当皇帝也蛮辛苦咧!"

邹普勋拉拉他的衣角，小声说："润之先生不是皇帝，是主席，人民领袖……"

大阿公不以为然，说："一回事么。反正是辛苦，还是在韶山当老百姓好!"

一会儿，来到毛泽东的书房。握过手，毛泽东请大阿公在沙发上坐下。寒暄过后，毛泽东问：

“漱清先生，新中国成立已经两年了，先生对乡下工作，有些什么意见？”

邹普勋抢着回答：“土改实现了耕者有其田，作田人都攒劲搞生产，社会秩序也很安定！”

毛泽东笑着说：“噢，这倒是个了不起的变化！”

大阿公接言：“普勋讲的好处，都不假。要说意见，我倒有两条！”

毛泽东忙问：“哪两条？”

“头一条，土改时斗地主，天寒地冻，叫地主只穿一件单衣，用风车去吹。人不相同皮肉相同，何解要这样子做啰?!”

毛泽东关切地问：“风车没吹漱清先生吧？”

大阿公说：“这倒没有。他们来抢我的皮袍子，也没有抢得去！”

毛泽东沉吟着说：“土改时，有些地方确实有过火行为。一经发现，中央就明令禁止了。您那第二条意见呢？”

大阿公说：“现在的年轻人越来越没规矩，都用字纸揩屁股。我上学的时候，书院里有个焚字纸的铁炉，上边铸有‘敬惜字纸’四个字。哪像现在这样不讲斯文啰！”

邹普勋急得手板心里都冒汗了。这个大阿公，怎么和润之先生讲这个呢？幸而毛泽东不见怪，笑笑说：“祖国的语言文字，应当珍重！”

接着，话题转到乡间。毛泽东问：“红胡子五阿公还在不在？”

对一切都满不在乎的大阿公，这时可吓了一跳。毛泽东问的这位红胡子五阿公，名叫毛鸿初，地方绅士。一九二六年毛润之回乡搞农运调查，冲里农民运动如火如荼。毛鸿初却极力反对。他自恃是毛姓家族的长辈，曾找到毛润之家里，以族人身份责难他。现在，事隔二十多年，毛润之还记得。如果他记仇，只要一句话，或者示个意，红胡子五阿公的人脑壳就要落地！乡里搞“镇反”，已经枪毙了好几个在民国十六年有劣迹的人。红胡子五阿公作孽咧。韶山冲里讲究亲帮亲，邻帮邻。大阿公打定主意要救红胡子五阿公一驾。但也不能对毛润之撒谎，便如实说：

“红胡子五阿公还在。快八十岁了，隔天远，离地近。又是痰火体质，身体很不好咧！”

说完，他特别留意毛泽东的表情。如果他仍不肯放过红胡子五阿公，他李漱清打算当场就写具保状。昔日还要告御状呢。毛泽东是当今第一人。既然把他请到北京来，总还是要给点面子吧。这时，毛泽东点燃一支烟，深深地吸了一口，说：

“那时候，红胡子五阿公可是个顶顶有名的顽固派，土霸王，反对农民运动。当然啰，他没有血债。只要他认识错误，跟上时代前进，就是好的。你们回去，也代我向他问好！”

毛润之气量大，肚里撑得船。大阿公很佩服。心里一块石头终于落下了地。毛泽东又问：

“关公桥开四阿公呢？”

“也还在。”

毛泽东说：“他脾气恶，那时我们都怕他！”

大阿公说：“开四阿公在你们毛家，辈分也很高。他脾气恶，为的是一件事，就是毛姓子弟不用心读书，不务正业，不管是哪一房的，他都骂。润之先生，你没有挨过他的骂吧？”

毛泽东微笑着说：“他不骂我。我想上学，父亲不同意。开四阿公去找过我父亲。不过，我们总怕他！”

谈话变得随意而融洽。毛泽东问起乡间的许多故旧，大阿公和邹普勋都一一作答。吃饭的时候，满满一桌菜。毛泽东说：“湖南人爱吃湖南菜，我这里陪你们吃家乡菜。还有两道北方菜，你们尝尝，也别有风味。这叫南北合作！”大阿公想试试北方菜，但这道菜放在他的对面。圆桌太大，他够不着，叹了口气说：“鞭长莫及，我只能望北兴叹！”毛泽东忙笑着起身，给这位老乡亲布菜，敬酒。

告别时，毛泽东再三请他们二位多住一些日子，看看长城、八达岭，看看故宫和颐和园。回到招待所，大阿公因喝了满满一杯酒，昏昏然想睡。刚刚睡下，却又爬起床来，提笔写道：

润之先生：

姜公八十见文王，老夫八十上中央。不知航空为何事，

未知可否一试？乞示。顺颂

起居安好！

李漱清　顿首

这封信第二天就送到了毛泽东手里。毛泽东笑着对秘书说：“这位李漱清先生，在清朝生活了三十七年，在民国生活了三十八年，一直活到现在，是一部活的历史。他生性耿直，日子便过得更艰难。请你在我的稿费中拿一点钱，买几张飞机票，了却老先生的心愿吧！”大阿公于是坐上飞机，俯瞰了首都风光，长城景色。他第一次感觉到天是这么高，地是这么大，人是这么渺小……

一个月后，他回到了韶山冲。一天，他收到省人民政府主席签发的一张聘书，聘他为湖南省文史馆馆员。同时还附湖南省文史馆一份通知：支月薪五十万元（旧币），留乡间休养。然而，他安不下心来休养，仍然关注着乡间事。诸如干部作风好坏，政策执行是否走样……他都管。一有意见，就直书毛泽东。一九五三年二月，中央公布了《关于农业生产互助合作的决议》，上级派来工作组。那位工作同志性情急躁一些，不愿意加入互助组的，他也强迫要加入。因而和群众产生了对立情绪。大阿公写信给毛泽东，要他查办这个作风粗暴的工作干部。不久，毛泽东复信给他：

漱清先生：

惠书敬悉。承告乡情，甚感。地方事，我只愿收集材料以供参考，不愿意也不应当直接处理一般地方性问题，使地方党政不好办事。尚祈谅之。

顺致

敬意

毛泽东

一九五三年十月十六日

大阿公一九五七年冬月去世。在最后的那些日子里，我父亲常常去看他。有一回，他问我们家现在还有没有白蚁。我父亲说："三年前春天下暴雨，大枫树遭了雷击，拦腰折断了。后来便锯掉了那棵树。自那后，果然就没有白蚁了！"

大阿公说："不听老人言，吃亏在眼前。"过了一会，他长长地嘘了口气，又说："当然，那么漂亮的一棵树，不忍割爱，也在情理之中！"老人善解人意。可见他在耄耋之年，思绪仍然十分清楚。

最后的蓝长衫

一

这里其实是湘乡县的地界，叫石洞冲。翻过仙顶灵山（如今叫韶峰），就是韶山冲。虽然分属两个县份，但有一条黄泥小路相连。人们的交往很密切，生活习俗也大体相同。不管是山的这一面，还是山的那一面，作田人的头上都挽一条青布帕子，上身穿一件对襟青布褂子，腰上系一条青布围裙。这种穿着有点像云南的傣族。布是自家土机织的，色也是自家染的。我小时候穿的衣服，是我娘在山上采来栗树叶子，和白布混在一起煮。末后就成了这种青不青、灰不灰的颜色。穿在身上不易脏，脏了也容易洗。另一种打扮便是阴丹士林布长衫了。穿这种长衫的多是教书先生、小本商人，或者虽然不是教书先生和小本商人，却想向那方面发展的人。他们托人从湘潭或者湘乡县城，扯来阴丹士林布做成长衫。穿上这种长衫，哪怕内衣内裤都是破布筋，也就一片荷叶包锦绣了。

在我的记忆之中，此地没有良田万顷的豪富，也就不会有更为华丽的服饰了。

到了一九五〇年春节，蓝长衫却一下子绝迹了。大约两三个月前，陕北的秧歌腰鼓传到这个南方的山区村落之后，小学的师生，村里的男女青年，还有一些活跃分子，像着了魔似地扭。直扭个天昏地黑，把一身筋骨都扭酸了。当这一阵狂欢过去之后，蓝长衫便不见了。

小学里的先生们反应最敏感。他们最先脱掉蓝长衫。拥不拥护共产党，拥不拥护新中国，仿佛这就是分界线。跟着，小本商人也不穿了。其实，老一辈人叫石三伢子，乡亲们叫润之先生，如今的毛泽东主席，他当年在家时，也是穿这种蓝长衫的。

但也有例外。就是石洞冲里的谭世瑛先生，人喊谭世胡子的，他不仅还穿长衫，而且是缎面的。深蓝色，上边嵌有浅银色的铜钱花。几个月之后，区里演《白毛女》，那个恶霸地主黄世仁，也就是穿这种长衫上台的。这种长衫穿在身上，当然是极雍容极华贵的了。但他身材不行。个子矮小，又瘦。还常患眼疾，红线镶边。尽管穿了这么华贵的衣衫，依旧显不出富态来。

谭世瑛至今还记得做这件长衫时的情景。十多年前，他在邵阳县政府当财政科科员，常为没有好的衣衫而遭人白眼。衣衫是一种体面身份的标志。他下了狠心，花掉半个月薪饷，请县城一个老裁缝做了这件长衫。当他穿起它去公事房的时候，同事们“呀”了一声，全都向他行注目礼。接着便闹哄哄地要他请客。他于是舍命陪君子，请了一顿牛肉面。自那以后，科长也对他客气了许多，后来，回到乡里，他将长衫装在樟木箱子里，只有在清明节为祖宗扫墓，秋后去祠堂里祭祖，或者嫁女送亲时才穿上它。那当然是为了摆阔气，炫耀一种体面。可现在，当大家都以穿长衫为不革命的时候，他还穿着这种极显眼的衣服在冲里头晃，难道不怕人家说他不革命，不拥护新中国么?

他胆大吃西瓜。岂止心中无冷病，这阵子他简直洋洋自得呢!

早年间，他毕业于湘乡县东山高等小学堂。外地人没听说过这所学校，却知道人民领袖毛泽东，战功赫赫的著名将领陈赓、谭政，还有国际著名诗人肖三，美籍华人李振翩医学博士……以及一大串如雷贯耳的人物，都是毕业于这所高等小学堂的。有的还跟谭世瑛是同班同学哩。他的亲爹谭咏春先生，就是那个时候的首席国文教员呢。阴差阳错，谭世瑛没有跟毛泽东去参加秋收起义，没有跟肖三去苏俄啃黑面包，也没有跟李振翩博士去美国攻读生物医学，却回到这个穷山旮旯里当了教书先生。后来不甘寂寞，到二百多里外的宝庆府去闯世界，最高职务也只是个县政府财政科的科员。

为一件小事和财政科长闹翻，他才又回山沟沟里吃粉笔灰。

粉笔灰也吃得不顺气。除了谭氏祠堂的族立小学，外姓族校没有聘过他。像他爹那样受聘于县立东山高小学堂，须得肚子里有学问。他还上不了那个档次。

他住在自家的土砖瓦屋里，每天早晨走过一条坑坑洼洼的黄泥小道，来到那间潮湿而略带霉味的谭家祠堂，给四个年级的三十来个学生轮番上课。半下午放学，学生回家他也回家。除了春夏秋冬寒暑更迭，他的生活没有什么波澜。日子像水一样流过，似乎是睡了一觉醒来，啊嗬，他昔日的同窗故旧，一个个都声名显赫。他惊羡不已！同时也有一种失落感。差之毫厘，失之千里！假如他当时去井冈山上打游击，去苏俄啃黑面包，去美国喝洋墨水，他将会是个什么样子呢？唉，生活没有假如。历史是已经发生了的事实。那时候，他做梦都没有做到那些地方去！

冲里人不知他有这么一些古怪的想法，时常有人来找他聊天。这时，他脑壳里那个兴奋灶立时活跃起来，眉飞色舞：

“我早就晓得润之是个角色！”

于是有人问他：“这么说，你和毛主席是老朋友啰！”

“我告诉你，住东山学堂的时候，润之和我好得共喉咙管吐气！我们晚上睡一张床。他个子比我高，睡到半夜，一双脚总是塞到我的鼻子底下。他脚臭，常常把我熏醒啦！”

他婆婆子是个目不识丁的乡下女子，提醒他：“润之先生现在是主席了呢，有些话你不要乱说！”

谭世瑛不满意婆婆子打岔，横了她一眼，说:“别个说不得，我说得！我知道润之现在住进了金銮殿，过些日子我要进京去，少年同学再相会，我要再跟他在金銮殿上打一夜通铺，看他的脚还臭不臭！”

这是一个激动起来就管不住自己嘴巴的人。

就凭他不称毛主席，不叫润之先生，开口闭口就润之长润之短的，他春节期间穿一件缎面蓝长衫，风光体面一番，哪个敢去说三道四呢?!

腊月三十天气好，太阳格外亮。

二

谭世瑛家就在一处长满松杉的山肚里。由于偏僻，平时很少有人来。阶檐上长着青苔，屋门前的小路，两边长着密密丛丛的茅草。早晨从路上走过，露水会把鞋子打湿。今年春节，拜年客却川流不息。年初一这天，刚吃过早饭，门外就有人喊:

“拜年啊，世爷!”

先前，人们是喊他谭世胡子的。现在叫他世爷，这使他很得意。他忙扬手让婆婆子进里屋搬茶点。今年，他家的炒花生、油炸红薯片……准备了很多。还有谷酒，又香又醇又不上头。过年要图个热闹喜庆，今年更是如此。

他右手提着银花缎面长衫的下摆，一串碎步出门迎客。拜年客是下村南货店的老板苏南坡。苏南坡势利眼。他当过一任保长，后来才开南货店。乡下的店子，大户人家在店里都开有折子。平时来买货不付钱，写在折子上。端阳、中秋、腊月廿四过小年，分三次结算。谭世瑛当教书先生，穿蓝长衫，在冲里也算体面人物。但他家里没有田产。支付能力没法保证。碍着面子，苏南坡还是给他开了折子，只是说："谭先生，我是个小本买卖。三节结账，你可别忘啦！"谭世瑛连连点头，表示这不成问题。偏偏那一回过中秋，学校里拖欠了薪水，他迟了几天才去结账。苏南坡就拉长着脸说："站着放账易，跪地收钱难。世胡子，都像你这样拖账，我只好喝西北风啦！"谭世瑛脸上像涂了一层猪血。他无法财大气粗，只能任人奚落。

今天才年初一，依乡例是儿子给老子拜年的日子，苏南坡却一早就来给谭世瑛拜年。瞧，他手里还提着两个点心盒哩。开口就喊世爷哩！世爷进过东山高等小学堂，心明如镜哩。毛润之坐天下，搞共产。你这个当过伪保长的殷实户，不来和世爷套近乎，晚上能安心睡好觉么？

谭世瑛将苏南坡让进堂屋，苏南坡九十度深鞠躬，又打拱又唱喏："世爷，拜年，拜年——恭喜您老人家新年万事如意，多福多寿！"

苏南坡如此谦恭客气，谭世瑛先前的嫌隙顿时消失，也忙打拱："彼此彼此。也恭喜你财源茂盛啊！"

泡了茶，上了点心，这一对老乡亲就越发亲密无间了。三言两语，于是就说到了润之先生。

这是个百讲不厌的话题。谭世瑛说：

润之去东山高小学堂报名的时候，他已经十七岁啦。又黑又瘦，不像学生，人家还以为是帮哪个学生送行李的脚夫呢。他却去找校长要求报名。校长问他读过几年书。润之说，读过几年私塾。校长又问他学过算术没有。润之说，会打算盘。校长皱了皱眉。地理呢，学过没有？他摇了摇头。校长说，你知道美利坚合众国，知道大不列颠及爱尔兰联合王国么？润之说，晓得。亚细亚洲，欧罗巴洲呢，你也知道？润之说，听说过。它们各在地球的什么位置？润之又摇头。但说，先生您讲一遍，我就会记得住的。这时，办公室里的老师都围拢来看这个新来报名的学生，教算术课的洪先生咕哝道，一个乡巴佬，一问三不知，还想进东山高等小学堂！站在一旁的首席国文教员谭咏春先生，也就是谭世瑛的父亲，点了一篇《战国策》让毛润之背，他背诵如流。谭咏春先生笑着对校长说："古文底子好，兴许是块料！"校长于是对润之说："先试读五个月吧。能赶上班，再正式注册。若赶不上班，你年纪也不小了，回去谋个事吧！……"

苏南坡听入迷了，说："世爷，毛主席进东山学堂，还搭帮令尊大人咏春先生啊！"

谭世瑛说："我爹不说话，润之是进不了东山学堂的。又因为他入校迟，寝室里已没有了床铺。末后，我爹把我叫去，让润之和我打通铺！"

苏南坡叫了一声"啊哟"，惊羡着说："世爷，那时你们还睡一床呀！"

"可不是嘛。要不，我怎么会晓得他脚臭呢！"

说着，谭世瑛打哈哈。

苏南坡却倒吸了一口凉气。这个背时一辈子的谭世瑛，忽然有了一位在北京坐江山的朋友。他的父亲还对毛泽东有知遇之恩！苏南坡有吃不尽的后悔药：那次催账索款，是过分了一些。有道是，情意好，水也甜。当时怎么没有想得到呢？他深深叹息了一声，说：

“世爷，您老人家饱读诗书，又广交朋友。连共和国主席都是您的至爱亲朋。我不像您呐。一家人老的老，小的小，八张嘴要吃饭。为了糊口，别人推我在地方上搞点事，辞也辞不掉。家里开个店子，本小利微，好多事也是万不得已的。以后，在人民政府面前，还得请您老人家美言几句……”

无利不开早市。谭世瑛料定苏南坡有求于他。但他是听不得恭维话的。几顶高帽子一戴，也就君子不记小人仇了。说：

“前几天一个姓郝的南下干部特地来看我。他晓得我跟润之的关系，开口就喊我谭同志。他给了一本润之写的书，叫做《论人民民主专政》，要我做宣传。润之书上讲得明白：只打倒反动派。蒋介石才是反动派！你一个小保长，还是别人推上去的，算什么反动派！”

苏南坡顿时来了精神，接口道：“是呀，我怎么会是反动派呢？”

“不过——”谭世瑛心头也许闪过苏南坡讨账时那张绷紧着的脸。他抹着下巴，慢悠悠地说：“不过，你开店子，有资产，只怕要划成资产阶级！”

苏南坡果然就一脸死灰，汗珠从油亮的额头上沁了出来。他像一个濒临绝境的人一样呼救：“世爷！”

谭世瑛暗自笑了：莫要有了三两颜料就想开染坊，知道厉害就好。于是又故作高深地说：“但你是中华民族的一分子，因此你是民族资产阶级！润之说，民族资产阶级属于人民的范围。那五星红旗上，其中就有一颗星代表你们民族资产阶级的。你看，国旗上都有你，你比我还光荣呢！”

苏南坡绝处又逢生，小心翼翼地问：“世爷，这……是真的么？”

谭世瑛手一挥，仿佛一语定乾坤：

“错不了，你就是民族资产阶级！”

“世爷，您这么一说，我心里就有底了！”苏南坡如得到大赦一般，差点要向谭世瑛磕头了。

谭世瑛铿锵的声音：“你放心大胆睡觉。有什么啰嗦事，我会替你说话。我说不通的，就写信给润之！”

一颗明晃晃的太阳在苏南坡眼前闪动。这颗太阳便是谭世瑛。苏南坡享受着它的温暖，人也变得机灵了。他陪着谭世瑛，从去年的收成，讲到今年的猪价，又说到秧歌腰鼓真好看，南下干部的八角帽好神气。乘兴中，苏南坡随口问：

“世爷，您家大公子谭果先生，现在哪里公干？”

苏南坡无意之中戳到了谭世瑛的痛处。他支支吾吾。因为这是他一块心病。苏南坡没有留意他情绪的变化，只顾卖乖：

"好些年没看见令公子了。他若回来了，我要请他去喝一盅呢!"

谭世瑛敷衍着说:"若是回家了，一定要他来拜府!"

又一拨拜年客来了。前客不陪后客，苏南坡起身告辞了。

三

谭世瑛先生有三个儿子，只有大儿子谭果的书读得好。所谓好，最初也无非是东山高等小学堂毕业。有了这张文凭，谭世瑛凭他的面子，为儿子谋了一张小学教师的聘书，还为他定了一门亲事。儿子却不愿意教书，也不愿意结婚。说，好男儿志在四方，爹不要用一张小学聘书来阻我的前程。于是就这样去投考了保定陆军学堂。毕业后在白崇禧部队当见习排长。一步一步升上来，到前年，才二十八岁就当上了六十四师三团团长，间常也寄些钱回来孝敬双亲。谭世瑛自然高兴。去年八月，一个骄阳似火的日子，程潜、陈明仁在长沙宣布和平起义。也许就在那天傍黑，谭果却骑一匹枣红马，带两个勤务兵，风尘仆仆地回家了。父亲问:"你怎么来了?"儿子说:"白长官在衡阳和宝庆一带布防，队伍正往那开，我顺道回家来看看!"难怪收荒货的老倌说，冲外边的官道上过兵，原来是他们!谭世瑛蛰居山冲，除了去谭家祠堂上课外，回来就摸摸菜园子，翻翻唐诗。对于山外那个烽火连天的世界，从来都没有关注过。虽然也听说长沙和平解放了，还以为那是远天远地的事。他问儿子："你们布防为哪样？"儿子说："共产党想南下广州、桂林，衡阳宝庆一带是咽喉之地，白长官结集二十万部队，要在这里与共产党决一死战！"这就是后来的衡宝战役。

儿子正说得眉飞色舞，谭世瑛却在抚弄儿子刚带回来的一件真丝纺绸蓝衫。他在邵阳做的那件缎面长衫，是冬天罩棉袍的。有了这件纺绸衫，冬夏服装就齐备了。这个只关心身边琐事的书呆子，耳朵竟没有装进儿子刚才说的话，更没有细问。就忙着叫婆婆子杀鸡砍肉，不要怠慢了儿子带回来的两位弟兄。

儿子第二天一黑早就追赶部队去了。不到一个月，传来消息说，白崇禧兵败如山倒。谭世瑛为此着急了好几天，生怕儿子被打死。只要人活着，留得青山在，不怕没柴烧。直到冲里大扭秧歌，大打腰鼓时，这位老先生才明白过来：那是共产党和国民党抢夺江山！共产党是他的同窗好友毛润之领导的，而他儿子却是替白崇禧、蒋介石去打毛润之的。成者为王，败者为寇。儿子即算活了下来，被共产党抓住，也会没得命了。他好后悔哟，那次儿子绕道回来，应该把他留下才是。躲过那么几天，然后由他写封信，让儿子去北京找润之，润之还能不重用他？只要润之打个喷嚏，说不定能当个比团长还大的官呢！

老冬瓜籽嫩，他怎么没有想到呢？

改朝换代，冲里新闻很多。说，又有许多国民党部队起义了。又说，解放军不虐待俘虏……儿子是个灵泛人，不会一条窄路走到底的，起义了也未可知。若是抓住了，也许皮肉之苦是没有的。这么想想，心里便宽松了许多。

于是，每天迎来送往。毛润之这个名字时刻挂在他的嘴边。只有在夜深人静的时候，才有一份忧虑在心头泛起。

大年初五，天气忽然变冷，天空灰蒙蒙的。中午时分，就下起鹅毛大雪。纷纷扬扬，一会儿就四处皆白。天色将晚的时候，院门“吱呀”一声。这么晚了，未必还有拜年客?!借着积雪的亮光，谭世瑛看见一男一女，满身泥泞和雪花，匆匆地走了进来。他正觉得奇怪，却听到叫爹。他迎了上去，原来是儿子谭果回来了，还带回来没见过面的儿媳妇!

谭世瑛记起四年前接到过儿子的信，他找了个苏州女子。上有天堂，下有苏杭。苏杭一带不仅景致好，听说女子也漂亮。谭世瑛最远去过邵阳县城，他看人看事，其实还是冲里人的眼光，乡谚说，漂亮当不得饭吃。古语云，自古红颜多薄命。居家过日子，讨堂客为的是生儿育女。当然，也还要勤劳节俭，孝敬公婆，和睦妯娌。那么，这个苏州女子冒着风雪来到谭家屋场，对于谭世瑛一家，不知是喜呢，还是忧?!

唉，他们早已生米煮成了熟饭!

第二天上午，谭世瑛才看清了这个儿媳妇。无非是脸模周正一些，身材匀称一些。当着公婆撇京腔，谭世瑛能听懂。两口子讲私房话，公公以为她是爪哇国人。更使谭世瑛皱眉头的是，这女子还吸烟。右手夹着纸烟，口里吐圈圈。老人有言：女子吸烟，无法无天。这周围团转十几里，还从来没有看见过女子吸烟的。而且，结婚这么几年了，竟没有生崽。不孝有三，无后为大。讨个不下蛋的货，谭家屋里未必要绝种?!

谭世瑛不能撒手不管。将来，谭家祠堂里要修族谱，这个儿媳妇的名字，也是要上族谱的，作为公公婆婆，要调教儿媳妇尽快适应石洞冲里的生活。不要抽烟，要勤俭节约。那口难懂的苏州话，也要慢慢改变过来。

然而，谭世瑛觉得他无法来调教这个儿媳妇。细细想来，是因为还没有经过一定的程序，使公公婆婆获得这种地位和权威。对了，昨天来得太突然。媳妇还没有依乡例拜见公婆，也没有拜祖宗。他于是对谭果说：

“正月十二是个黄道吉日，我打算邀几个客，你和媳妇拜拜祖宗，媳妇也认认亲友!”

谭果却心不在焉，说：“都结婚三四年了，还搞这些名堂做什么？算了，算了!”

谭世瑛说：“那怎么要得？祖宗都不会认得的!”

“祖宗哪有闲心来管这些闲事啰!”

谭世瑛说：“添丁进口，是一家大事。祖宗不管，后辈子也要禀告祖宗!”

儿子说：“爹，我心里烦死了，你莫讲这些陈年老调了。还是赶快设法把我们安顿下来吧!”

谭世瑛一向迂腐。儿子媳妇回来了，他只顾着高兴，竟没有问一下他们是从哪里回来的？解放这么久了，他们为什么才回来。这时，儿子说要先安顿下来，他觉得也对。

便问：

“你们是想外出谋事？还是在家乡住下来！”

儿子说：“在乡间谋个事也好。比如说，教书也行！”

父亲问：“你媳妇呢？”

“她也可以教书。字写得比我还漂亮，又会吹拉弹唱！”

讲到教书，谭世瑛劲头就来了。他教了一辈子书啊！在他看来，世界上没有比当教书先生更好的职业了。在一群红薯柴棍子度时光的作田人当中，教书先生又体面，又有社会地位。平时在黄泥路上走，路窄，那挑担推车的，尽管汗流浃背，老远就得让路。近了，还恭恭敬敬打招呼：“谭先生好！”他于是获得一种极大的心理满足。

现在，儿子和远方来的媳妇，都想子承父业，这对父亲是莫大的欣慰。第二天，他就托人荐职。但也碰到了难题。解放了，本乡在外的小知识分子，不少人回来了，各个小学都已满员。四月的一天，谭世瑛收到毛泽东一封信，事情终于有了转机。毛泽东在信里说：“世瑛学兄，来信收悉，情意殷厚，极为感谢。生活困难，极表同情。弟于兄之情况不甚明瞭，不知如何为助。倘于土改时，能于兄有所裨益，或于乡里故交获得援手，就近解决为上策。未知以为然否？”毛泽东都为谭世瑛家庭生活困难而深表同情，地方干部焉能不为之分忧？谭世瑛于是去找南下郝同志。郝同志也着急了。说，现今的学校都还是私立，区政府不能直接派人去。他搔着头皮，落下白粉粉的头屑，好为难的样子。一会，他又说，我这里写个条，你去找找看，如果不行，就宽待一时，等政府接收了学校，区里一定安排。郝同志其实也是过虑。谭世瑛拿着这张条子，来到石潭小学，那校长二话没说就答应了。儿子谭果被聘为地理教员，媳妇李静怡被聘为文体教员。

四

毛泽东的来信，除了使谭世瑛的儿子媳妇顺利地安排了工作外，还使他在冲里的知名度一下子提高了许多。一时间，许多乡下人都来找他。现在他百事无忧，生性又好为人师。于是，每有来访者，他都有问必答。

转眼到了九月，门前瓜架上的藤蔓仍在疯长，黄色的花朵凋谢之后结出一个个硕大的瓜。田野里暑气还很重，屋里却显得凉爽起来。这时，来找谭世瑛求教的简直川流不息。

“世爷，我家有那些田地，将来会划什么阶级？”一个戴破草帽的人像幽灵一样闪进屋。谭世瑛也不叫他坐，端着水烟筒，像算命先生问生辰八字：

“你家里有几口人？”

“五口。”破草帽哈着腰。

“地是自己种的，还是出租了？”

“自己种的。只是家里忙不过来，请了两个长工！”破草帽声音不敢大。

“放高利贷没有？”

“有几个防老钱借出去了，利钱不算太高。”破草帽战战兢兢。

“地是自己种的，没放高利贷，顶多算个中农吧！”谭世瑛思索着说。

“世爷圣明，世爷圣明。我告辞了。”出门后，破草帽丢到水圳里去了。

晚上又来人了，还提来一瓶酒，一只老母鸡。谭世瑛并不是那种贪图小利之人，很不高兴地说：“拿走，都解放了，怎么还来这一套呢？”

送礼者陪着笑脸，说：“世爷，我姑妈让我来问问政策。我表哥在乡公所当过二年乡丁，这算不算反动派？”

“抓过人没有？”

“我也搞不清。反正那时候肖穆林当乡长，常派他去抓壮丁。端人家的碗，受人家的管。怎敢不去？”

谭世瑛也说不准了。但又不能让人失望而归。他敷衍着说：“二天我问问南下工作同志，再告诉你！”

乡下人凡事都想得个准信，求谭世瑛：“劳烦你写一封信去问问润之先生。有了润之先生的信，我姑妈才放得下心。表哥倒不怎么急，就是我姑妈常常偷偷地哭……”

谭世瑛说：“好吧，明天我给润之写信。不过，你得把鸡和酒拿走！”

送礼人像屁股上着了火一样跑了。

谭世瑛每天要去谭家祠堂小学上课，去学校和放学回家的路上，常常被人堵住，提出各种各样的问题。回到家里，人还没落座，就有好几拨人在等他。他太劳累了。晚上睡在床上，手脚发麻，腰背疼痛。老伴埋怨他：“你少管些闲事好不好?”他唬老伴：“你懂个屁！凭我和润之这个情分，他坐了江山，他的事就是我的事。我不管行吗?”老伴说：“累死了你!”“累死了也值!”第二天起来，他照样脚不点地。

但也有捉襟见肘的时候。因为他只读过一本《论人民民主专政》，那上边都是些原则性的话。冲里百家百姓，有百样事情，他不可能都解释得清楚。逢到这时候，他就往南下郝同志那儿推，甚至往润之先生那儿推。乡下人捡了封皮就是信，有人于是公开宣称：我家是工人阶级。是谭世瑛先生写信问了毛润之先生，润之先生又回了一封亲笔公事说了的。润之先生在北京坐了金銮殿，君无戏言，那还会有假么?

这一天，南下郝同志又来拜望谭世瑛了。郝同志原是个武工队员，武高武大，人却很和气：

“谭同志，近来身体好呀!”

南下郝同志亲自登门，谭世瑛家蓬荜生辉。连忙起身让座：“托南下郝同志的福啊!”

南下郝同志拉了一会家常，问：“主席的那本《论人民民专政》，谭同志看过啦?”

“看啦，看了三遍。润之从小文章就写得漂亮，现在的文风更加干净利索、气势恢宏啦!”

武工队员出身的郝同志笑笑，开诚布公地说：“现在，农会已经建立了，乡政府也建立了。谭同志教书上课，工作也挺忙的。今后，凡有群众对政策不了解的，你就让他们来找农会，找乡政府。”

谭世瑛很诧异，说：“你不是要我多多宣传人民政府的主张吗？”

南下郝同志沉吟着说：“有些具体政策，谭同志不太清楚。说歪了，反而会把事情搞乱。”

谭世瑛脸色不好看。这不是明明在寒碜人嘛！他谭世瑛饱读诗书，又教了一辈子书，在一群作田汉子中间，也算得上有头有脸的人物。连人民共和国主席毛泽东都和他称兄道弟呢！一个黑皮疙瘩北方佬，竟这样和他说话，他便不软不硬地回答道：“四十年前，我就和润之在一张床上打通铺。他写的书，我还是能看得懂的，如果你拿来的那本书没有印错的话，我是不会说错的！”

南下郝同志不生气，依旧是那么和善地笑着。说：“比如说，那个苏南坡，有地出租，有钱生息。乡农会对他宣布减租减息，他说，他是民族资产阶级。租不减，息也不减，公开对抗农会，张狂得很。他说他的成分是谭同志定的，谭同志又是请示了毛主席的。他和农会吵起来啦。这对苏南坡不好，给农会工作带来了许多困难。我看谭同志尽可以宣传人民政府的主张和政策，对于具体的人和事，还是不要随便讲为好。这样会把事情搞乱。知道的，是谭同志政策水平不高。不知道的，会说谭同志造谣生事！”

谭世瑛脸都气乌了。轻风从门外吹进来，他背脊上凉飕飕的。缺了一颗门牙的嘴张了又紧闭。极不自在，极其愤懑。这个北方侉子一定是忌妒他和毛润之的关系了。你忌妒什么呢？谁叫你不来东山学堂上学、跟毛润之打通铺呢？对了，这个北方侉子也许才二十多岁。那时世界上还没有你呢。在世爷面前，你还奶气未尽呢！他的腹稿无疑是一颗重型炮弹，顷刻间就会呼啸而出。这个自以为是的北方侉子将无地自容，他在冲里将威信扫地！而这时，禾坪里却有人喊：

“谭先生，来挂号信啦！”

邮递员来了。在这山冲里，信一般是不送到户的，只有挂号信例外。谭世瑛的儿子媳妇早已回乡，外边再没有什么亲戚。他正憋着气呢，对邮递员态度也很生硬：“哪里来的挂号信？”

“北京。只怕又是毛主席他老人家来信啦！”邮递员从包里拿出一个大信封。

谭世瑛立时春风拂面，双手在衣襟上搓搓，接过信来，信封上果然是熟悉的浓墨毛体。

南下郝同志不知趣，他也凑了过来。有几分好奇，也有几分惊喜。谭世瑛却不理他，只顾小心翼翼地拆开信封，然后展开信笺。先一目十行，接着轻声念道：

世瑛学兄：

五月来信收读，又承赠长歌，深感厚意。生活困难，极为同情。现在到人民政府所属机构做事，或到学校教书，薪入甚微，对于家口众多者不易赡给；又须入相当学校学些马克思主义观点，方能齐一步调，有共同作风。以吾兄状况观之，能就近获得工作职位，为最好；否则须远出参加短期研究班的学习，须准备吃很大的苦楚，又难于赡家，未知有此决心否？

顺致

敬意

毛泽东

八月卅一日

毛泽东对老学友的拳拳关切之情，跃然于字里行间。谭世瑛也深深激动了。但他终究是一位蛰居山冲的教书先生，此刻他对南下郝同志还耿耿于怀。他抖了抖信笺，不无炫耀也许还有讥讽。说："只要我有这个决心，润之还让我出去搞事哩。郝同志，你帮我出出主意，哪样为好呀！"

南下郝同志一点也不恼怒，笑着说："谭同志，出去工作，那当然好。不过，主席在信上讲得明白，需要先学习一段，这样才可'齐一步调，有共同作风'。我这次来拜望谭同志，也是想在乡间具体工作上，谭同志能和我们齐一步调呢！"

谭世瑛哼哼，他不屑搭理这个北方侉子。

五

区里配合土地改革运动，组织小学教师演文明戏。冲里人说文明戏，就是穿现代服装，演现代的事。在这之前，冲里只有花鼓戏，皮影子戏。什么《张先生讨学钱》《小姑贤》……等等。一些醒世劝善的小戏曲。而这一出文明戏叫《白毛女》，讲的是封建地主黄世仁欺压贫苦农民杨白劳一家的故事。

那会儿，土改还是宣传发动阶段。乡民们把舞台上演出的故事看得很遥远，根本没有想到通过剧情来观照自己的生存环境。他们津津乐道的是那个演喜儿的女子，身材好，扮相好。特别是那嗓子：人家的闺女有花戴，我爹钱少不能买，扯上了二尺红头绳，给我喜儿扎起来，哎……唱得多甜，多亮，多脆！

年轻人几乎都学会了这支歌。

那演喜儿的，就是谭世瑛的儿媳妇李静怡，那个从外地回来的苏州女子。而演黄世仁的，却是她的丈夫谭果！

“嘻嘻，黄世仁去抢喜儿，喜儿还跑。装的。卸了装回家，他们就睡在一个枕头上，嘴巴啃嘴巴呢！”

在散戏的路上，有人这样说。

“苏州女子的老公爹怎么没有来看戏呢？他儿子色迷迷地去抢媳妇，他看了那才带劲咧！”

二天果然有人去邀谭世瑛。他果然不去。他只看皮影戏。什么《薛仁贵征东》《佘太君挂帅》……他看得津津有味。冲里的花鼓戏男扮女装，演起男女调情的情节来，更是肆无忌惮。“伤风败俗！”谭世瑛多次声色俱厉地抨击。现在，儿子媳妇都上台唱戏，在他看来，这也是不正经的事。只是碍于政府要他们演，他才不好去阻拦。他说：

“唱戏的是癫子，看戏的是蠢子。我才不去看咧！”

人们终于没有看到这位老学究现场出彩。

乡村政权已经建立，来向他打听人民政府政策的人渐渐少了起来。他不免有些寂寞。但他家没得一只禾蔸子，不怕土改。土改还得给他分田哩。于是乐得早起早睡，养足精神好去谭氏小学上课哩。当然，区里组织了“教联”（教师联合会），教联小组每个星期天都组织学习。他要跑十几里路，去听教联小组长念《论人民民主专政》。这本书他已经读得烂熟了。但又不能不参加。念完了还要讨论。那些年轻人又特别认真，什么民主，专政，反动派，独裁……为这样一些名词如何解释，常常争得面红耳赤。公说公有理，婆说理更多。可恼的是那个年轻的教联组长，全不把谭世瑛放在眼里，自个儿充理手。往往这时候，谭世瑛就打瞌睡。与这些年轻人去钻牛角尖，太没意思。

他希望有人来向他请教，而不是争论。这样，他会不厌其烦，尽自己所知，解释《论人民民主专政》的内容，讲解人民政府的政策。如果有求于他，只要多说几句恭维的话，他便会两肋插刀，去找南下郝同志，也许他还真的会给在北京坐江山的润之兄写信呢！

一天下午，苏南坡的老婆，跌跌撞撞来找他。过去，谭世瑛去他店里赊货，这女人没好脸色。这会儿，她朝谭世瑛哭哭啼啼：

“世爷，您老人家要救命啊！”

“发生了什么事？”谭世瑛一愣。

苏南坡女人说：“来了两个农会的人，要把我们当家的抓走!”

“为哪样?”

“我们也不晓得。我们当家的一向和气待人，哪怕是讨米的叫花子，他也是一张笑脸。可农会那两个人，凶神恶煞的样子，好吓人啊。哎——呜呜——”苏南坡女人一把鼻涕，一把眼泪。

正是十月小阳春。灿烂的阳光静静地照着山上的松杉，小鸟在林子里轻声啁啾，空气甜蜜而安详。在这样美好的时光里，谭世瑛本来应该心境平和。然而，苏南坡女人一哭一闹，他忽然觉得农会去抓苏南坡，是对他的公然冒犯。他决定出面管管这件事。这么想着，就真的起身了。

谭家和苏家，只隔一个小山丘，说话就到。在苏南坡家门前的塘塍上，迎面碰到一行人。苏南坡走在前头，没有捆绑，却耷拉着脑袋。在他后面，有两个雄赳赳气昂昂的民兵。其中有个叫刘三孩，谭世瑛是他的启蒙先生。谭世瑛问：

“三孩，你们把南坡先生带到哪里去?”

刘三孩说：“苏南坡过去盘剥农民，又抵制减租减息，农会要他去交代问题!”

谭世瑛脸一沉，训斥他的学生：“他是个民族资产阶级，会有什么问题？毛主席润之先生说，民族资产阶级在现阶段，有很大的重要性。你们晓不晓得？毛主席润之先生还说，对民族资产阶级要团结，要保护。你们动不动就把人家带走，有这么团结，这么保护的么？”

谭世瑛特别强调，他讲的是毛主席润之先生的指示。然而，平日毫不显眼的刘三孩，对于他的恩师，这时也显得生分起来。说：“谭老师，苏南坡是不是民族资产阶级，现在谁也说不清楚。他先得去农会交代问题。如果不老实交代，农会要开他的斗争会！”说着，他又对苏南坡说：“别磨蹭啦，走吧！”

好你个刘三孩，一点面子也不给，这是当人暴众羞辱你的老师咧！村里家家神台上，都设有“天地君亲师位”。谭世瑛还在你家的神台上蹲着哩，刘三孩你别做虎装威！他上前一步，拉了苏南坡一把，说：“南坡先生，这些人根本不懂政策，你跟我回去！”

见有人撑腰，苏南坡嘴巴一歪，嚎啕大哭起来。他女人也披头散发，在地上打滚，要男人跟他回去。塘塍上一下子围来许多人。刚才还气壮如牛的刘三孩，这时也被这突如其来的局面弄懵了。便向谭世瑛解释说：“谭老师，是农会派我们来叫人的。现在土改开始了，苏南坡是什么阶级，也要由乡农会、乡政府来决定呀。”

谭世瑛说：“你回去告诉农会，有话叫他们来我屋里说。就连南下郝同志，也来我屋里商量事情的。”

说罢，拉起苏南坡就走。

刘三孩束手无策，虽然生气，也只好回农会复命。见危机已经过去，苏南坡朝谭世瑛行大礼，下跪：“搭帮您啊，世爷！”

谭世瑛扶起苏南坡，说："起来，起来。小事一桩嘛！"

谭世瑛像一个凯旋的将军，回到家里，要婆婆子温了一壶米酒。他说："今儿个要舒坦舒坦。"三杯下肚，人晕乎乎的了。到天断黑的时候，却传来消息说，苏南坡还是被农会带走了。晚上，在谭家祠堂的台子上，开他的斗争会。刘三孩领头唱歌：

谁养活谁呀，
大家来看一看：
没有咱劳动，粮食不会往外钻。
耕种锄割，全靠我们下力干。
五更起，半夜眠，一粒粮食一滴汗。
地主不劳动，粮食堆成山！
……

一首小调式的民歌，由于带着仇恨的火焰，形成了一股雄浑的旋律，在山冲里传得很远很远。这时，台子上的苏南坡，脸色死灰，浑身筛糠一样发抖。要减的租，要退的押，他全认了。

六

"啪！"谭世瑛把手中一只蓝花细瓷茶杯砸在地上。正宗景德镇瓷器。那年，他从邵阳买回来六只。现在只剩下这一只了，这是他闯世界的见证。婆婆子生性惜物，说："你拿茶杯出什么气啊！"他火气冲天："我怄啊！"婆婆子平时不生气，生起气来话也很冲："斗争苏南坡，你痒了，痛了？真是狗捉老鼠，多管闲事！"婆婆子这一骂，使他醒了一天乌云。是呀，他为哪样要生气呢？为苏南坡？他讨起账来认钱不认人，自己就受过他的奚落。为刘三孩？当着谭世瑛的面，他毕竟不敢随意抓人斗人。这个报应还是认得他老师的！这么想着，嘴角竟露出一丝得意的微笑。

第二天清早，天还刚刚发亮。在公鸡懒洋洋的啼叫声中，谭世瑛连连打着哈欠。忽然，传来一阵急急的敲门声。他很诧异，连忙穿衣趿鞋开门，门口却站着一个气喘吁吁的人。这也是他过去的学生，如今在石潭小学当校工。校工急得连话也说不完整了：

"谭……谭……老师，不……不好了！"

谭世瑛把他让进门，说："什么事把你急成这个样子，你慢慢说！"

那校工仍然牙齿儿打挫："昨……昨天晚上，谭果老师，李静怡老师，都，都……"

"怎么，两口子吵架啦？"

"不，不……"校工结结巴巴，"都，都叫枪兵抓去了。"

谭世瑛脑壳里"嗡"地一下："你说什么？"

昨天晚上，区教联剧团在白田乡演《白毛女》。台下人山人海，台上唱念做打，演出效果好极了。闭幕后，演员们卸了装，正准备去吃夜宵。这时，一个工作干部走进后台，问谁是谭果，谁是李静怡。问明了，就宣布他们被逮捕了。四个枪兵用绳子将他们绑起，押走了。

谭世瑛惴惴不安，问："把他们夫妻双双抓走，都犯了哪些法？"

校工说："那个工作干部当时没有说。后来，区文教助理召开老师会，说，谭果老师，李静怡老师，都是国民党派来的潜伏特务。而李静怡根本不叫李静怡，也不是谭果老师的妻子。他们是假扮成夫妻的！"

谭世瑛没好气地说："他们夜夜睡一床，这能假扮得了么？"

校工说："我也是这么说。可区文教助理说，谭果老师真正的堂客被白崇禧换掉了，换了送到台湾去了。白崇禧知道世爷和毛主席是同学，特别把这个李静怡安排下来，叫他们装扮成夫妻，潜伏回乡来搞破坏！"

校工好像是在讲《聊斋》里的故事，这反而使谭世瑛心里有底了。毛润之坐江山，难道谭家父子还去破坏?！再说，儿媳妇李静怡过去虽然没有回来过，公公婆婆也没见过面，儿子谭果总不会蠢到不认得自己的堂客吧？这又不是一件衣衫，能随便让人换了？谭世瑛说：

"真是扯谎不怕掉下巴，世界上哪会有这样的事？"

校工也说不清事情的来龙去脉，他赶回学校上班去了。但在石洞冲，谭家儿子媳妇同时被捕的消息不胫而走。一会儿，左邻右舍都来了。人们纷纷安慰他。这个说：

"世爷，您二老千万不要着急，这兴许是一场误会！"

另一个又说："区里通知，今天晚上在我们村演文明戏，没得谭果、李静怡他们夫妇，那台戏就唱不成。说不定等会儿他们就回来了！"

乡邻们不劝不安慰，谭世瑛心里也许会平静一些。人们越是安慰，他心里越是不好受。昨天，他还和人家讲"人民民主专政"。才睡了一晚，专政专到他屋里来了，儿子媳妇都被抓走了。他烦躁已极，朝着呜呜哭泣的婆婆子发火：

"你哭什么？我还没死呢！"

婆婆子于是拿话顶他："你没死有什么用？做龙不能行雨，做虎不能装威，儿子媳妇照样被人抓走了！"

当着乡亲们的面，谭世瑛让婆婆子顶到南墙上，使他面子丢尽。他陡然生出一股凛然的气势，说："我这就去把他们接回来！"

"你去哪里接？"

"区政府！"

老伴抹着眼泪，说："人家会放人么？"

谭世瑛手一挥，说："毛润之坐天下，抓人抓到我屋里来了，这还了得！"

前来劝慰的乡邻们纷纷附和："就是的。那个南下的郝同志，听说当了区长。他常来世爷家。又不是不知道润之先生和世爷的关系。世爷去了，他能不放人么？"

天气阴沉，屋后山林里透出来潮湿的气息，这是要下雨的征兆。谭世瑛拿了一把雨伞，刚要出门，教联组长也急急地跑来了。说：

“谭老师，要请你去教联打一转。”

“我要去区政府!”谭世瑛脸色很不好看。这个教联组长只晓得抠名词，钻牛角尖，而且还趾高气扬。他这个时候跑来干什么？看险?!

教联组长一看屋里的气氛，也很尴尬。但说:“谭老师，我看你还是先去联教吧，区里来了两位同志，一定要找你!”

“为我儿子媳妇的事?”

“我也搞不清!”

“是不是南下郝同志?”

教联组长说:“不是。”

谭世瑛说:“不见。除了南下郝同志，我谁也不见!”

其实，教联组长心地善良，他担心谭世瑛家里出事无法承受，失态，顶牛。这样，会把事情弄得更糟。他好言相劝:“谭老师，我看你还是去。有什么话，也可以请他们转告郝区长。这土改运动来势很猛，我们还是谨慎一点为好!”

谭世瑛偏偏不吃这一套:“我家里没得一只禾蔸子，难道还怕土改?”

“那你就更应该去!”

教联组长好劝歹劝，才把谭世瑛劝动。教联设在乡中心小学。去时，中心小学的教室里已经坐满了等着开会的老师。没有人给谭世瑛让座，平时挺熟的人也不和他打招呼。屋里的气氛有些异样。他刚在一张课桌后落座，一个穿灰制服的区干部就走上讲台，大声说:“现在开会!”

人们肃静异常。

灰制服明知故问："谭世瑛到了没有？"

谭世瑛没有反应过来。教联组长代答："到了。"

"谁是谭世瑛？"又是多余的话。

"是我。"谭世瑛应了一句，端坐着。在这样的场合，他越发注意保持自己的身份。

"谭世瑛站起来！"

满教室人的目光一齐射向谭世瑛。就在这一刹那间，他有些气馁了。这两天种种突如其来的变故，使他锐气大挫。虎落平阳被犬欺啊。此刻，那张由于愤怒和痛苦扭曲的脸，显得难看极了。幸而教联组长小声提醒他：

"谭老师，你就站起来吧！"

谭世瑛身不由己，站了起来。灰制服拿起一份公文，高声念道《区人民法庭判决书》：

谭世瑛，男，现年五十五岁，家住石洞乡石洞村。查谭世瑛在土改运动中，为不法地主鸣冤叫屈，干扰农会，情节恶劣，性质严重。为保障土地改革运动顺利进行，根据广大贫雇农的强烈要求，并根据上级批准，判处谭世瑛管制一年。在管制期间，剥夺公民权……

灰制服问："谭世瑛，你听清楚了没有？"

谭世瑛从娘肚子里出世，还从来没有受过这种屈辱啊。胸口的恶气，使他浑身颤抖着，脸庞成了紫酱色。灰制服见他不吭气，对教联组长说："向他宣布守法公约！"

教联组长也许动了恻隐之心，没有高声大气，用规劝的口吻说："谭老师，按照上级的意思，今后，你出村，要向农会请假。出校，要向教联请假……"

谭世瑛扭身就走。

灰制服问："你去哪里？"

"去区政府！"

"去干什么？"

"去告状！"

灰制服正色道："谭世瑛，现在你已经是管制分子了，只许你老老实实，不许你乱说乱动。你要考虑后果！"

谭世瑛明显地失态了，他复又一屁股坐下，还架起二郎腿。说：

"我去北京找毛泽东，去会老朋友，去聊天，去讲古！"

他打出手中的王牌，灰制服顿了一下。但也不示弱，说：

"如果毛主席有信请你去，区里一定放行！"

七

据说在土改的时候，那些昔日骑在农民头上作威作福的地主恶霸和反革命分子，眼看就要遭到灭顶之灾，都处于一种极度惶恐之中。但谭世瑛从教联回到家里，尽管儿子被抓，自己被判管制，他却一点也不害怕。抽了一袋烟之后，他的思绪就在另一个轨道上运行起来。他觉得这一切都是那个姓郝的北方佬在捣鬼。北方佬到他家来，他没有杀鸡置酒留饭，怠慢了人家。加之他一时兴起，讲了几句冲撞他的话……北方佬就记仇了。他吃过这种亏。在邵阳县当财政科员的时候，不就因为科长的老婆过生日，他没有送寿礼，而被砸了饭碗么？这个北方佬心更狠，又判管制又抓人。他得想办法出出这口气！对，去北京找毛润之。告北方佬，告农会。就凭他们在一张床上打通铺的情谊，毛润之不会不理他这个落难之人。细细一想，又觉得不妥。和润之握别四十年，他刚刚坐天下，这样去打扰他，合适么？那么，不找他又找谁呢？找肖三，听说他写诗搞文化，北方侉子不一定会卖面子。找谭政？对了，谭政当中南军政委员会副主席，北方佬这样的干部，也许他管一大串。写信给谭政，告状。告挟嫌报复的南下北方佬，告随便抓人的区政府！

吃过晚饭，点上油灯，他让老婆倒扣上房门。他刚刚在书案前落座，便觉得天气已经有了寒意，于是起身加了一件衣。风从窗户缝里灌进来，把油灯的火苗吹得东摇西晃。他感到一种莫名其妙的紧张。这时，又有人敲门，他火气冲天：

“敲死呀！”

门开了，早晨来过的校工又来了。谭世瑛脸上掠过一丝冷笑，区里到底是把谭果夫妇放了吧。这不，校工报信来了。谭世瑛虽不是皇亲国戚，却是毛润之的至交好友啊。他问：

“人呢？”

“谁呀？”校工惴惴然。

“谭果呀，放出来了没有？”

校工一脸哭相：“谭老师，哪里放什么人啰！”

谭世瑛在校工面前，尽量显示极豁达的样子：“看你急的！有什么事，你慢慢说吧！”

校工说：“学校里传开了，说……过几天，区里要开公审大会！”

“杀人？”

“是啊……”

“犯人是谁？”

“听说，听说……”校工吞吞吐吐。

谭世瑛猛一愣神，一把抓住校工的手，紧捏着。一双眼睛瞪出血来了：“未必是谭果？”

校工一脸凄惨：“还有李静怡老师。唉，李老师的歌唱得好啊。呜——”

校工哭了。

老婆轻轻推开门，蹑手蹑脚进来。谭世瑛一瞪眼：“出去！”

婆婆子苦着脸，退了出去，复又把门带紧。谭世瑛有气无力地问：“都犯了什么罪，要偿命？”

校工说：“区文教助理说，去年九月，谭果老师在宝庆一个叫水坝的地方驻防，解放军打来了，他们撤退之前，谭果把关押在水坝镇上的几个共产党嫌疑分子拖到河边枪毙了。那当中，就有三个是共产党。还说，李静怡老师也杀过人，她还会打双枪……”

谭世瑛说：“知子莫如父。我相信他们不会干这种事！”

校工说：“我也这样想。可如今，外边传得这样凶，无风不起浪。谭老师，你可要尽快想办法呀！”

谭世瑛心里突突跳，人已六神无主了。伸手去抓烟筒的时候，却抓住了灯盏。把灯弄黑了，屋里一片漆黑。老鼠在床底下乱窜，发出吱吱的叫声。窗户里梭进来的风，使他胸口一阵阵冰凉。他尽量使自己镇静下来，在死一般的寂静中，清理了一下自己的思绪。别的都顾不上了，必须马上去北京找毛润之。否则，北方佬真会要了他儿子媳妇的命。但他不相信一二天内会开公审大会。他读过一些典籍，唐朝的时候杀人，要到刑部公堂对簿。宋朝要在大理寺会审。而且都要经过皇帝用朱笔签押。即使定了铁案，也要等到秋后才处决。现在毛润之坐江山，不知有怎样的程序，想必也不会马虎从事。如果在区里把案子报到北京去之前，他能见到毛润之，儿子媳妇就有救了！

事不宜迟，他拿了几件换洗衣衫，又叮嘱老婆：“我去了北京。短则十天，长则半月。家里即便有塌天大事，也不要着急！”

校工其实只在谭世瑛门下读过三个月书，他却恪守“一日为师，终身为父”的古训。他决定护送谭世瑛半夜出逃，并送他上火车。

离火车站有六十里。他们匆匆前行，举目是黑压压的群山，天空中挂着惨白的月亮。露气也许还带着霜，透骨的凉。走了约一里地，碰上两个巡夜的民兵，问他们要路条。谭世瑛全然没有了昔日的斯文，可怜巴巴地说："我家婆婆子气痛病发了，我要去镇上接郎中！"

民兵指着校工问："这是什么人！"

谭世瑛撒谎："内侄。就是我婆婆子娘家的侄子！"这样才混了过去……

八

去见毛泽东竟是出乎意料的顺利。谭世瑛曾在邵阳县城待过，也见过一些世面。出了北京站，他便叫了一辆人力车。不问价，直奔天安门。北京的马路又宽又长，路上车辆行人来去如梭，他都无心观看。人命关天，他是来刀下救人的啊。跳下人力车，他就直奔警察岗亭问路：

"警察同志，请问一下，毛主席，毛泽东同志住在哪里！"

这回他不叫润之了，喊官衔，还叫同志。警察对他的第一印象就不错。和气地问：

"老同志，您找毛主席有什么事呀！"

"我是他的老同学，来看看他！"

刚解放的时节，老区常常有人提着鸡蛋、红枣、核桃来北京，来会老战友，也有老房东来看同志的……别看这些人土不拉叽的，他们要见的人却往往是在报纸上经常露面，目下正掌握着某一项重大国务军机的大人物。警察于是对他们都很客气，便问：

“您……有当地政府的证明吗！”

谭世瑛暗自叫苦。他一个管制分子，不是自由人，半夜里逃出来的，哪里会有证明呢？他只能如实相告：“没有！”

警察笑了：“您没有介绍信，怎么能去见毛主席呢？”

“信？”谭世瑛灵机一动，说，“有的，我带着呢。毛主席、毛泽东同志自己写的！”

说着，他蹲在地上，打开包袱，那里边有两封毛泽东的亲笔信。毛泽东的老学兄，警察丝毫不敢怠慢。忙说：“老大爷，您等等！”

一会儿，来了一个小个子警察。岗亭里的警察告诉他：“这位老同志要去中南海，你送他去。老同志第一次来北京，路生，你要送进门去！”

小个子警察简直还是个孩子。他帮谭世瑛提着包；还扶着他的手臂，缓缓来到新华门，又为他去传达室联系。一会儿，小警察从传达室的里屋出来，笑嘻嘻地说：

“老大爷，您的运气真好。别人等上十天半月，还见不上毛主席。刚才，接待同志与主席的秘书通了个电话，主席这会儿正有空，请您现在就进去！”

谭世瑛几乎被这个喜讯击昏了。四十年前的老同学见面，该是怎样的高兴！更要紧的是，离家才三天，他就要见到润之了！那个北方侉子除非坐飞机，也不能抢在他前面把案子批了回去！只要他和润之见了面，北方侉子再把案子送来，润之肯定会笔下留情，刀下留人。儿子和媳妇还会有什么危险吗？兵贵神速。这句成语此刻竟是这样的形象而生动！

毛泽东正在院子里散步。这里古树参天，空气清新。地上没有尘埃，四周静得没有一点声音。今天好事都碰一起了？假如毛泽东坐在金銮殿，虽是老学友会面，谭世瑛也不知道该有怎样的礼节。四周站满了人，他又怎样跟毛润之讲私房话呢?!

这时，毛泽东也看见了谭世瑛，大步迎了上来。谭世瑛却站着不动了，在他跟前，一会儿出现了一个黑瘦个子年轻人，一会儿出现了个身材魁梧满面红光的巨人。历史不断被瞬间分割，又不断由瞬间组合。这就是和他打了一个冬天通铺的老同学么？这就是“东方红，太阳升，中国出了个毛泽东”的那个毛泽东么?！他本来有眼病，这会儿更模糊了。还是毛泽东打破了沉默，他嗬嗬大笑：

“啊，世瑛先生，什么风把你吹来啦！”

谭世瑛从沉思默想中惊醒过来，也趋前几步，一把握住毛泽东的手：“润之，主席！”

院子里有一张石桌，旁边摆了几把藤椅。毛泽东请他在藤椅上坐下。他大约记起不久前谭世瑛的来信，问：

“世瑛先生，你果然想出来工作？”

这时，谭世瑛正在打肚皮官司，怎样把儿子和媳妇的事提出来。他心不在焉地回答着毛泽东：“嗯。啊？是呀！”

毛泽东关切地说：“这得吃很大的苦楚呀，身体适应得了么?”他起身踱步。“革命是很艰苦的。唐僧去西天取经，还有九九八十一难呢。革命嘛，只怕比唐僧取经还要困难一些……”

谭世瑛依旧没有全神贯注听毛泽东讲话，一双眼睛老盯在石桌子上。那石桌上有几张报纸，还有一摞文件。润之主席未必不在金銮殿坐朝，而在这院子里办公事？那么，儿子和媳妇的案子，是不是就在这石桌子上？他审阅并用朱笔签押了没有？他一定不知道谭果就是他的儿子。他和毛润之分别的时候，都还是尚未成家的青皮后生子啊!

毛泽东也很纳闷。这位老学友很拘谨，是不是太紧张了呢？于是和他拉家常：

“世瑛先生，家里有几口人呀!”

“六口。”

“都是些什么人啊?”

“我和婆婆子。还有三个崽，一个已经成家!”

毛泽东很高兴的样子说：“这真是‘昔别君未婚，儿女忽成行’啊。儿子都在做什么事呀?”

谭世瑛呜地一声哭了起来：“我的大儿子谭果，还有儿媳，都被一个北方南下的郝干部抓走啦，押在区里的牢房里!”

毛泽东不胜惊讶。忙把茶杯移到谭世瑛的面前，说：“你喝茶!”一会，又用浓重的乡音说：“不是抓吧。总是有点么子事情，要他们二位去区政府讲清楚啰!”

谭世瑛说：“只怕不是这样子的。听说过几天要开公审大会，杀他们两个的脑壳。北方人又不讲道理。我要去申述，他们又把我管制起来。不准我出门，不准我会客。口口声声不准乱说乱动!”

毛泽东兴趣来了，笑着问：“既然他们不准你出门，又不准你会客，你怎么又寻到我这里来了呢?”

谭世瑛揉了揉眼睛，说：“我带着你的信!”

“我的信?”

谭世瑛从衣兜里拿出毛泽东给他的两封信。毛泽东故作惊诧道：“这么说，你把我的信当路条啦!”

谭世瑛叹了口气说：“不带上你的信，我还真出不了门呢。我是半夜里动身的。一路上，碰了几伙巡夜的民兵。在本乡不敢说来北京，说是为婆婆子接郎中。出了乡，人家不认得我，我拿出你的信，他们马上放行了。到了北京，我不晓得你住在哪里，去问警察。我让警察看了信，他们不但告诉我该怎么走，还派一个小同志，把我送进来啦!”

“嗬，我的信还这么管用呀!”

说着，毛泽东哈哈大笑起来。

毛泽东一番逗趣，使谭世瑛焦虑不安的心情有所缓解。毛泽东仍然珍视他们之间的同窗之谊!但他也知道，毛泽东聊起天来，民情乡俗，古今中外，海阔天空。但他心里总还压着一块石头。他希望毛泽东有一句明确的话。这样，他也可以舒心地陪着他，叙离情，话别绪，讲乡间的种种人事变迁。他几次想把话题拉回来，鬼使神差，一开口，他自己也讲起古来：

“润之，主席！你在东山学堂读书时，作文本上写的那首诗，我至今还记得呢！”

毛泽东问：“么子诗？我一点印象也没有了！”

“《咏蛙》啊！”谭世瑛清清嗓子，念道：

独坐池塘如虎踞，绿杨树下养精神。
春来我不先开口，哪个虫儿敢作声！

毛泽东搜寻着自己的记忆，老学友的朗诵把他带入了那个风华正茂的年代。他笑笑说：“这叫初生牛犊不怕虎。其实，诗很幼稚！”

“不。”谭世瑛说，“我之所以至今还记得，是因为家父多次向我提及。他说，他当时就在作文本上打了批：‘诗似君身有仙骨，寰观气宇。似黄河之水，一泻千里。’然后，他捧着你的作文本去找校长。说，校长先生，别看这个又黑又瘦的毛润之，眼下还不晓得亚细亚洲、欧罗巴洲在什么地方，将来必定是国家栋梁之材啊。这样的学生不赶快注册入校，不仅是校长先生的遗憾，堂堂东山高小学堂，也会给人留下一个大大的笑柄！家父说，校长先生读了你的作文，连声说，难得，难得……”

毛泽东最美好的时光都在戎马倥偬中飘飞过去了，现在回想起来十分遥远。这样子的结果，使他成为书写中国二十世纪历史的大手笔。尽管如此，东山学堂那段生活，他从来都没有忘记过。他很动情地说：“是的。不是令尊大人咏春先生力荐，我是不能进东山学堂试读，也不能正式注册的。咏春先生的厚爱，我一直铭记在心！”

谭世瑛又掉眼泪了。这回不是哭。润之居九五之尊，仍然这样重情义，怎不让人怦然掉泪！他连忙掏出手帕擦眼睛，毛泽东关切地问：

“你的眼睛怎么了？是为儿子媳妇的事哭坏的么！”

毛泽东关心他的眼睛，还由此推及他的儿子和媳妇，于是有一道明亮的阳光在他心头闪动。他说：“好些年了，眼睛红，里边发痒。在乡间吃了许多单方和草药，都不见效。这次在路上吹了风，更不行啦！”

毛泽东连忙叫来秘书，说：“我这里来了一位老学友，请你给他找个地方住下来。明天跟协和医院联系一下，请大夫费心给治治眼睛。当年，我进东山学堂，还多亏他父亲谭咏春先生哩！”

秘书帮谭世瑛提起包包。谭世瑛这时也活跃起来，对秘书笑笑说：“那时，我跟润之主席还睡一床呢。”

毛泽东俏皮地嘘了一下。说：“别听他摆好。那时他嫌我不卫生，逼着庶务主任要给我安排床位！”

大家都笑了，格外开心。

临了，毛泽东说：“世瑛先生。你安心去治病吧。待眼睛治好了，我也有些空了，我要请你吃一餐饭。虽说没有山珍海味，家乡的豆豉辣椒还是有的。我们边吃边谈讲！”

九

雪白的被子，雪白的墙壁。仿佛灯光也格外白亮。谭世瑛眼睛有毛病，怕见强光，他不习惯这种日光灯，于是早早熄灯睡觉了。

病房里有两张病床。另一张却是空着的。他一个人住着，屋里显得安静极了。他躺在床上寻思：人真是活神仙！几天之前，他还不是一个自由分子，受管制，不得乱说乱动。几天之后来到北京，他却成了中国当今第一人的座上宾。还把他送到这家赫赫有名的医院治眼睛！在住进医院检查时，医生知道他是毛泽东主席的老同学，检查得格外精心。还一个劲地安慰他，一定要尽最大的努力为他把眼睛治好。而那位小护士，饭送到房里，水送到床头。谭世瑛过意不去，晚饭后要自己去打水。小姑娘说："老大爷，让我来。您为革命作出了那么大的贡献，生了病，我们应该照顾您！"小护士显然把他搞成了劳苦功高的老革命了，谭世瑛摇头不是，点头也不是。幸而小护士一会儿又出去了，才把他从窘境中解脱出来。

接着，他又细细密密地回忆和毛润之会面时的情景。对于儿子和媳妇的事，毛润之没有作出任何许诺。只顾跟他聊天，风趣得很。以毛润之的地位，他需要明确的许诺吗？他跟你聊天，讲古。送你上医院，治病……这就是说，天塌下来，有他撑着哩。只有他才撑得住！也许谭世瑛刚一出门，他就吩咐秘书：给湖南打个电话，真是大水冲了龙王庙啊。

怎么把我的老学友的儿子和媳妇也抓起来了？真不像话！电话由省里传到县里，县里传到区，那个北方侉子不吃后悔药才怪咧！

这一夜他睡得真香，尽做好梦。

第二天，病房里来了一位病友。眼睛是两只深陷的黑洞，双目失明。由好几个干部模样的人扶进来的。眼睛是心灵的窗户。这位病友眼睛虽然看不见了，心灵的窗户却没有关上。他性格很开朗。刚刚安顿下来，他就和谭世瑛攀谈：

“老同志是哪里人？”

“湖南。”

“哦，”他很景仰的样子，“这么说，跟毛主席是同乡呀！”

进屋送药的护士介绍说：“这位老大爷是毛主席的老同学。毛主席送他来治眼病！”

病友关切地问：“你的眼睛也看不见呀，是国民党狗特务害的么？”

谭世瑛噤若寒蝉。人家说他儿子也是特务！吱唔着说：“嗯……不。医生说，我害的是重症沙眼病，最近又感了风寒，眼珠子发炎！”

“受苦了，您！”病友躺在床上，面朝天花板，说，“我的眼睛是国民党狗特务害的。那一次，我让叛徒出卖了。特务抓了我去，要我交出地下党的组织。我不干。那些丧尽天良的家伙，就用硝镪水点在我眼睛里。刚开始左眼还有一点点光，后来全烂了。组织上关心我，送我来医院治眼睛。医生却说，要动手术，把废了的眼球挖出来。要不，眼珠的炎症会侵害大脑，连命都保不住。唉，革命胜利了，我却成了个废人……”

声音悲怆，愤怒。谭世瑛很同情，想安慰这个惨遭不幸的人，一时又找不出合适的话来。那位病友又说：“恶有恶报。中央人民政府马上就要公布《惩治反革命活动条例》了，要惩处这些黑良心的家伙！”

说完，他不再说话了，静静地躺着养神。而这时，谭世瑛胸窝里可就十五只吊桶打水，一颗心七上八下了。隔床的病友说，要惩处特务、反革命。北方侉子说，他的儿子和媳妇都是特务。他们也用硝镪水残害别人的眼睛了？不会。特务分子都是些眼睛鼓暴，胸脯上长毛，青面獠牙的家伙。他谭世瑛的儿子媳妇文文静静，知书懂礼，能教书，会写字，还能演文明戏。他们决不会干这种害天良的事。一会儿他又想，假如他们也干了这些事呢？儿子谭果一直在白崇禧部队，他在外边干了些什么，做父亲的一点都不知道，更别说那个从没见过面的儿媳妇了。如果他们真正做了恶事，又有铁证，是免不了要挨枪子儿的。那么，毛润之会不会保他们，能不能保得住呢?！……想着，他吓出了一身冷汗！

一个挺精神的小战士，提着一网兜水果来到病房。喊道：

“谭同志，您好了些么?”

骤然的喊声又把他吓了一跳！待他魂归原位，便疑疑惑惑地说：“啊，好些，好些。你……”

“主席让我给谭同志送水果来。主席请谭同志好好养病！”小战士说话像背书。谭世瑛说：

“感谢。感谢毛主席。也感谢你，小同志！”

小战士走了。看着茶几上那一兜红透鲜亮的苹果，谭世瑛忽然变得轻松起来。润之派人送水果，那意思很明白：天下本无事，庸人自扰之。为哪样要自己吓自己呢?!

十

谭世瑛终于出院了。在医院里，他一会儿惊吓，一会儿高兴，也听不到家里的消息，日子便显得那么难捱。从医院搬回招待所，那个来医院送水果的小战士陪着他游北京城。记载着帝王兴衰更迭的故宫金銮殿，诉说着历史风云的古长城，本应使这位乡下教书先生流连忘返。然而，这些似乎对他毫无吸引力。他老是对那小战士说：“请转告润之主席，我在北京耽得太久啦，想尽快回去！”小战士却说：“主席交代了的，北京该参观的地方，都要让谭同志看看。谭同志不要着急！”

这天下午，小战士领他去理发店理发，又送他去澡塘洗澡。完了，捧来一套崭新的蓝卡叽布中山装，让他换了。小战士笑着说：

“今天谭同志精神多啦。走，我们去主席那儿。主席请谭同志吃晚饭！”

轿车七弯八拐。下了车，房子的门楣上有一块匾：菊香书屋。毛泽东在门口迎接他：

“世瑛先生，记得乡下有句俗话：治得好的不是病，是病不要治。你看，经协和医院的大夫治疗，你的眼病治好了嘛！有病怎么不要治呢？当然啰，乡里没有钱，也缺医少药，只好任其自然。道家思想，无为。昨天还有人在我这里讲起道家学说如何了不得，我看在对待治病这件事上，就讲不通！”

眼看毛泽东又要海阔天空了。谭世瑛多年蛰居乡间，不管是儒家还是道家，他都很少研究。他无法对答，也无心对答。他说：

“我的病彻底治好了，这要感谢你。润之，主席！”

“我又不是郎中，你做么子要感谢我啊！”毛泽东笑着，讲着乡音，拉着他的手进了屋。接着又说，“今天我难得有空，我们来讲些有趣的事。东山学堂那个肖子璋，后来又叫肖三的，你还记得不！”

谭世瑛说：“怎么不记得？他哥哥叫肖子升，都在我们一个班上。他们兄弟都聪明过人。就不知道他们现在哪里！”

毛泽东说：“肖三如今是个大诗人，在北京。昨天我还托人打听过，他外出了。要不，我今天要请他来陪你。他哥哥肖子升，也是个角色！”

毛泽东的话，勾起了谭世瑛的许多记忆。他说：“我记得肖子升有许多书，其中有一本《世界英雄豪杰传》，上边讲华盛顿、杰弗逊、林肯……的故事。你借来看了，又推荐我看！”

这两个老学友，无拘无束，你讲一个细节，他讲一件小事，他们仿佛又一齐回到那间书卷味极浓的东山学堂。毛泽东很有些得意，说："那时候，我是见书就看，饥不择食。就凭一股热情，要救国，想在书本里面找方子。只是……"顿了一下，他不无惆怅地又说："肖子升走到另外一条路上去了。起先到了美国，后来又流落到南美洲的乌拉圭。中央人民政府成立时，我托人找到他，邀请他回国，他拒绝了。唉，我不晓得他在外国当洋寓公有么子味！"

谭世瑛说："听说他做过国民党政府的农业部长，也许还有顾虑！"

"爱国不分先后嘛，回来了就是一家嘛！"毛泽东问："世瑛先生，肖子升当农业部长的时候，你没有去找找他？"

谭世瑛笑笑说："人家官高位显，我一个穷教书匠，怎么好去找他呀！"

毛泽东哈哈大笑了。说："我晓得你这个人，在乡下住着，清高得很，也傲得可以。不过，我现在不大不细，也是个主席。你怎么又找来了？"

谭世瑛一愣，接着又讪讪地笑了。

毛泽东说："我也晓得，你是没得办法了才来的。唉，你儿子这个事——"说着，他随手在桌子上拿起一份文件。

原来，在送谭世瑛去住院的那天，毛泽东果然就给中共湘乡县委去了一封信，询问谭果的事。前几天，湘乡县委送来了一份报告，详述了谭果杀害共产党员，然后又接受派遣，和一个女特务潜伏回乡的种种罪状。毛泽东也不回避，将这份文件递给谭世瑛。这时，谭世瑛心里像窜进去一只兔子，登登登地乱蹦。是润之把案子调来了？还是那个北方侉子通过层层递呈，将案子送到毛泽东主席这里来，要他朱笔签押?！北方侉子太天真了！朝廷有人好做官。历朝历代，莫不如此。你看，你办的那个案子，现在送到了你的犯人的亲爹手里！当然，润之既有这份真情，这份信任，案子他看不看都无所谓。不过，他还是想看看。好奇。侥幸。暗喜。然而，他却把老花眼镜忘在招待所里了。他也不好意思向毛泽东借眼镜。他只看清文件的右上角，有两个醒目的毛笔字，绝密。那文件是油印的，字小。他把文件推远，拉近。麻麻密密，像池塘里的蝌蚪在浮泅。毛泽东把文件抽了回来，说：

“看不清，不看也罢！”

他把文件归入桌上那一大摞文件上面。谭世瑛当然无法知道，那些文件当中，有陶铸从广西发来的关于十万大山和六万大山土匪猖獗的报告，有华东军区陈、饶、粟、周联合署名的关于浙皖边区、皖北边区、钱塘江以南的闽浙赣边区土匪横行的报告，还有贵州、四川、湖南湘西，以及新疆、青海、宁夏的匪情通报……这些字字血声声泪的文件，都堆在毛泽东的办公桌上。如果把文件上的事例变成真实画面，那将是人类历史上空前绝后的惨绝人寰：强奸、轮奸、吃人心、炒人肝。还炸桥梁，割电线，撬铁路！湖南岳阳康王镇，土匪特务半夜里闯入区公所，杀害区干部十人、农民一人，抢劫枪械二十七支。还纵火烧房，把一个美丽的湖滨小镇，变得满目凄凉。而贺龙和邓小平联合署名向毛泽东的报告中说：仅川西地区，各种公开活动的匪特就达一百零四股之多。小股数十至数百人，大股有万人之众。并且，还有继续以极其迅猛的速度蔓延之势！这些怙恶不悛的家伙，企图把刚刚建立起来的人民政权推翻，使善良的人民重新陷入水深火热之中。昨天晚上，毛泽东通宵未眠，提起那支千钧之笔，在陶铸送来的那份报告上，写下了电闪雷鸣般的文字：

不杀匪首和惯匪，则匪不但无法剿净，且越剿越多。不杀恶霸，则农会不能组成，农民不敢分田。不杀重要的特务，则各地破坏和暗杀层出不穷。总之，对于匪首、恶霸、特务（重要的），必须采取坚决镇压的政策，群众才能翻身，人民政权才能巩固！……

然而此刻，毛泽东的老学友谭世瑛，却为儿子媳妇的事，坐在他的办公室里。是啊，当他们都在束发之年，他们之间亲热得不分彼此。在寒冬腊月，他们挤在一张窄床上，被子薄，于是你焐着我的脚，我焐着你的脚，整整一个冬天！他的父亲谭咏春先生，扶掖后进，力荐他进了东山学堂。这也许是毛泽东青年时期一个重大的转折。知遇之恩，毛泽东怎么也不会忘记！然而，他一生经历了太多的鲜血和死亡。敌人从来没有向他和他的战友们发过慈悲。眼下，不把土匪特务彻底肃清，人民无法安居乐业，也无法建成繁荣富强的新中国。他和千百万人共同奋斗的大目标，就有可能半途而废，徒给历史留下一个令人惋惜的败笔！于是，他一步踱到谭世瑛面前，说：

“世瑛先生，我们家乡有一句乡谚：儿大不由娘。又说，崽大爷难做。做父母的，只能生他的身，不能生他的心。就算同胞一母所生，比如肖子升、肖子璋（肖三）两兄弟，也一个要朝东，一个要向西。人各有志，谁也管不了谁。所以我劝你，儿女们的事，你不要去管。据我看，你想管也管不了！”

谭世瑛心里“格登”一下，似乎明白了，似乎又不明白。他嗫嗫嚅嚅：“是不是，这么说……”

“吃饭！”毛泽东大手一挥，说，“饭菜早上桌了，我们边吃边谈！”

席间，毛泽东不停地给老学友夹菜。说：“在东山学堂，伙食不好。你娘常常给你炒些豆豉辣椒，还有冬腊肉。你每回都分一些给我。我今天招待你，这三样菜都有！”谭世瑛有点儿拘谨，有点儿魂不守舍。毛泽东给他夹了一块腊肉，又说，年纪大了，要注意保养身体。接着，他介绍他的养生秘诀：坚持吃素，多多走路，不要发怒。饭毕送他出门时，毛泽东依依不舍：

“记住，回去后，要按医生的嘱咐，继续使用眼药。药用完了，你写信来，我给你寄去！”

谭世瑛从北京回来，山村依旧，人事已非。他的学生刘三孩当上了乡农会主席，苏南坡因为对抗土改运动，被判处三年徒刑，送到洞庭湖边一个农场劳改去了。到家时，婆婆子正在园子里摘菜。她迎他进屋，他没问儿子媳妇的事，婆婆子也没说。她从抽屉里翻出一封公事，那是区人民法庭关于撤销对他管制的判决书。婆婆还告诉他，他家定为贫农成分，分得水田五亩三分，旱土两亩九分，柴山一块，还有耕牛和农具。穷困潦倒一辈子的谭世瑛，第一次有了自己的田产。过了一个月，他又接到毛泽东的来信："寄上人民币三百元，聊为杯水之助。如有所需，尚望续告。"因他耽误教课的时间太长了，于是辞去教职，在家割草放牛，帮助家人侍弄那些属于他自家的水田和旱土。他同时还将那件缎面蓝长衫锁进箱子里，不翻晒，更不穿它，不久便被虫子咬坏了。于是，在我们家乡，从此再也见不到那种一片荷叶包锦绣的蓝长衫了……

本篇后记

作者在家做孩子的时候，就听说过这个故事。近年来回乡探亲，老人们又多次对我讲起。昔日那位护送谭世瑛半夜出逃的校工，如今已经须发皆白了。他常常记起那个有惨白色月亮的夜晚，他和谭世瑛是怎样骗过了巡夜的民兵的。他并不觉得这样做有什么不好。有一回，他对我说："要说走后门，谁也没有谭世瑛本事大。他一家伙走到北京毛泽东的屋里去了，你看厉害不厉害！"追昔抚今，老人感慨万千。探亲归来，我便原原本本将这个故事记录下来。然而，当贤明的编辑先生决定发表，并将送厂发排的时候，我忽然觉得应该找点文献资料来印证一下。我在《毛泽东书信选集》第493页，终于查到了毛泽东致中共湘乡县委会的一封信：

湘乡县委，并转第二区区委、石洞乡支部各同志：

石洞乡的谭世瑛，四十多年前，曾在湘乡东山学校和我有过同学关系。解放后来过几次信，我亦回过几封信，因他叫困难，最近又寄了一点钱给他。最近因患眼病，到汉口找谭政同志求治，谭不在，到北京找我。现正进医院治眼，两三星期即回乡。我嘱他好好听区乡党政干部管教。据他说，他有两个儿子在三年前镇反斗争中被枪决，一个是营长，一个是排长。听说是有血债被枪决的。他本人也被剥夺公民权，管制一年，现已解除管制但仍不能入农会。他的妻和他的其他两个儿子则有公民权并入了农会。他说，他的成分是贫农。他又说，他教了几十年书，只在二十七年前在国民党的邵阳县政府当过五个月的科员，并未作坏事云云。此人历史我完全不清楚，请你们查明告我为盼。

祝你们工作顺利。

毛泽东

一九五五年五月十七日

如此说来，民间传闻有误。镇反斗争中被枪决的，是谭世瑛的两个儿子，没有儿媳妇。而且，他去北京找毛泽东，是一九五五年夏天他的两个儿子被枪决之后，而不是在儿子被枪决之前的一九五〇年冬天。时间也明显的颠倒了。那么，民间传闻为什么要这么颠倒呢？就连和谭世瑛同住一个村的我的二姨父，当年的农会小组长，他也说："没错。区里刚刚抓了谭果，谭世瑛就去北京找润之先生了！"我踌躇着要不要再去查阅档案，再去访问乡间老人。过后一想，毛泽东把乡情人情、秉公执法和不徇私情这样一些中华民族的传统美德，和谐地糅合在一起。人们希望世间上的事情，都按照他们的美好愿望发展。于是，便发生了这种时间上的错位。毛泽东是家乡的光荣和骄傲。于是，乡亲们将这个故事，一遍又一遍地讲给别人也讲给我听：这便是故乡人心目中的毛泽东！

毛泽东一直惦念着这位老学友。《毛泽东书信选集》第496页，有一封一九五五年六月八日致谭世瑛的信。信中说："你应当在新旧社会的根本变化上看问题，逐步地把你的思想和情绪转变过来。这样就可以想得开些，把一些缺点改掉，督促全家努力生产。最要紧的是服从政府法令，听干部们的话。这样，几年之后，人们对你的态度就会更好些了。"

毛泽东怕这位打过通铺的老学友再摔跤子啊。牵挂他，叮咛他。殷殷之情，溢于言表。

一九五九年六月，毛泽东回韶山，写下了"别梦依稀咒逝川，故园三十二年前"的著名诗句。这一天，他设宴款待父老乡亲。他说："别忘了把我的那位老学友谭世瑛先生也请来！"工作人员告诉他："专程去请了谭世瑛先生，可他外出走亲戚了，一时半会回不来！”错过了一个与老友相见的机会，毛泽东不免有些失落，说：“我的这位老学友，是个老实人，就是迂腐了一些！”毛泽东叹惜着，十分怀念的神情。

陪斩者

我第一次看处决犯人，是土改的时候“枪毙”赵浦珠先生。那时，我正是小学五年级的学生。这个年龄层次的小孩子，都很好奇，爱看热闹。头天傍晚，在小溪边放牛的四十粒粒偷偷告诉我：“明天小街上枪毙人，你去不去看？”我一愣，问：“枪毙谁呢？”四十粒粒很神秘的样子，说：“这是机密，爹不让我告诉别人！”四十粒粒的父亲是村农会主席。乡里搞土改，他父亲成了个大忙人。土改工作干部常在他家开会，他自然知晓许多秘密。四十粒粒毕竟心里藏不住事，过了一会儿，他又说：“只要你保证不讲出去，我就告诉你！”我说：“那没有问题！”四十粒粒俯在我的耳朵边，嘴巴里哈出来的热气使我耳朵痒痒的。他说：“是赵浦珠，牛轭村的，你可能不认识！”

我怎么不认识赵浦珠呢？大前年，我就读的冠英小学全体师生，曾远足去大坪学校联谊。我们的国文教员李老师说，大坪学校的校长赵浦珠先生，文章道德皆可称典范。他一生栽桃种李，曾经做过两所学校的校长。先是东山高等小学堂，后来在湘乡县国立中学。这两所学校威名赫赫。他的校友有毛泽东、陈赓、谭政、蔡和森……还有许多知名的文学家、医学家、工程专家……乡间子弟能进那样的学校读书，这本身就是了不起的荣誉，何况他还做过那里的校长！李老师对他极为崇拜。去大坪学校联谊，就是他的主意。

大坪学校举行了隆重的欢迎仪式。在那宽敞的操坪里，两个学校的师生，分别排成两个方阵。这时，一位个子不高，眼镜像两只酒瓶底儿的老先生，在李老师的陪同下，来到两个方阵中间的空地上。李老师介绍说："这就是著名老教育家，大坪学校校长赵浦珠先生！"大家热烈鼓掌。赵浦珠先生含笑点头，缓缓向我们走来。他面容清癯，神态稳重而平和。打眼的是他的前额，很圆很凸且发亮。后来看到列宁画像，我就立刻想起了赵先生的那个额头！

也许因为眼睛不好使的缘故，他起脚落步，不时要看看脚尖。那慢悠悠的样子，好像怕踩死地上的蚂蚁。面对着这百十双向他行注目礼的眼睛，他的礼节很不一般。往前走几步，他就朝我们这边队伍立正，一鞠躬。再走几步，又立正，又一鞠躬。那情形恰如外国元首向接受检阅的三军仪仗队致敬。

检阅完毕，赵校长致辞："本校长率全体师生员工，向远道而来的冠英学校的老师和同学，谨表欢迎之忱……”

坦率地说，赵浦珠讲话不大精彩。他太讲究修辞和句式。口头语言和书面语言的区别在于，前者更注重现场效果，后者则讲究修辞的完整性。加之他的眼睛藏在厚厚的眼镜片后面，与听众缺少眼神的交流。他声音又小，还有很浓重的湘乡口音。湘乡话的难懂，已是尽人皆知。说车为“猪”，象棋述语。说牛肉为 ǎoruo（敖弱），就不知典故出自何方。赵浦珠在湘乡执教卅余年，口音也被同化了。尽管如此，由于他的声誉，我们对他仍然有十二分的敬仰！

现在，骤然听说他招来了杀身之祸，那番惊骇，也就无法用语言来形容了。四周的一切，仿佛也变得恐怖起来。那天晚上，我尽做恶梦！

第二天清早，我瞒着母亲，逃学来到小街。公审大会的会场设在小街西头的坪子里。那里已有黑压压的满坪子人。我在人缝子里七钻八钻，末后竟钻到李老师的身边。我们学校的老师同学都来了。李老师朝我扬手，要我赶快进队伍站好。过了一会，李老师又在队伍前头，嘱咐同学们遵守会场纪律。李老师气色不好，说话时有些颤抖，他可能已经知道今天大会的内容。我想，他心里一定很难过。

临时搭起的土台子上，摆着一张破旧的方桌。一个穿灰制服的干部，威严地走上台来，宣布开会。死刑犯随即被带上台来，一共两个。打头的是钟集贤，四十多岁，先前当过伪区队长，据说有三条人命的血债。大约在上台之前，他就吓得瘫软了，是被人架上台来的。另一个就是赵浦珠了。这位弱不禁风的老先生，面对着这风声鹤唳的场面，似乎还没有失去正常思维。没人架他，是自己走上去的。他走路的姿势仍如往昔。起脚落步，不时看看脚尖。台子上没有蚂蚁，这实在是多此一举的。当他在台子边头站好，也没有忘记应有的礼节。立正，朝台下一鞠躬。但由于他的手臂被绳索绑缚着，鞠躬没有达到一定的度数，台下的人却都感觉到了。他的这个动作，使许多人都动了恻隐之心。有人发出轻轻的叹息。

接着，灰制服干部宣布罪状。乡间没有麦克风，他用一只绿色的铁皮喇叭筒替代。喇叭套在嘴巴上，模样儿有些滑稽。那会儿刮起一股小南风，由于风的搅动，喇叭里传出来的声音飘忽不定。于是，人们听到的，是一阵没有抑扬顿挫的叫喊声。末后，灰制服干部用更加撕裂的声音宣布："将二犯绑缚刑场，执行枪决——"随即有人领头高呼口号，全场是一片排山倒海的声音。行刑战士立即给犯人插上打了红×的死刑标牌，然后像老鹰抓小鸡，提起跪在台前的死刑犯。有的人喜欢当看客，要去看子弹击中罪犯的那一瞬间，纷纷往外挤，会场于是出现了一阵骚动。

这时，发生了一个小小的插曲。另一个灰制服干部，急急地跳上了台子，神色异样地在会议主持人耳边说了几句什么。会议主持人皱了皱眉，就朝行刑战士打了个手势。战士又把罪犯压下去，仍复跪在台子上。接着，会议主持人和那位灰制服干部跳下台子，都到小街西头的农会办公室去了。会议于是出现了一个空档。领头喊口号的人又喊了一阵，也没劲了，伸长脖子往农会办公室那边瞧。这是怎么一回事呢？这么严肃的会，开了个半截子，连主持人都不见了！

人们议论纷纷。有个白头发老倌说：“只怕是他们二位的时辰还没有到！”另一个脑壳上挽青布帕子的人反驳说：“枪毙犯人还有时辰么？”白头发说：“阎罗殿里也是有制度的。阎王老子叫你三更去，不可延捱到五更。去早了，那里也不让进门！”

纯粹是无稽之谈。

大约过了一刻钟，会议主持人又上台了。再一次宣布：“绑缚刑场，执行枪决！”行刑战士早已等得不耐烦了，提起犯人就走！

会场四周有民兵把守，想去看热闹的人走不出去。这时，太阳很明亮，暖烘烘的。四周的田垅里，成熟了的麦子灿灿地黄，嫩嫩的秧苗透明地绿。一群成人字形的飞雁，从南边的山坳上飞来，向仙顶灵山的天际飞去。当雁群掠过上空的时候，枪声响了。一声沉闷，一声清脆。会场里顿时像炸了窝的鸭群。我一直感到很压抑。愣怔了片刻，忽然又莫名其妙地亢奋起来，从拥挤不堪的人群中夺路而去。小街外面的河滩上，芊芊青草丛中，果然看见仰天躺着的钟集贤，身上看不到血，但确确实实是死了。冤有头，债有主。谁叫他丧尽天良，残害了三条人命呢？然而，会议主持人刚才还宣布，赵浦珠也是这起反革命案件的主犯。唉，一个满肚子学问的人，怎么也干出这种事来呢?！那么，他死了是怎么个样子呢？是不是还戴着那副酒瓶底儿似的眼镜呢？为好奇心所驱使，一些活跃分子寻到河滩的最边头去了。而在近处，人们你推我挤，有人挤掉了鞋子，有人跌了跤。忽然，一声杀猪般的惊叫，把大家都吓呆了。我抬头一看，也吓得打凌激，裤子都尿湿了。真是白日见鬼啊，赵浦珠就站在离我五尺远的地方！是赵浦珠的鬼魂回来了呢，还是他又活过来了呀！

插在赵浦珠背上的死刑标志没有了，捆他手臂的绳子也解去了，分明是一个活生生的人。他还在笑，极不自然地笑着！面对众多惊慌失措的人，他也很吃惊。尔后，他也许明白了什么，就茫然地扶扶眼镜框，迈着大家所熟悉的那种慢悠悠的步子，往小街方向走去。近前的人都往后躲，后面的人不知前边发生了什么事，又一个劲地往前挤，河滩上乱成一片！

我们李老师也来到河滩上。他太敬重赵浦珠了，上前去打招呼："赵先生，您……没事吧！"

赵浦珠扬扬手，说："没事。你看，我不是好端端的嘛！"

证实了是一场虚惊，李老师就忙去搀扶他，不知要怎样安慰才好。说："赵先生，我送您回去吧！"

赵浦珠点头称谢道："谢谢。干部说，还要我去区政府打一转！"

李老师说："我送您去！"

赵浦珠想起自己的身份，说："不方便吧。还是让我自个儿去！"

仿佛有人命令，河滩上立刻让出一条路来。赵浦珠依旧是慢悠悠的步伐，一边走，一边向夹道注视他的人点头欠身。就像他在大坪学校的操坪里，检阅慕名而来的友校师生……

赵浦珠死而复生的消息，村里传得纷纷扬扬。有人说，是毛泽东一封信救了他的命。并且说得活灵活现：公审大会刚刚宣判，死刑标志都插在背上了，毛泽东的信就到了，你看险不险！这是一个未经证实的传闻。但话又说回来，逮捕赵浦珠，并将他判以重刑，并非毫无缘由。

事情要追溯到蒋介石撕毁他和毛泽东在重庆签定的《和平协定》，大打内战的时候。那间书卷味极浓的湘乡县国立中学，也变得乱糟糟的了。首先是训育主任公然在学生中组党组团，并带领军警，逮捕对立面的学生。进步学生愤怒了，揪着训育主任一顿毒打。学校里人心惶惶。校长赵浦珠不涉足党派，一向不偏不倚，又以办事认真而著称。这时，他也无法驾驭学校的局面了。一气之下，就递了个辞呈，回到那个叫牛轭冲的山旮旯里。他矢志要学陶渊明。穿农家衣裳，吃农家饭食。每天除定时去锄园播菜以外，就在家读史吟诗。这种超然于世外的生活，使他迷醉。

然而，好景不长。没过几天，乡间区长出缺，竞争这个位置的人很多。因为争的人太多，力量互相抵消，有人便把赵浦珠抬了出来。论资历，他当过两所名牌学校的校长。论声望，他享誉乡儒之中。赵浦珠却死活不干。然而，他越是不干，地方上的头面人物，越是轮番来劝进。甚至在一些普通民众中，对他的呼声也很高。奉承话具有神奇的功效，他于是勉为其难。干了三个月，忽然又发现自己陷进了一个烂泥坑里。一会儿要抽壮丁，一会儿要抽捐税。抽壮丁，明明是送去当炮灰，打内战，人家死活不去。摊捐税，贫苦百姓家无隔夜粮，怎么交得起那名目繁多的捐税呢？上峰一日三催，弄得他焦头烂额。他后悔了。还学陶渊明呢，自己原来仍是一个好慕虚荣之辈。别人戴上几顶高帽子，就忘乎所以了。当他意识到这一点，就立即写了一份措辞坚决的辞呈。上峰批下来，却是“不予核准”四个字。百般无奈，他就磨洋工。区公所除区长外，还有一个区队长，几个区丁。区队长钟集贤逢事来向他请示报告。赵浦珠烦了，就说：“区里的事，一切由你去处理。我已经递了辞呈，你不要再来找我了！”钟集贤本来是个乖张暴戾的家伙，他乐得山中无老虎，猴子充大王了。这期间，为抓壮丁，逼死了三条人命，使两户人家妻离子散。这些消息传到赵浦珠耳朵里，他寝卧不安。名义上他还是区长。老百姓骂钟集贤，自然也捎带了他。他不能再犹豫了。听说六十里外的私立蓝田中学，缺一个国文教员，他不辞而别。套用一句现代语言，区长“走穴”了。一年之后，区长另换了人，他才又回到家乡来重操旧业，当大坪小学的校长。

赵浦珠是半夜里被抓去的。清匪反霸，土改斗地主。政府首先逮捕了伪区队长钟集贤。先前，他拉起赵浦珠的大旗当虎皮。现在，赵浦珠可是一堵挡风的墙了。他一口咬定，抓壮丁，派捐税，都是区长赵浦珠指使他干的。赵浦珠关在乡农会的谷仓里，里边伸手不见五指。政府干部第一次审问他，姓名性别年龄职业。虽然不关痛痒，也搞得他很狼狈。他本是个饱读诗书之人，不该为一时的虚荣，接那区长的差事。要不然，怎么会抓他呢？可他又想，大家都知道他是被人抬上去的。即算有弥天大罪，只要幡然悔改，人民政府想必也会宽大为怀。然而，第二次审问却是两起人命案。派捐税，逼死贫农龙满生。抓壮丁，逼得尖山村吴小明父母双双跳塘。这些他事前都不知道，事后才听人说起的。这也是他弃官出走，到六十里外的蓝田镇教书的原因。现在，他跳下黄河也洗不清啊。人命关天，他能随便承认么？

审讯进行了两天两夜。虽然没有用肉刑，赵浦珠的精神彻底崩溃了。他越申辩越落个不老实的罪名。细细想来，他的确也有责任。他曾将区里的事，全权交给钟集贤。事到如今，他怎么能一推了之呢？他饱读圣贤。古云：人之过误宜恕，而在己则不可恕。别说他确实当过三个月的伪区长，哪怕是三天，他也只能吃不了兜着走！他在这间又黑又闷的谷仓里，翻来覆去打了几夜肚皮官司，他已经不存任何侥幸心理了。至少是他放弃职守，造成了严重的后果。对于这些无辜的死难者，他犯有不可饶恕的罪行。任何推卸和抵赖，都要受到良心的谴责。于是，审判人员问什么，他就承认什么：一位政府干部严肃地提醒他：

“你再仔细想想，也不要你包庇钟集贤。党的政策历来是实事求是。你是你，他是他。你们各有一笔账！”

赵浦珠是个有身份的人，只有小人才出尔反尔。他就不打算翻供。推推眼镜框，毫不犹豫地在口供记录上，签上自己的名字。

那时，新中国建立伊始，法制建设还处于初创阶段。对于反革命案件，尤其注意抓后台。威虎山上的座山雕，不是也要听候专员的调遣么？不把罪恶的根子挖掉，人民政权不能巩固。这起残害贫苦百姓案，同党有供词，本人又供认不讳。材料报到上边去，执行死刑的通知就急急如律令地发将下来。在公审大会的过程中，赵浦珠出奇的理智，没有任何反抗的表示，这样便获得了行刑战士的同情。在押往河滩的时候，也没有故意为难他，让他慢悠悠地走。他知道这是走向生命的尽头，心里有一丝儿惊慌，也许还遗憾。仰头看天空，天空碧蓝如水，河对面那片熟悉的林子，是那么庄严又几多超逸。他家就在林子那边的山坳里。平时，他看到这片林子，就想起陶渊明的诗句：

结庐在人境，而无车马喧。问君何能尔？心远地自偏。采菊东篱下，悠然见南山。山气日夕佳，飞鸟相与还。此中有真意，欲辨已忘言。(《饮酒》)

陶渊明博大精深，赵浦珠其实只懂得一些皮毛。在湘乡县国立中学，因为他厌倦那乱糟糟的场面，才挂印回乡当陶渊明。不料他又为名利所诱惑，最后落得画虎不成反类犬。人什么时候才能不汲汲于富贵呢？“叭！”钟集贤在离他几尺远的地方倒下了。他急忙闭上眼睛，等待着属于他的那个声音。一切功名利禄，宠辱纷争，都将随着这个声音而逝去。他后悔么？后悔又有什么用呢？“叭——”声音清脆而悠长，他仿佛在梦中。天依旧蓝，河水依旧绿，对面山的树林依旧庄严而超逸。他以为自己已经升腾而蜕化了。他有点儿伤感，也有点儿彻底解脱的欣喜。然而，在他后面是一声大喝：

“赵浦珠！”

“在！”

“你去区政府，领导有话说！”

行刑战士掀掉他的死刑标志，解下他身上的绳子，头也不回地走了。于是，他看见潮水般的人群向这边涌来……

赵浦珠谢绝了李老师的搀扶，自个儿来到区政府。那位审问过他的干部在门口迎接了他。还和他握了手，说：“赵先生，今天发生的事，是万不得已的。”

赵浦珠拉去刑场当陪斩，要是在别人，早已吓得魂都没了。这时，他却这样安之若素。自嘲地说：“感谢政府宽大。伪区队长都枪毙了，我这个伪区长连斩都不陪，群众那边说不过去，钟集贤也觉得冤枉。那会儿我正在背陶渊明的《饮酒歌》，也没有怎么受惊吓！”

区干部笑了，想不到这位老先生在那样的场合下，还能背古诗。区干部想向他作些解释，说：“你是读书人，不说也明白。三条人命，群众有揭发，钟集贤有口供，你本人也承认了。换了别人，也会这么判。会议开始不久，考虑到你只有间接的责任，我们请示了上级，上级同意改判。但那会儿你已经在台子上了，不走走过场，会议无法开下去！”

赵浦珠熟知许多刀下留人的故事，这会儿想起来，他还有些后怕。他朝区干部一鞠躬，说：

“感谢政府宽大！”

区干部说：“当然，你的事情还没有结案，还需要继续调查落实。考虑到你年纪大了，先让你回家去。但你不能外出，也不得搞串供！”

赵浦珠表示遵命。

区干部给他倒了一杯水，然后从抽屉里拿出一个信封，看看又放回抽屉。好像是漫不经心地和他聊天：

“你是不是认识毛泽东主席？”

赵浦珠恭恭敬敬地回答：“四十年前，我跟润之先生是东山学堂的同学！”

“你们原来是老同学！”区干部很有兴味的样子，又问，“你最近跟主席联系过没有？”

赵浦珠告诉区干部，不久前，他去过一次南岸上屋场，那是润之先生的老家。自从润之先生离家后，他就没有去过那里。现在物是人非，他感慨万千。回来写了几首诗，觉得还有些意思，便寄给了润之先生。赵浦珠和所有读书人一样，有很强烈的表现欲望。一个多钟头之前，他还在死亡的边缘徘徊。这时，他却有朗诵自己诗作的雅兴：

地灵钟人杰，人杰地千秋。

建学排虫藻，培材作楫舟。
观光重绎至，拍照万殊收。
瀛海争矜式，声名播九州。

四十年多久，重来故旧庄。
登堂瞻肖像，入室认修藏。
绿绕山千树，清盈水一塘。
感牵观止后，友谊最难忘。

年轻的区干部不太懂诗，被赵浦珠的情绪感染，不由得也频频点头。说："赵先生，你的诗写得好！"

赵浦珠受到鼓舞，更来了精神，说："我和润之先生，也还有过一点亲戚关系！"

"是什么亲戚关系？"

"我的堂妹赵先桂，是他弟弟毛泽覃的妻子。当然，他们后来离婚了。1930 年，先桂也在济南牺牲了！"

区干部说："这些情况，你应该早告诉我们！"

赵浦珠苦笑着说："我当伪区长，区队长借我的名义，欺压百姓，逼死人命。不管怎么说，我是有罪的。我怎么好把毛泽东搬出来呀！"

区干部笑了，说："赵先生，你有这样的认识很好。不过，今天对你进行改判，并不是因为你和毛主席有亲戚关系，而是因为你没有直接残害群众。而且，有些事情，也还要进一步查证。你不要牵强附会！"说着，他又从抽屉里拿出那个信封，说：“刚才，邮递员送来一封信。我们已经拆开了，你不会介意吧？”

赵浦珠关在谷仓里，不是自由人，连家属送来衣物都要检查，怎么会计较人家拆他一封信呢？接过信，他就轻声念道：

浦珠先生姻兄左右：

惠书及大作收到敬悉，甚为感谢。乡间减租土改等事，弟因不悉具体情形，未便直接干与，请与当地人民政府诸同志妥为接洽，期得持平解决。风便尚祈时示周行。唐家圫诸亲友并致问候之意。此复，顺颂

健吉

毛泽东

一九五〇年五月七日

由于年龄关系，赵浦珠去年就不再教书了。却碰上农村减租减息。听说不久后还要土改。他家有水田数亩，出租给别人。田租刚好够吃。他任教四十余年，端的不是铁饭碗。告老还乡后，也没有退休工资。倘若今后没有了田租，他一家人的日子将怎么过呢？于是，他在给毛泽东寄诗时，顺便讲了这件事。毛泽东却没有一个具体的答复。但也有使他高兴的事。毛泽东位尊权重，却还记得赵家这门亲戚。在信中称他为“姻兄”。记得泽覃和先桂结婚时，赵浦珠受婶娘之命，作为兄长去送亲。毛润之生性幽默，朝他打拱：“浦

珠兄，我跟你是同学，现在又成了亲戚，亲上加亲啊！”引得大家一阵哈哈大笑。毛、赵两家的婚姻关系早已中止，毛泽东却还是一往情深。赵浦珠捧着这封情真意切的来信，忍不住怦然掉泪！

赵浦珠从区里回来，亲戚朋友都来看望他。对于九死一生的人，人们的心情尤为殷切。就连当时控诉钟集贤的罪恶时，也捎带了赵浦珠的人，知道是错怪了他。一位和和气气的教书先生，怎么会去干那种伤天害理的事情呢？他们都说了很多友好的话。即便是有人对他仍心存芥蒂，但他已经死过一回，还能老记仇么？于是，赵浦珠沉浸在人们的热情关怀之中，这使他激动不已。

但那阵子，他还有更重要的事情要做，那就是给毛润之复信。毛润之日理万机，还惦着他这个乡下的亲戚，不复信不成敬意。几次提笔，一时又不知说些什么好。直到半年之后，他才把政府对他的宽赦，以及他的日常生活，告知好友毛润之：

……家务多由内子综理。耕稼等事由我率子女共负其劳。我虽年过六十，但插田耘禾扯草割禾砍柴开荒及园艺诸事，无不躬身倡率。其感苦楚者，耘禾则石子砥脚，砍柴则镰刀伤手。而又蚂蚁啮肤，毛虫螫身，每致发生肿烂。故耘禾时以布缠足趾，砍柴则以带缠胯脚，奋力向自然作奋斗。往昔尝诵先贤教诲：劳其筋骨，饿其体肤。真正实行起来，方知需要很大的决心。但也可从中获得许多乐趣。劳作之余，得七言一首：

罪恶积由环境造，
读书胶着误人多。
而今学作新生活，
刀子锄头日日摩。

信寄走了，赵浦珠又后悔起来。怎么不说点高兴的事呢？末后又想，他是个负罪之人，让好友了解自己趔趄前进的脚印吧，他一定会高兴的。然而，毛泽东没有回信，几个月之后，有省文史馆员文运昌先生来访，转达上级邀赵浦珠去作文史馆员的意思。赵浦珠曾在几所著名学校当过校长，无论是他的学识和声望，去当文史馆员，是满够资格的。何况他年老体衰，很难胜任田间劳动，家庭生活捉襟见肘。面对着这种似锦前程，他却婉言辞谢了。说："我今年六十五岁啦，耳不聪，目不明，已不能胜任公务了。与其尸位素餐，还不如在家锄园播菜。虽然劳累一些，却也安然自在。你们的好意，我心领啦！"文运昌说："对于年岁较大的馆员，馆里并不要求按时上班，可以在家一边休养，一边写些自己的经历，也就是研究整理文史资料！"赵浦珠连连摇头，说："无功受禄，愧煞我也！"

他的老伴淑端女士比他现实得多。土改时他家划为地主，多余的田土已经没收。儿子在西北一个边远地方当铁路扳道工，子女多，自顾不暇。两个从未种过田的老人，自己无论如何养不活自己的。况且，赵浦珠虽定为自由职业成分，基层干部又换了一茬更年轻的人，青年人似乎更注重阶级斗争。每逢初一和十五，赵浦珠也要去参加对地富分子的训话会，要写思想汇报。如果去当省文史馆员，他就是国家干部了，生活有了保障，面子上也光鲜。淑端女士劝老头子去。赵浦珠叹了口气说："唉，你怎么晓得，国家干部也是不容易当的啊。要开会，要学习，还要思想改造。一回两回可以请假，老不去，你知道人家会怎么说?"

淑端女士仍不死心，把他的老朋友李老师请去了。李老师劝赵浦珠："赵先生，您应该去。听说这是毛主席的意思。"

赵浦珠说："这更不能去!"

"为什么?"

赵浦珠说："我跟他是亲戚呀!"

李老师说："你有这样的亲戚，是很光荣的事呀!"

赵浦珠激动起来，说："我很感谢润之先生还记得我们这门亲戚。那次把我从刀下救出来，尽管区干部说，这和润之先生的来信无关。我就常想，假如润之先生不写信来，他们会不会把我的事再向上级报告？又假如他的信下午才送到，那又会是怎样一种情况呀？润之先生已经救过我一命，我若还去叨光捞好处，这样的亲戚就讨人嫌了。设身处地想一下，假如你有一个转弯抹角的亲戚，今天找你来借米，明天找你来借钱。李老师，你烦不烦他?"

顺人不失己，李老师佩服他的矜持和自律。

有一次，乡间有人进京看望毛泽东，闲谈时，说起赵浦珠不当文史馆员的事。毛泽东环顾左右而言其他，说："对于他的诗，我尤其佩服！"话传到赵浦珠这里，他高兴得手舞足蹈。一有诗作，就工工整整地抄好，用挂号寄给毛泽东。毛泽东收到他的诗作，就一定嘱咐秘书寄些钱给他。在赵浦珠的箱子里，有好几封中共中央办公厅秘书室写给他的信。最末的一封是一九七三年十二月十四日写的："赵浦珠先生：你写给毛主席的信并诗作，已经主席看过。主席送你叁佰元，作为生活补助费。此款另交邮局汇去，请查收。"云云。

也就是那一年，我妹妹嫁给了一位姓肖的后生。牵线搭桥人就是我的童年好友四十粒粒。我特地从工作岗位请假回老家为妹妹送亲。按照农村风俗，女方去送亲的人叫"大亲"，将受到极高的礼遇。在陪大亲的宴席上，有一位耄耋老翁，有些面熟，但记不起是谁。四十粒粒小声告诉我："这就是赵浦珠老先生！"我礼貌地起身问候，妹夫连忙过来介绍说："这是外公！"我丈二和尚摸不着头脑，不知从哪里冒出来一个外公？直到宴席散后，我才搞清这门亲戚的来龙去脉。原来，赵浦珠是我妹夫的伯伯的岳父，也就是我妹夫的堂兄的外公。农村是喜欢攀亲戚，毛泽东不也攀他为"姻兄"么？于是，我的妹妹和妹夫，都得跟着堂兄叫外公。张家和肖家既已成了亲戚，我因此也得跟着叫外公。一个云里雾里的迷魂阵，这几多有趣！

赵浦珠依旧思维敏捷。他说最近又有诗作，打算寄给毛泽东。他兴致勃勃地念给我听：

极目红云天际浮，
万山捧日共攒头。
心驰东铁三千里，
身耐秋风八十秋。
旧好分扬多契阔，
新知评比少苛求。
北京坦道无缘进，
危坐哦诗用解愁。

老人终究不是陶渊明，仍然向往外面那个繁华的世界，因而有一股淡淡的惆怅。我说："赵外公，假如您当初做了省文史馆员，何愁没有机会去北京呀！"

赵浦珠说："人生本是无字天书，世间上的事情，谁说得清楚呢？不过，润之先生一直看重赵家这门亲戚，也是十分难得的了！"他深以为自豪。

半个月后，赵浦珠先生无疾而终，享年八十九岁。著有《廉园拾遗》。蝇头小楷，写在一个红塑料皮笔记本上，厚厚一大本。卷首语云：廉园为吾所居之室。居屡移，而廉园之名未易也——这部未及面世的著述，存在他女婿也就是我妹夫的伯伯手里，于是使我有缘作《廉园拾遗》之拾遗！

惺惺子小传

彭石林先生很讲究养生之道，尤其注意及时进补。不过，彭先生对吃补药却不以为然。比如人参、枸杞、当归……这类药书上有记载的滋补药，说到底终究是药。吃起来有一股怪味，还要花去很多的钱。他于是主张食补，既可补身，又可饱口福。冬天，他喜欢吃狗肉，吃了温身、补肾、壮阳。夏天吃青蛙，味道极鲜，还清心，不上火。那时，营养学的知识很不普及，彭先生不知道狗肉和青蛙都是低脂肪食物，含有大量高蛋白、碳水化合物什么的。他只觉得吃了就浑身清爽，就精力充沛。于是百吃不厌，撑破了肚皮也甘心。

彭先生有两位妻子。一位是元配，唐氏。缠过足，长彭先生三岁。不惑之年又娶了一位王氏。大眼睛，乌瞳仁，细颈纤腰，比彭先生年轻二十三岁。鸠鹊同巢，往往会吵得鸡犬不宁。但事情也有例外。元配唐氏没有生儿子，那时讲究传宗接代。尤其是彭先生这种有庄屋，有田租的体面人家，女人生不出儿子，那简直是一种耻辱。现在人老珠黄，除了一番“无可奈何花落去”的惆怅，一番流年似水的心酸，这位苦命的女人无论如何是不敢去大吵大闹的。年轻的王氏虽然漂亮水灵，却是个贫寒人家的女子，万不得已才嫁个做得自己父亲的老头。她敬重元配，体贴丈夫，从不惹是生非。于是，这个人口、年龄结构极其别扭的家庭，保持了一种难得的平和与宁静。隔三差五，王氏一定要劝老头子去元配唐氏床上睡觉。彭先生两头忙于应付，自然会有消耗过多的体力和精力，他不经常补补身子，受得了么？

彭先生还干着一份十分了不得的工作，那就是著书。一管狼毫小楷，在一叠雪白的薄纸上，写下那等文章。文章千古事，得失寸心知。文豪们就是这么想的。文豪们精工细作，留下来的文章日后被奉为经典。彭先生当然不会狂到要与文豪们争高下，他的学问却是远近都闻名的。早年间，他做过清溪女子职业学校的校长。他获得这个职位，不是靠钻营，不是靠吹牛拍马，而是靠他一肚子的学问。韶山冲里的读书人大都喜欢吟诗作对，有一段时间，还形成了一个以彭先生为中心的文艺沙龙。大家一有新作，必定会兴冲冲地捧来请彭先生雅正。南岸上屋场的毛润之，也曾拿着诗稿来向彭先生请教。以致毛润之后来外出，几年之后去广州就任国民党中央宣传部长，曾邀彭先生去那里做事。彭先生本来可以去一展宏图。不料在那节骨眼上，老母仙逝，未能成行。过后，毛润之还来信催他。他却迟迟没有动身，仍旧沉浸在悲痛之中。他想起母亲的养育之恩，怎么也报答不尽。他又想起圣贤教诲：双亲亡故，要穿粗工麻衣服守孝三年。这叫“斩衰”。于是他给毛润之去信，云：自古忠孝不能两全，待守孝期满，一定来助兄一臂之力。祈谅是幸。云云。彭先生没有料到，世事变幻无常。三年过后，北伐战争开始了，接着蒋介石叛变革命了。这时，连毛润之的行踪也找不到了。彭先生感叹自己时运不济，有时又侥幸自己没有跟毛润之去。要不然，掉了脑袋也未可知。时也，命也。在人生的旅途上，谁说得清哪里是幸福的驿站，哪里又是险恶的陷阱呢？于是，他一心一意居乡，做着那个女子职业学校的校长。后来学校停办，他就潜心著书。

彭先生的书稿从来都没有出版过。有一次，他托人将一部稿子，送到长沙有名的北新书局去，希望能够印行。书局老板答应看了书稿后再作答复。等了几个月，一直没有消息。再要托人去问时，连长沙城都一把火烧掉了。蒋介石的焦土政策。彭先生的书稿和那家北新书局，顷刻之间都化为了灰烬！那本书稿是他花了两年心血。三易其稿，洋洋十数万言的得意之作，他为此懊丧了好一阵子！

著作家没有机会出版自己的著作，那心情是很不好受的。幸亏彭氏公祠决定修族谱，彭先生被推为首席编撰人，他才有机会将自己的作品目录记载在族谱中，总算留下了一点痕迹。

《彭氏族谱》中，有一卷专门记载历朝历代皇室官府对本族贤者的褒扬文字。还有本族学子脍炙人口又能为祖宗增光的著述，也摘要刊印在族谱上。彭先生当了族谱首席编撰人，便操文章取舍大权。自己当主编，发自己的文章，自古有之。旁人说长道短，也由他去说。何况彭先生也有玩笔杆子的人的通病，文章总是自己的好。于是在《族谱》卷二中，刊印了他的两篇文章。两篇文章都可称传世之作。两相比较，他更喜欢《广居记》：

惺惺子有宫室之癖。其身居茆庐之中，室偏门窄，不容驷马，常以为忧。一日，隐几而卧，有长身胖体而古衣冠者入。曰何思之深耶？子居此世俗之蜗居，抑知天下有广居乎？盍与我游焉。惺惺子欣然喜，怡然悦，著履披衣，从而往焉。行约里许，赫然一广居。宫墙万仞，中为堂焉，深弘而敞。室中美女如云，煽目之容如夏姬。庭院琴筝悠扬，盈耳之声如郑卫。惺惺子揖古衣冠者曰：斯宅之主耶？吾将携妻儿赁居，子其许我哉？古衣冠者笑曰：斯宅天下人皆可主也，不需金购，不需币赁。然而有魅蜮者，将力阻尔行。若不锻戈矛，砺锋刃，大张旗鼓伐之克之，虽知斯宅之美，必将为所缠而不能居焉。惺惺子怅然若失。遂醒，方知一梦。

惺惺，就是清醒，聪明机警的意思。这也许是彭先生自喻。彭先生一个明白人，从事著书立说这种绞脑汁的高级精神劳动，经常注意吃点好的，营养进补，那便是极自然的事了……

彭先生爱吃狗肉和青蛙，这两样都有得买。为了省钱，也许他觉得生活太没有色彩。夏天，他自己常常去捉青蛙。有时兴致来了，晚上也去。晚上捉青蛙要复杂一些，要打火把，要拿一把特制的长柄夹子，还要提一只装青蛙的布袋子。这就需要一个助手。通常是父亲带着儿子。小娃子对这种事有极大的兴趣，就是那种最调皮的角色，这时也配合得很默契。那父亲于是变得慈眉笑眼。即便是为什么事生气骂儿子，那骂也是虚张声势，也总是带着笑。那情景，实在是其乐无穷！

彭先生的儿子还小，不能给他当助手。他于是叫年轻的妻子王氏相伴出动。王氏不乐意去。话不必讲穿，讲穿了大家都尴尬。彭先生夜间捉青蛙，嫌灯火把太呛人，托人从湘潭县城买回一支手电筒，还有四对电池。那时，手电筒在乡间极为稀罕。闭塞的韶山冲也和中国许多古老的乡村一样，对新玩意儿总是看不顺眼，于是就损它！山里人世世代代都打火把，你为什么要拿手电筒呢？那白晃晃的手电光，在山村的夜空划来照去，看着怎么也不对劲。有人便编了一首民谣：小背时戴（手）表，大背时讨小（纳妾）。背时不断牵，还要打手电。民谣传到年轻的王氏耳朵里，她难堪极了。彭先生不戴手表，却讨小。王氏就是那个人人都看不起的小，是妾，是贱人！倘若她半夜里再跟着老头子，捏着手电筒，去漆黑的田垅里捉青蛙，还不知爱嚼舌头的人，会编出什么样的故事来呢！苦寒人家出身的女子，也是极要面子的，她于是死活不去。说："深更半夜的，也不怕人家笑话！"彭先生却笑哈哈地说："我不是野男人，你不是野堂客。明媒正娶，堂堂正正，你怕什么呀！"王氏还是不动挪。她的日子过得太沉重，需要忌讳的事太多，她和丈夫过分亲热，会给元配唐氏带来不快，引起家庭不和。然而，彭先生态度很坚决。他虽然年过半百，满肚子五经四书，也很新潮。他伸手来拉她，拉不动，就来挽她的手臂。吓得王氏忙把胳膊抽出来，埋怨着跟这个老顽童去田里捉青蛙。

天上星星挤密，黑幽幽的山峦，在淡淡的星的光辉里，显示一种迷人的朦胧美。暖烘烘的风拂面吹来，浑身筋骨都舒坦。蛙鸣声此起彼伏，声音传得很远，听起来反而觉得十分柔和，撩起一种无法言说的欢愉。平时，彭先生的生活是一种毫无色彩的机械运动。每天早晨起床，洗漱，吃饭。中午又吃饭。晚上还是吃饭，余暇时间，他要写那种永远也写不完的文章，王氏和唐氏也各有各的家务。虽是一家人，也只有晚饭后才能在一起说一刻闲话。两位妻子互有戒备。在她们当中，彭先生不好有明显的倾向性，说话的内容于是平淡无奇。气氛也极不热烈。有时还会出现一阵沉默的难堪。于是就都起身，各自回房，不久就都上床睡了。

此刻，彭先生和心爱的人儿，在这迷人的夜晚，一起徜徉在乡间小道上。四周的景色是这样的迷人，更没有第三者在旁妨碍他们的亲昵，他们都有一种冲破藩篱的解脱感，于是话语也稠了。从禾苗的长势，说到今年的年成。又讲他们的卧房屋顶漏水，需要请匠工修整。然后，他们都感到日子太沉寂，太没有波澜。彭先生夹住一只青蛙，青蛙死命挣扎，呱呱叫着。彭先生将它丢进王氏送过来的口袋里，叹了口气说：“其实，我本来有两次机会出门搞事的！”这话王氏都听一百次了，她还是问：“你怎么没有去呢？你读了那么多书，字又写得好，出门搞事，肯定不会亏！”彭先生对没有跟毛润之去广州，至今都不后悔。毛润之的事太危险。他常常跟人吹嘘的是，许克祥也曾请他去当上校，也被他婉谢了。许克祥是湘乡定托人，离此不过三五十里。有一回，他去定托看表舅，恰巧许克祥衣锦还乡，碰上了。表舅与许家有点转弯抹角的亲戚，许克祥便邀彭先生出山。上校军衔。当军需，当文笔师爷，由他选择。表舅极力主张。彭先生却模棱两可地回答道："待我好好想想!"出了许家大宅，表舅就埋怨他。"那可是个肥缺呀，你还犹豫什么啊!"彭先生笑笑说："我就怕得了没良心的钱，来世不得好报!"他终于推掉了……这时，王氏问他："你这也不干，那也不干，老写那些破文章有什么用处呢?"彭先生很自信地说："你不懂。富贵一时荣，文章千古事。即算现在不能拿去换柴米油盐，将来终究有人会发现它的价值！接着，就讲司马迁怎样写《史记》,《红楼梦》是作者去世多少年之后才走红的……王氏不知道司马迁，也没听说过曹雪芹，只觉得这两个老头好傻气。

他们一边搜寻着猎获物，一边讲着闲话，时间长了，也觉得累。这一对老夫少妻便在溪边一块石板上坐了下来。彭先生此时心境极好，于是拉着王氏的手，要来一点浪漫。王氏推开他："你身上腥气太重!"彭先生毕竟不是年轻小伙子，体内的躁动不可能持续得太久。妻子不干，也就罢了。歇息一阵，起身又去继续他的工作。不一会儿，他们就提了大半袋青蛙，满载而归了。

回到家里，他并不立即去睡觉，还得剐青蛙。在青蛙的头部钉一个钉子，在砧板上钉牢，刀子轻轻一划，然后像揭膏药一样，青蛙的皮子从头到脚全剐下来了。留下一枚渗着鲜血的青蛙肉。青蛙的身子还在抽搐。一些生命力特旺盛的，还发出微弱的"呱、呱"声。这实在是残忍之极！王氏不敢看，她不再为彭先生当助手，自个儿上床睡了。彭先生锲而不舍，一直要忙到鸡叫。这样子的结果，第二天饭桌上必定有一盘味道极好的青蛙肉。有时是油炸，有时是猛火急炒，一律配上生姜辣椒或蒜泥。那滋味，给个县长的位子也不换！

乐极生悲。有一回，彭先生偶然发现自己的手臂上，出现一块白斑。起先他没在意。后来，脸上也有了。接着，眉毛里、头皮上、肚皮上、背上，都有这白色的斑。扩散得很快，一年多时间就弄得面目全非。他不得不去看老郎中，老郎中把了脉，看了舌苔，又细细看了患处，说："彭先生，您，得了白皮风！"彭先生急了，问："这是一种什么病。"老郎中说："由于风湿热毒郁结于经络皮肤，营卫之气郁而不散，故现白斑。"彭先生吓了一跳："这要不要紧？"老郎中沉吟了一会，微笑着说："这种病不痛不痒，没有性命危险，就难看一些，彭先生福气好，金屋藏娇。只要小夫人不说什么，也无关紧要！"老郎中开了三味中药：红花、破故纸、何首乌。既可煎服，又可涂在患处。彭先生连吃了七天，涂了七天，没有任何好转。既然不痛不痒，又没有性命危险，何必要自寻麻烦呢？干脆把药罐子摔了！

一天黄昏时候，彭先生又叫王氏跟他去捉青蛙，王氏没好气地说："你还去捉什么青蛙，你听听外边说得多难听！"彭先生问："人家讲什么了？"王氏指指他的脖子说："好多人都在说，你身上长这种白皮风，是剐多了青蛙！"彭先生仍然不懂，老郎中也没有说剐了青蛙就长白皮风。王氏说："你想想看青蛙剐了皮是什么样子吧！是不是身上也红一块、白一块？村里人说，青蛙剐了皮还动还叫，好造孽。你一年要剐上千只青蛙，那些惨死的青蛙便在你身上报应了！"彭先生挠挠手上的白斑，立时惊呆了。然而，他终究禁不住窗外蛙声的诱惑，一会儿便又举起手电出了门。王氏不来当助手，他踽踽独行，感到很是寂寞。

彭先生真正不再捉青蛙，是解放后第二年。那时，他家划为地主成分，村里黑板报上赫然写着：严禁捕捉青蛙。人民政府办事雷厉风行，他不能贸然行事，只是心里有说不出的难受。

彭先生虽有点小小的不快，他却仍然是有福之人。土地改革运动如暴风骤雨，几乎所有的地主都被斗得体无完肤，唯独对彭先生搞的是"和平土改"。没有上台挨斗，也没有台下车轮战术，只没收了他多余的田土和房屋。这搭帮毛泽东一个口信。解放后不久，韶山一位老乡亲去看望毛泽东。拉了一会儿家常，毛泽东忽然想起了彭先生。问他还写诗不，他的那些著作都出版了没有？老乡亲回答不出，毛泽东就请他向彭先生带个好。这位老乡亲回来后，农会、村小学，都请他去介绍会见毛泽东的盛况。听众挤满一屋，还有爬到窗台上去听的。老乡亲记性很好，每回都要讲到他是怎样和毛泽东主席会面，讲了些什么话，吃饭时有些什么菜……细微末节都一点不漏。末后，他又讲毛主席惦着彭先生，向彭先生问好，祝彭先生平安……土改工作组大都是外来干部，不知彭先生和伟大领袖毛主席是什么特殊关系。有一次，叫地主分子开训话会，土改工作干部还跑拢去和彭先生握手呢。整个土改运动中，彭先生安然无恙。

村里的年轻人从来没有听说过这个长了一身白皮风的彭先生，和中华人民共和国中央人民政府主席有什么特殊关系。他们一个个都很积极，清早起来喊土广播，晚上搞宣传。有一阵子，他们宣传的中心是贯彻《新婚姻法》。自由恋爱、反对包办、一夫一妻、不准纳妾……这可把彭先生搞得狼狈不堪，他在路上走过，总有人在他背后指指戳戳，提出一些稀奇古怪的问题。比如，一个人讨两个老婆，晚上如何睡觉？彭先生这么大的年纪了，要对付两个老婆，身体受得了吗？彭先生一身白皮风，王氏那么年轻，夜里吹熄了灯，她害不害怕呀！……更恼火的是，彭先生家多余的田地被没收了，再也收不到地租，全家又没有强劳动力，日子便显得窘迫起来。

一天晚上，彭先生和两位妻子照例在堂屋里闲坐。一家人都愁眉不展。这时，坐在黑影里的大太太唐氏对彭先生说："明天，我们同去区政府吧！"彭先生毫无思想准备，问："去干什么？"唐氏低声呜咽说："去扯个证，让我另开灶火！"那意思是要和彭先生打离婚。彭先生愣了，王氏也愣了。然而，事情一经点破，他们都意识到目前的这种家庭格局，再也无法存在下去了。且不说生活都成问题，还有每天清早的土喇叭，晚上演的活报剧……也使你羞于见人。王氏尤其感到自己是个多余的人，她哭着说："都是我不好，分开我吧。

姐姐年纪大了。老了也没有个依靠！”唐氏擦了一下眼泪说：“妹妹你不能分开。老头子从来没有下过地，里里外外都得靠着你。你走了，他的日子怎么过？至于我，你们不必担心，总不会饿死的！”唐氏很真挚，很坦诚，全然没有妻妾之间那种勾心斗角。王氏一下扑在唐氏的怀里，嚎啕大哭：“我的好姐姐，我们都不分开，都一块儿过。只要政府不赶，别人怎么说，我们都是聋子！”

彭先生的两位妻子哭成一团！

这突如其来的局面，使彭先生感到颓境不可逆转地向他袭来。然而，他毕竟是个饱学之士，很看重丈夫的尊严。既然娶了两位妻子，就有责任保护她们。

他于是想到了昔日的好友毛润之，说：“好啦，都别说那些没意思的话了，我马上出去做事，去挣钱，把你们的面子都挣回来！”唐氏问他：“你去哪里做事？”彭先生说：“前不久，润之先生不是给我捎过话吗？可见他还记得我。那一年，他邀我去广州，我没有去成。明天我就写信给他，请他安排一个差事，了却二十多年前那个夙愿。虽然不能冲锋上阵了，帮他去处理一些文牍公事，也还是应付得了的。我有了薪饷，你们一个跟我去，一个留在家里，守着房子和分得的田地。我再寄一些钱回，大家的日子就都好过了！”

一个鼓舞人心的家庭计划。

第二天，彭先生果然给毛泽东去信了。不久，毛泽东果然来信了。不过，信却不是毛泽东本人写的，而是用打字机打的。落款盖着“中央办公厅秘书室”的图章。来信说，毛泽东主席对彭先生家计困难十分同情，现寄去人民币三百元，以应燃眉之急。云云。三百元钱如雪中送炭，彭先生的二位妻子高兴得像过年。然而，彭先生出去做事的计划却落了空，心里很不是滋味。他猜想，毛润之也许根本没有看到他的信。要不然，对他要出去工作的事，为什么只字不提呢？……

毛泽东给彭先生寄钱来的消息，传到了离彭先生家只一步之地的石山小学。学校里新来一位周老师，三十多岁，很精干的样子。周老师对名人有一种狂热的崇拜。他慕名去彭先生家，果然看到了那封信。虽非毛泽东亲笔所写，却是寄自中南海，周老师无限敬仰。彭先生呢，平时很少有客人来，周老师也是有身份的人，自然是极受敬重。彭先生陪着他打讲，讲毛润之是怎样学识渊博，他们当年又是怎样寄答互和的。谈到高兴处，彭先生将自己所著的两册厚厚的书稿，搬出来请周老师指正，周老师对彭先生于是也有几分敬意了。不知不觉中，已到了晚饭时节。周老师起身告辞。彭先生一定要留他吃晚饭。说："学校里没有食堂，周老师回去也要自己做饭，就在这里将就一餐吧！"

彭先生吩咐两位妻子做饭，自己从后门出去了。也不过一刻工夫，他又回来了。变戏法儿似的提回一个布袋子，里面装的是活物。原来是青蛙！彭先生捉青蛙的本领炉火纯青，剐青蛙的技术更绝。刚涮锅的时候，他就剐出了半碗，待锅子烧红，已是满满一大碗青蛙肉了。周老师本想宣传一番保护青蛙的重要意义，彭先生那番客来主不顾的热情，周老师不好去扫兴。那天晚上，周老师平生第一次吃了这么鲜美的青蛙肉！

自此后，彭先生便和周老师有了交往。一天傍晚，彭先生来学校找周老师。周老师说："彭先生，听说毛主席又给您寄钱了？"彭先生却高兴不起来，说："是啊，去年夏天寄来的三百元，这回又寄两百元。受之有愧，却之不恭。周老师，我好为难啊！"周老师笑哈哈地说："您和毛主席是旧时好友，主席重情义，既然给您寄钱来了，您就不必有什么顾虑了！"彭先生内心像被什么东西触动了一下，惴惴不安地说："两次寄钱，都是我给他去了信。我说，我一家缺少劳动力，生活很困难，希望他给我安排个工作。每回，他的来信绝口不提工作的事，只寄钱。那年他邀我去广州，我没有去。是不是他还生我的气，有意回避我要求工作的事呢？"周老师连连摇头说："彭先生心多过虑了。毛主席一代伟人，哪会记这些小事呢？他要是还生气，就不会一次二次寄钱来了。据我看，可能是主席考虑您年纪大了，不便于出门工作了！"彭先生却说："最近，冲里李漱清先生，毛宇居先生，还有文运昌先生，他们都安排了工作，任省文史馆馆员。毛、文二位先生年纪和我相仿，李漱清先生比我年长十多岁，都快八十啦！"

周老师也听说了韶山冲里三位老先生当了省文史馆员，漱清先生，宇居先生都是有名的乡间学人，都当过毛主席的老师。文运昌先生是毛主席的表兄。在漫长的白色恐怖的日子里，他为毛主席保存了他父母的遗照，当年主席本人写的《祭母文》，还有他上小学时的课本和作文……后来都全数上交了国家，成为韶山陈列馆极其珍贵的文物。他们当然都有资格当文史馆馆员。而彭先生也是读书人，年轻时也和毛主席相交甚密，为什么对他的要求不置一言呢？对于他肚子里的事，周老师不好妄加猜测。这时，彭先生声音似蚊，说："我……还想给他写信。这回，家庭生活困难只一笔带过，就写要求安排工作一事。周老师，你看这信写不写得?!"周老师很同情，便给他鼓励："我看可以写！"彭先生苍老的脸上露出了笑容。又问："他会不会答应我的要求呢？"为了安慰这位潦倒的乡间学人，周老师尽量说宽心话："主席既然可以多次给您寄钱，对他说来，安排个工作不是易如反掌吗？"

彭先生兴冲冲地走了。

二十多天之后，邮递员来学校送信送报纸。临了，又拿出一封挂号信请周老师签字代收。只见那信封上写着：

湘潭县　韶山

石山学校转交

彭石林先生　启

北京毛寄

周老师捧着毛主席的亲笔信，高兴得连手都发抖了，仿佛那信是写给他本人的。他飞跑至彭先生家，彭先生更是喜形于色。拆开来，两人几乎是同声念诵：

石林先生：

一九五四年三月九日函示敬悉。尊事已托毛蕊珠兄，我的斡旋可以不必了。我不大愿意为乡里亲友形诸荐牍。间或也有，但极少。李漱清先生、文运昌兄，以此见托，我婉辞了，他们的问题是他们自己托人解决的。先生生计困难，可以告我，在费用方面，我再助先生若干，是不难的。此复，祈谅是幸。顺致

敬意

毛泽东

一九五四年三月三十一日

毛泽东又婉转地拒绝了彭先生的要求。彭先生脸上的皱纹明显地凸显出来，仿佛一下子苍老了十岁。周老师古道热肠，为彭先生在字里行间找出了一线希望：“您看，毛主席并没有把门关死嘛。他托给了毛宇居，您找他去！”为周老师所鼓舞，当天晚上，彭先生就去找毛宇居。毛宇居很热情，答应马上向上级反映。周老师更有把握了，说：“莫说是毛主席托办的事，就是他老人家打个喷嚏，您彭先生的事也畅通无阻！”彭先生高兴得向周老师行鞠躬礼。

在彭先生等消息期间，周老师把毛主席的亲笔信借过来了。周老师崇拜名人，对毛泽东尤其有十二万分敬仰。晚上，他在灯下反复观摩欣赏毛泽东的墨宝。浓墨行书，别具一格，一横一竖，柔中有刚。一撇一捺，新奇独创。并由此揣摩毛泽东写字的姿势和笔画的走向。在不假思索中，周老

师找来一张薄薄的白纸，将信的全文连同信封上的字，都临摹下来了。又用几个晚上的时间，将其中“石山学校”四个字放大了。在一个星期天，周老师搬来一把梯子，爬到学校大门上，将那四个放大了的字，用红漆描到了墙壁上。这里原名“石山小学”，更改校名要报区政府批准。周老师自作主张，把校名改了。他却没有挨批评。字放这么大，没有失真，跟毛主席自己写的一个样，大家都夸周老师有水平。周老师无心插柳，却有许多意外的收获。年底，他被评为先进工作者，奖来一条毛巾和一个漱口杯子。新学期开始，上级又提拔他做了石山学校的校长。

彭先生在难耐的等待中，他本人和毛宇居跑过许多路，问过若干回。三个月后，才等来了消息：领导上再三研究，文史馆已经满员，一时无法安插，抱歉，抱歉！彭先生满腹经纶，竟吃了闭门羹，他为此在屋里躺了三天没有出门。后来，听说当文史馆也有许多烦恼：整风运动要写思想小结，肃反时要交代历史……罢了，彭先生再也不去奢求非分之福了。于是著书，捉青蛙，一如往昔。书稿敝帚自珍，捉青蛙可就违反县政府的禁令了。好在村干部们都很通情达理，没人来干涉他。他每回收获都不小。有一回，彭先生笑哈哈地对周老师说：“这日子，给我个县长位子也不换！”彭先生一个明白人，他果然是大彻大悟了！……

逊五阿公

韶山毛家，排行十三兄弟。毛泽东是第三，叫石三。毛泽嵘第五，叫逊五。村里人叫他逊五阿公。当然，如果毛泽东后来一直居乡，他如今就是“石三阿公”了。

逊五阿公和毛泽东，他们两人的祖父是一母同胞的兄弟。冲里聚族而居。毛泽东的父亲是独子，别无兄弟。毛泽东有三兄弟，目下也只剩他一人了。于是，在乡间，毛泽东的至亲就是逊五阿公了。

逊五阿公也是个受苦人。当年，毛泽东在外搞革命，逊五阿公在家也吃了不少苦头。有一阵子，蒋介石派人来韶山清乡，抄了逊五阿公的家，还四处抓他。多亏他为人忠厚善良，人缘关系又好，这样才逃出命来。他住在前抵山后抵坎的山窝肚里，为了打发漫漫的长夜，他学会了吹唢呐，还拉得一手好胡琴。乡里社戏班子缺角色，有时拉他去跑跑龙套，或者顶替当琴师。这种非职业性的戏曲表演，北方叫票友，南方叫凑热闹。时局不太紧张的时候，逊五阿公就苦中作乐，常常去凑热闹。他于是有那么一点小名气。似乎在一夜之间，这个跑龙套的角色，一下子变成了共和国主席的五老弟，了得嘛！地方干部上门来问候他的健康，关心他的生活。一些过去从未见过面的人，也来和他套近乎。不久，乡里搞土改，有些已经划了地主，或者有可能划地主的人家，纷纷来找他诉苦。拉关系，走后门，并不是后来才有的事。石洞冲一位叫谭世瑛的老先生，只跟毛泽东同学半年，他家也宾客盈门。何况这是毛泽东的五老弟！讲背景有背景，要面子有大面子。逊五阿公本人似乎也有点儿皇亲国戚自居的意思。于是，有人就抬着一乘布轿，搬逊五阿公去农会说情。逊五阿公每次都欣然命驾。然而，一个玩泥巴坨的作田汉，新思想终究很有限。看人看事，他依照的是千百年流传下来的处世格言。什么情意好，水也甜啦，人情留一线，日后好相见啦……在疾风骤雨的阶级斗争中，这些话就显得很不合时宜了。偏偏逊五阿公的话又被广泛引用和流传。土改工作干部对此大伤脑筋，不得不三番四次上门作解释。这样，逊五阿公反而很得意。毛泽东的五老弟，敢不放在眼里么？

一九五〇年五月，毛泽东派长子岸英回乡看望乡亲。那天，天下着毛毛细雨，冲里的黄泥小道，被连绵不断的雨水浸泡，路面泛起稀烂的泥浆。岸英牵着一匹枣红马，穿一件雨衣，泥一脚，水一脚，上门来看望多年不见的五叔。岸英离家的时候，才四五岁吧。久别重逢，叔侄间的那番亲热，自然是不待说的了。逊五阿公把岸英上上下下打量了一番，问：

“岸英，你怎么有马不骑马呀？”

岸英笑笑说：“爸爸不许我骑马进冲！”

逊五阿公一迭连声地埋怨毛泽东。说:“你爸爸呀，跟你爷爷是一个模子脱出来的!”

岸英出生的时候，爷爷早已过世。他从小又流离漂泊，没听说过爷爷的故事。逊五阿公就给岸英讲古:“你爷爷在世时，做的是谷米生意。他落雪下雨天出门，也是赤脚草鞋。家里有油鞋和木屐，他怕弄坏，锁起。家里人都骂他:钱就是命，命就是狗屎!”

岸英嘿嘿笑。

逊五阿公找了一双布鞋，让岸英换了，然后，就正色地告诫侄儿:“现在，你不是谷米贩子顺生阿公（毛泽东的父亲名顺生，号贻昌）的孙子，而是毛泽东的儿子。毛泽东是一国之主，你就相当于过去的太子。你搞得这样一身烂泥巴，让人家看了，也不像话嘛!”

岸英红着脸说:“我爸爸不是皇帝，我不是太子。五叔，您的这种思想不对头!”

岸英不讲情面，逊五阿公脸色不好看。说:“就算你爸爸不是皇帝，总是主席吧！当了主席，治家过日子，总不能再搬谷米贩子那一套吧！有马不让骑，到底是人要紧呢，还是马要紧！你回去告诉你爸，就说五叔咒他!”

作为长辈，逊五阿公有资格在岸英面前摆谱。

岸英笑着向他解释说:“爸爸说，他欠了各位叔叔伯伯太多的情。还有家乡的父老乡亲，他也多年没见面了。他说，他自己回家，也要步行进冲。不这样，就对不起家乡的亲人。爸爸还说，现在他抽不开身。这笔人情债，叫我代他来偿还!”

逊五阿公猛一愣神，不错，这是三哥的话。只有三哥才这样重情义，讲礼性。他好激动，说:“三哥现在不是主席了么?”

岸英说:“主席也是人民的勤务员，普通人。并不高人一等!”

明白人半句嫌多。逊五阿公是何等的明白！那天晚上，他打了一夜的肚皮官司。连三哥毛泽东都是普通人，他有什么资格在乡里逞能呢？既然他什么都不是，平头百姓一个，却让人抬着轿子招摇过市，像话吗？当一个人在镜子里照出自己的丑模怪样，他就会觉得无地自容。这时，土改工作队长又上门表示，欢迎他对工作提出意见，但不要为地主说情。有人不识趣，二天又用轿子来搬他，他一口就回绝了，说:“我一个作田佬，怎么好去管公家的事呀!”

逊五阿公于是更受人敬重。

土改快结束的时候，邻近的油榨塘村出了一件事。年轻的村农会秘书，自作主张搞了一份表格，糊在村公所门前的墙上。表格的内容，是土改中没收了地主浮财的去向。其中有些值钱的东西，被几个农会干部私分了。那表上也照写不误。于是全村舆论哗然。上级派人来调查，情况没有出入。上级很棘手。考虑到农村建政才不久，事情揭发后，当事人的检查又比较深刻，迅速退赔了多拿回去的东西，群众也谅解了。上级本着治病救人的原则，严肃地批了他们，便没有作别的组织处理。事情就算过去了。世事纷纭复杂，过了一年，又搞土改复查，村里又来了一批新的工作队。这天早晨，逊五阿公还刚刚起床，油榨塘村那个农会秘书的父亲，织布匠蒋浩然，神色匆匆地来找逊五阿公。一进门，蒋浩然就一脸哭相。说：

“五哥，您要替我申冤哪！”

在韶山，毛、蒋两家是世交。当年，毛泽东的父亲和蒋浩然的父亲，一同做谷米生意。那时他们就以兄弟相称。因袭下来，两家的子侄辈都互为亲戚。后来，毛泽东回乡搞农民运动，蒋家的老二蒋梯空，在毛泽东的影响下，加入了共产党，成为韶山地区农民协会的负责人之一。“马日事变”时惨死在敌人的屠刀之下。由于这一层关系，不仅居乡的逊五阿公与蒋家交往密切，就连毛泽东也时常惦挂着蒋家。解放后不久，蒋浩然给毛泽东去信，毛泽东当即就回了信：

浩然先生：

来信收到，甚谢。尊府参加革命工作者甚多，令弟为国牺牲，极为光荣。

此复，顺致

敬意！

毛泽东

一九五〇年八月十一日

就凭这封信，除非吃了雷公胆，哪个敢和蒋浩然过不去呢？逊五阿公于是打哈哈：

“浩然老弟，你女儿先前当游击队，如今成了正式的人民解放军。儿子当了农会秘书。你是个彻底的翻身户，还能有什么冤啊！”

蒋浩然惴惴然说：“村里搞土改复查，他们把我家补划成地主了！”

“你莫讲笑话！”

蒋浩然个子矮小，平时又口讷。这时，他一脸惨色。说：“昨天晚上，农会开了斗争会，撤了我儿子的农会秘书，把我斗了大半夜。今天，他们就要来没收我家的东西！”

逊五阿公说：“总得有个道理！”

蒋浩然说：“还不是我那不谙世事的儿子，去年搞了一张表格，揭发了他们那些见不得人的事。我当时就骂他多管闲事，现在果然遭罪了！”

打击报复，什么时候都有。但该不该划地主，还有个政策管着。逊五阿公肚里文墨不多，道理还是懂的。多年的老朋友，他清楚蒋浩然的家境。丢开烈属军属不说，他家十一口人，只有七亩地。人均才六分多。他自己是个织布匠，帮人家织布，女人给人织袜子。当然，织布匠和袜子匠不会种田，家里又没有别的劳动力，田里农活大多要靠雇工。有的是以工换工。这样的经济状况，怎么可以划地主呢？逊五阿公问：

“你找工作组没有？”

“找了。”

“他们怎么说？”

“说群众反映，我有雇工剥削。我说我们帮别人织布，织袜子，也是当雇工。他们就说我不老实！”

这些日子，逊五阿公已经不去管那些乱七八糟的闲事了。他过着日出而作、日落而息的作田人生活。作田人的日程表总是那样精细而实在。早起去园里侍弄蔬菜，白天做田里工夫。傍晚收工时，也还要去山边刈一挑牛草或者拾一把柴禾。寸金难买寸光阴啊，往往要天完全黑了下来，才收工进屋。老规矩是掌灯吃饭。然后，他才有闲暇去吹吹唢呐，拉拉胡琴。当然，他也不再去社戏班子跑龙套了。上了年纪，没有那样的好兴致了。可现在，他的好友蒋浩然却找上门来了。他希望那是一场误会，或者是干部们一时疏忽了。人非圣贤，哪能没有一点失误呢？但如果事情确实如蒋浩然所说，有人挟嫌报复，他去不去管呢？他一个平头百姓，干吗要管呢？不管，蒋浩然不是百般无奈，决不会找上门来。对于这样明显的错误，丢开他是毛泽东的五老弟不说，世界上总得有人说公道话吧。何况蒋家和毛家还有那么一层特殊关系！这么想着，他就动身去油榨塘村找那里的工作组。

工作组的人不在。农会的人接待了他。同是一个乡的人，逊五阿公不需作自我介绍。递烟、沏茶，农会的人很客气。但一说到蒋家的事，对方就表示爱莫能助，说这是县上批下来的。去年私分多占，就是这几个角色。逊五阿公不愿和他们多费唇舌，就去了县上。

县里的干部都很忙。一个二十来岁的后生告诉他：材料是下面报上来的。蒋家有严重的雇工剥削，又态度不好。逊五阿公说："人家根本不是地主，现在却把他搞成了地主，他能不申辩吗?"年轻干部瞪了他一眼，问他的家庭成分社会关系。逊五阿公自报家门：种田出身家庭贫农直系旁系没有杀关管没有地富反坏，就没有说他是毛泽东的五老弟。那县干部年轻气盛，要他站稳立场坚持斗争不要为地主阶级翻案。打的是官腔。逊五阿公怄了一肚子气。这时，那办公室里可能有人认出了逊五阿公。一个年纪稍大的干部，过来向他赔笑脸，作解释。说，土改的政策是毛主席颁布的，地方干部是按毛主席的指示办事的……逊五阿公本来窝着一肚子火，现在人家又把皮球踢到他三哥毛泽东那里，他说话就很冲。说："既是这样，我倒要去问问毛泽东，看有不有这样的政策!"说完，他抬脚出了门，县上干部拉也拉不打转。

事隔多年之后，我们来叙述这个故事，就弄不明白当时县里为什么不派人下去核实一下。如果是这样，下面将是另外一种情节。

岸英回乡的时候，曾代他父亲邀请逊五阿公去北京走走。他没有立即成行。乡里人出远门，即便是去看兄弟，也不容易动身。一会儿要插秧了，一会儿要打禾了。农事活动忙完了，又为带些什么礼物而踌躇再三。现在，为了多年的老朋友不遭冤屈，他隔天就动了身。

毛泽东听说逊五老弟到了北京，连忙派人去把他接进中南海的菊香书屋。毛泽东站在大门口迎接他。逊五阿公急急扑了上去，哥哥和弟弟，两双手紧紧地握在一起了。

"三哥，二十多年了!"逊五阿公深情地说。

“逊五，我们都老了!”毛泽东感叹地说。

“是啊，我老了!”逊五阿公仰起脸盘，双眼噙满了泪花，凝视着多年不见的兄长，说，“三哥，你还不老!”

久别重逢，兄弟俩都嗟叹不已。然而，气氛太压抑。亲人见面，应该高兴才是。毛泽东于是打哈哈：“哥哥不老，弟弟倒老了，这是什么逻辑啊!”

毛泽东拉着逊五的手，坐进沙发。亲自为他沏茶。递上一支烟，又为他点着火。细微末节，无一不显出骨肉情深。

毛泽东埋怨五老弟：“早让你来，你不来。这回，信也不写一个，就来了。你先捎个信，我好让人去接你呀!”

逊五阿公心里藏不住了。他想起此行的目的，他要请三哥评个理。如果三哥答应了，他可以安下心来讲兄弟间的体己话。他开门见山说：“早想来，一直走不脱身。今天，我一来看看你。再有，我是来告状的!”

二十多年没见面的老兄弟，一见面就告状。毛泽东生性风趣，故意逗他：“是儿子不孝顺么？那好办，我跟你一起回去，开祠堂门祭祖，打他们的屁股!”

韶山毛家，家规家法挺严格。族中子弟不敬父母，不务正业，就开祠堂门打屁股以示惩戒。逊五阿公说：

“祖宗保佑，儿子还算争气!”

毛泽东又问：“那么，是儿媳不敬公婆?”

逊五阿公说：“儿媳没说的，是个贤惠女子!”

毛泽东高兴地笑了，说：“儿子争气，儿媳贤惠，逊五你好福气啊。那么，你还有哪样不如意的事呀!”

逊五阿公说："不是为自家的事！"

这位五老弟在乡间充能人，毛泽东早有所闻。他曾要进京的乡亲捎过话：我毛泽东是中国共产党的主席，不是韶山毛家的主席。乡间亲友要勤耕守法，好自为之。凡来北京的亲友，就讲他的三条交往原则：恋亲，但不为亲徇私。念旧，但不为旧谋利。济亲，但不以公济私。现在，这位倔脾气五老弟，气冲冲地找上门来，一定又是为乡里事自寻了烦恼。就说："逊五，我们多年不见，今天我们订个君子协定，只谈家事，不谈别的。一言为定！"

逊五阿公毫不让步，还说活带刺。说："你这是饱汉不知饿汉饥咧！"

毛泽东苦笑不已。说："那么，你说说，状告何人？"

逊五阿公说："你还记不记得蒋浩然一家？"

毛泽东怎么不记得呢？他还未成年的时候，父亲就为他找了个叫罗一姑的媳妇。罗家和蒋家是近邻。年头月节，父亲催他去岳丈家，他多数时间就泡在蒋家。他于是和蒋家兄弟建立了亲密的友谊。蒋家老二蒋梯空结婚，还向毛泽东发了请帖。记不清那天是什么事给耽误了，他三天后才去作贺。他在那里碰上了一个极尴尬的场面。那时，蒋梯空的家境不怎么好，结婚时置不起新蚊帐。在南方，新房里又不能没有蚊帐，便向邻居借来一床。毛泽东去时，那邻居却坚持要索了回去。新婚夫妇心里都不好受。毛泽东于是打圆场，说："好事做到头嘛。人家结婚才三天，您这么着急干什么啊。乡亲邻里，互通有无么！"那邻居一点也不肯通融，硬是取下了新房里的蚊帐……毛泽东至今还记得这件事，问：

“那位不讲情面的邻居，现在还在不在？”

逊五阿公说：“早搬走了。三哥你记性真好！”

毛泽东沉思着说：“蒋梯空是个很要面子的人，那会儿他很难堪。幸亏新娘子性格开朗，摘下蚊帐，还给了人家，还连声说谢谢。人穷气短啊！”停停，毛泽东又问：“难道他家有什么难处吗？”

逊五阿公说：“他家划地主了！”

毛泽东惊讶道：“蒋梯空牺牲后，听说国民党多次抄家，罚款，屋里搞得罄空。他家后来又发了财么？”

逊五阿公说：“就靠蒋浩然夫妇当织布匠、打洋袜子，哪能发财啊！”

毛泽东说：“那就不要划地主嘛！”

逊五阿公高兴地说：“三哥，我此番来，头一要紧的，就是要讨你这句话。你这里有不有纸、笔？”

毛泽东诧异了，说：“我这里别的稀罕东西不多，就不缺纸和笔。你要纸笔干什么？”

逊五阿公说：“请你写张条子给我！”

“写什么？”

“就说，蒋浩然家不应划为地主。我拿着你写的条子，马上回去。要不，他们一家就遭罪了！”

毛泽东沉吟起来，说：“我写一张字条，就能解决问题么？”

逊五阿公说：“你不是当着主席吗？县乡干部口口声

声说是你叫他们这么干的。没有你的亲笔条子，人家会平反吗？”

官司打到头了。

毛泽东在屋里来回踱步，说：“是的。土地改革是中央决定的，我也是举双手赞成的。蒋浩然先生家的事，只要你说的情况确实，我相信问题总是可以解决的。你不要这样性急！”

逊五阿公不知三哥为什么突然变了卦。不高兴地说：“三哥，我们俩一起长大，难道我还会骗你吗？老弟千里迢迢来，就是要请你写一张字条。不为别的，就为你我十几岁时，就经常滚在蒋家屋里。现在，他家有难处，如果我们袖手旁观，也对不起人家啊！”

在逊五阿公看来，于情于理，毛泽东非写这张字条不可。他揣着这张相当于圣旨的字条回乡去，人家敢不平反吗？这样，他总算为好友尽了一点心意。乡亲们也会对他刮目相看了。然而，毛泽东转过话头，说：

“乡下有句俗话，性急吃不得热汤圆。不说了，先吃饭！”

桌上的菜很丰盛。毛泽东不断地给这位乡间的老弟布菜，还劝酒。逊五阿公心里不痛快，尽管是美味佳肴，他也没有吃出个滋味来。吃过饭，有人来请毛泽东去开会，毛泽东让一位服务员送他去不远处的一间屋里休息。听说中南海过去是皇帝老儿住的地方，逊五阿公也看不出这里有怎样的好。一点儿也不热闹，没有人聊天。想拉琴，又忘记带来。他觉得很无聊。末后就想，三哥写起字来，龙飞凤舞。乡间老弟为了他们共同的朋友，求他写一张字条，他为什么又惜墨如金呢？

第二天吃过早饭，有个姓马的同志来到他屋里，说："逊五同志，主席昨晚工作了一个通宵，刚刚才上床睡觉。他要我来听听蒋浩然先生家的情况！"

逊五阿公说："昨天我不是跟三哥讲了吗？请他写一张条子，他都不写。还讲，有什么用啊？"

马同志笑笑说："您要主席写信，一则主席不便直接插手下边的事。二则隔了这么些年，主席不了解蒋先生家的情况，他怎么好说人家是地主或者不是地主呢？我在中央土改指导委员会工作，您先把蒋先生家的情况给我讲讲吧！"

临来北京之前，蒋浩然自己写了一份材料，家庭人口多少，田土多少，每年干农活雇工多少，自己帮人家织布工多少……逊五阿公把这份材料给了马同志。马同志又问了一些情况。末后，他说："从材料上看，他家不是贫农，也不是中农！"

逊五阿公惊呼："真要划成地主啊，有卖劳力帮人织布的地主啊?!"

马同志笑了，说："也不是地主。可以定为小量土地经营，或者小手工业者！"

也不管毛泽东起没起床，逊五阿公拉着马同志就去找毛泽东。那会儿，毛泽东正在洗漱，逊五阿公也等不及了。说："三哥，外面喊万岁，喊得啊嗬喧天，原来你也是个老鼠胆，这么明摆着的案子，还要马同志来判。这下，你该写条子了吧！”

毛泽东笑而不答。马同志劝逊五阿公：“您不要逼主席了。我相信问题是可以解决的！”

逊五阿公吃了定心丸，也就不那么着急了。说：“能解决就好。不过，蒋家的事情太冤枉。不解决，我就不回去啰！”

毛泽东一点办法也没有。苦笑着说：“看来，你要在我这里静坐示威了。好吧，我管饭！”

一连四五天，马同志都陪着逊五阿公游北京城，看京戏。又给他做新衣裳，领他去检查身体。逊五阿公怕夜长梦多，想去问问三哥。三哥却和他捉迷藏。白天睡觉，晚上办公开会。颠三倒四，老见不着面。一天，毛泽东寻到他屋里来，说：“逊五，我们明天回家去！”

逊五阿公惊喜地说：“三哥您也回去？”

毛泽东说：“我可能还回不了韶山，可以送你到长沙！”

毛泽东的专列，从北京到上海，又到杭州。逊五阿公一路看了不少好景致。这样停停走走，到长沙已是二十多天之后了。这天下午，省委书记周小舟来宾馆看望毛泽东。那会儿，逊五阿公也在客厅里，毛泽东却没有作介绍，只顾和周小舟谈工作，讲生产。逊五阿公插不上嘴，静静地坐在一旁。直到周小舟要起身告辞了，毛泽东才对逊五阿公说：

“逊五，你不是有话要对你们省委书记说吗？你就说说吧！”

周小舟开始没有怎么注意这个乡下老头。他问毛泽东：“这位是……”

毛泽东微笑着，不说话，朝马同志努努嘴。马同志忙介绍说：“这是韶山的一位老乡，逊五同志。他要向周书记反映一个问题！”

逊五阿公在乡下，也是个受人敬重的人。到了这里，明明是毛泽东的五老弟，却说成是老乡。共和国主席连老弟都不认啦！他自尊心受到了伤害。不说了，起身要走。毛泽东摇摇头，笑着对周小舟说：“这是我的五老弟，叫毛泽嵘。你们谈吧！”

说完，毛泽东起身进里屋去了。

毛泽东不在，逊五阿公又浑身不自在起来，他一辈子没见过这么大的官。现在，和省委书记面对面地坐着，他手脚都不知怎么放。还是周小舟打破了沉默，问：

“逊五同志，您找我有什么事呀？”

一说起蒋家的事，逊五阿公胆子才大了起来。说，三哥认为蒋家不是地主。又说，马同志也觉得不是。可他家却划了地主。周小舟问：

“既然主席都认为不是地主，怎么又划了地主呢？”

逊五阿公说：“打击报复。蒋家后生揭了一些人的老底。那些人就搞报复！”

周小舟“噢”了一声，表示明白了。说：“逊五同志，这件事我们受理了，您不要再找主席了。不过，您也不必太性急，我们还得派人下去调查！”

周小舟走后，逊五阿公来到毛泽东屋里，毛泽东就批评他，说："你这个人呀，一点道理都不讲。在我住的这间屋里，你才是毛泽东的五老弟。在那间屋里，省委书记是你的父母官。你向他反映情况，你就是他的老乡。你发什么火呀！"

逊五阿公也生气。说："明明你也同意的事，到时候你却躲了起来，搞的是什么名堂嘛？"

兄弟俩互相埋怨。毛泽东只好向他解释，说："也难怪你不晓得。这件事，要周小舟他们讲话才作数，我讲的不作数！"

三哥当着个大主席，讲话不作数，哪个相信？他于是正话反讲，说："原来你没有一点权啊，干脆回韶山种田去！"

毛泽东笑了，说："是啊，将来我老了，是要落叶归根，回老家去。眼下，我这个主席，权力是很大。但蒋浩然先生这个问题，是周小舟管的事，要他说话才有效。他不发话，我说一百句也是空的！"

宦门深似海。逊五阿公搞不清这些弯弯绕绕，他也懒得去费这个脑筋了。

第二天，毛泽东请人把逊五阿公送回韶山。不久，省里果然派来了调查组。开了许多座谈会，走访了一百多位群众，取来一个个旁证材料。最后认定：一九五二年三月十七日土改复查填报的《漏网地主报批材料表》，所列蒋家解放前三年的经济状况，有些是不实在的，有的是被夸大了。将蒋家划为地主成分是错误的。根据中南军政委员会一九五一年十月二十三日《关于划分农村阶级成分的补充规定》第五条之规定，应定为小土地经营。

消息传来，逊五阿公自然是很高兴。美中不足的是，这件事是省里下文纠正的。当初，如果是由毛泽东写来一张字条，又由逊五阿公带着回来，为好友蒋浩然平反，毛泽东在乡间做了一件大好事，逊五阿公又几多了得！明明一个顺水人情，不知三哥为什么不做！一年之后，逊五阿公又去北京，他问毛泽东："您为什么不写那个字条呢？"

毛泽东仍旧是那句话："只怕他们不认这个账！"

逊五阿公说："他们敢？"

"不一定啊，逊五老弟！"

毛泽东的话，逊五阿公根本没往心里去。然而，事情却不幸而被毛泽东言中。"文化大革命"中，蒋浩然又划成了漏网地主，被斗得七荤八素。这时，逊五阿公也七十多岁了。那阵子，他又病病恹恹，不能去北京为老友反映情况了。村里有个年轻人，却挺身而出，为蒋浩然鸣不平。年轻人三番四次上北京，可他就是见不着毛泽东。后来，逊五阿公帮他出主意，要他去找王季范老先生。王老先生的老家，就在离此不远的杉林街。他先前是一位有名的乡儒，如今和毛泽东过从甚密。也不知王老先生是否对毛泽东说了，反正不久后省里又派来了调查组。1973 年 3 月 13 日，调查组向省委书记华国锋写了一份报告：

华国锋同志：

关于蒋浩然的家庭成分问题，根据省委指示，进行了两个多月的调查。现已基本查清了他家解放前三年的经济状况及有关问题。似仍按 1955 年省地县三级联合调查组的意见，定为小土地经营，比较合乎客观实际……

终于又平反了。这时，蒋浩然也老得走路都费劲了。一天，他拄着拐杖，特地来向逊五阿公报喜。逊五阿公说："早在二十年前，三哥就说你家不是地主。折腾了这么久，才把事情了个结。什么句句是真理，一句顶一万句。到了一些人那里，屁都不是！"

送走蒋浩然，逊五阿公忽然觉得要把这个意思说给三哥听。这年秋天，他最后一次去北京。发现三哥明显地衰老了，两鬓的白发增加了许多，眼睛也不好使。两只手不停地颤抖着。不待逊五阿公开言，毛泽东就说：

"逊五，谢谢你还记得我。七十三、八十四，阎王不请自己去。我今年八十一岁啦，阎王老子发请帖啰！"

逊五阿公一阵心酸，他终于把要说的话，一股脑儿全吞进了肚里。

这果然是他们兄弟的最后诀别。过了不到三年，三哥就与世长辞了。消息是孙子从公社带回来的。逊五阿公早有预感，并不特别哀伤。这时，他本人因患白内障，双目几乎完全失明了。他摸索着取下挂在墙上的胡琴，拉起一曲哀戚婉约的乐曲。亲爱的三哥，这是乡间老弟对您最后的祭祀，您能听得见么?！……

老作家

老作家文涧泉，又叫十一阿公。他儿孙满堂，多福又多寿。然而，在他的古稀之年，一连挨了三次批，还插了一面白旗。一气之下，文涧泉搭乘火车去了北京，找毛泽东评理！

文涧泉并不是作家协会里的作家。他是一位老农。在我们家乡，作田的行家里手才叫作家，著书立说则叫写书的。就跟叫杀猪的、剃头的、打铁的一样。这对文化人似乎有点不恭。有什么办法呢？皇帝老儿住在金銮殿，享受着人间的万种荣华和富贵，他也要修一个先农坛用以勤耕，筑一个天坛作为敬神求雨的场所。写小说的创造出形形色色的人物，给人以愉悦和启迪，那只是记录了生活。作田人种出五谷杂粮，维持人体所必需的卡路里。这样，人类才得以繁衍并且生生不息。他们是生活的创造者！两相比较，作田人的功绩不是更伟大更令人肃然起敬吗？湘籍人氏周立波，在他那部具有浓郁地方特色的长篇小说《山乡巨变》中，就把老农称为作家。这就是我们的乡亲，对精通扶犁掌耙、抛粮下种全套农事技术，并且执着地热爱乡村土地的老农的尊称。

文涧泉就是这样一位远近知名的老作家。

他第一次挨批插白旗，是春季插秧的时候。本来，到了他这样的年纪，生产队里已不再分配他的农活了。他完全可以待在家里，喝茶，抽烟，或者找几个年轻时候的老伙伴，摆谈讲古，共同来回忆那逝去了的金子般的岁月，那一定是跟嚼甘蔗一样有味道吧！然而，他离不开土地。那些坡地水田，耗费了他一辈子的心血和汗水。那里有他年轻时的足迹，壮年时的喜悦，老年时的寄托。除非他双眼一闭，两腿一伸，跟阎老五打讲去了，才不会再去操那份心了。即便是如此，他最后也仍然要与土地融为一体。假如这片他深深眷恋着的土地变得荒凉贫瘠，他能安下心来么？

那些天，他天天在田埂上转。终于转出名堂来了。队里十几个劳动力，挤在一丘田里，秧插得密密麻麻。文涧泉六七岁就下田插秧，几十次春种秋收，还从来没有见过这个样子的。他沉不住气，立刻去找队长。问：

“这是搞的什么名堂嘛，为什么要插这么密！”

队长是他的远房侄子，向他传达上级的精神：今年搞大跃进，插秧也要破除保守思想，全面推广挨挨寸！

挨挨寸就是一蔸挨一蔸，禾田里不要行距和株距。上级说，人有多大胆，地有多高产。上级又说，插的蔸数多，将来收的谷子就多。文涧泉脚一跺，说：“鬼扯腿咧，还收谷子多！密成这个样子，禾田里不通风，中耕时无法下肥。你等着收稻草吧，明年喝西北风吧！”

队长本来也是不赞成这样子密植的。然而，上级的命令地动山摇，他一个小小的生产队长，敢说半个不字么？文涧泉是有名的老作家，又是毛主席的亲戚，跟毛主席常常书来信往。他便要小聪明，问：

“十一阿公，您看怎么插才合适？”

文涧泉生气地说：“未必你是从天上掉下来的，秧都不会插？最密也不能超过 3×6 寸嘛！这样，将来才好去中耕追肥，禾苗也才不会青风倒伏！”

队长做个笼套子让文涧泉钻，说：“假如照您讲的做，上级该不会批评吧！”

文涧泉说：“上级也是想多收谷子嘛。你放心，这样插秧不会有错。如果错了，我负责！”

这里有一个误区。文涧泉的所谓负责，指的是这一项农事技术，而不是对修改政策负责。队长其实也是个小滑头，他不向上级报告，就按照文涧泉的意思，修改了上级的密植规定。他们所在的唐家圫生产队改了，附近的生产队当然也看样。并且捡了封皮就是信，说毛主席给文十一阿公来信啦。乡里搞密植，插挨挨寸，主席很生气，说这是瞎胡闹！这样又引发了上年纪的人的回忆。可不是嘛，毛主席润之先生，当年也是插过秧的。真人面前莫弄假嘛！

臆测和误传，表达着一种群体的心愿。于是，一传十，十传百。许多地方，上级的规定都一边去了！乡里搞糊涂了，打电话请示县里，县里又请示省里。终于真相大白，是文涧泉假传“圣旨”，破坏密植。上级派人来调查，又查不出个子丑寅卯。文涧泉挺身而出，说：“官司打到毛泽东那里去，挨挨寸也是要不得的！”

文涧泉敢作敢为。他对自己的言论负责到底。

于是，生产队里开大会，批判保守分子文涧泉。

秋天，乡里人办人民公社。还收起各家各户的锅瓢碗盏，办公共食堂。几百号人挤在一个屋场吃饭。从早到晚，路上不断人，灶里不断火。文涧泉虽然迷惑，潮流来了，他也无可奈何。不久，又大炼钢铁，他就坐立不安了！

唐家圫前后左右都是山。山上长满了树木。这些树木是上一辈人栽下来的。到了他们这一代，也懂得靠山吃山的道理。从不随意砍伐，砍伐了也及时栽上。那是山里人的寄托和希望。然而，就两三天时间，满山的树木全砍光了。砍去烧了木炭。木炭又填进了一群只冒烟不出铁水的小高炉里！尤其令人心疼的是，黄土岭上一片刚刚垦复的油茶林，也砍去做了烧木炭的引火柴！文涧泉忧心如焚，找生产队，找大队，找到人民公社。他的行动获得不少人的暗中支持，事情的结果却适得其反。除了又挨了一场批，还插了一面白旗。白旗是一面不大的三角旗，插在堂屋的大门框上。虽然不痒不痛，但那份羞辱，老作家文涧泉无论如何是忍受不了的。乡间只有老人去世了，才在门前的坪子里竖起一面白旗，以示对老人的悼念。他还没死哩，还要看几年世界哩。为什么要这样作贱他呢？

一气之下，他决定去北京找毛泽东！

毛泽东也不是人人能去找的。按时兴说法，文涧泉和毛泽东是铁哥儿们。不对，他们是亲兄弟。也不对，按传统的伦常序列，他们是表兄弟。

他们不是一般意义的表兄弟。

毛泽东的母亲和文涧泉的父亲，是同胞姐弟。毛泽东生下来时，算命先生说这娃儿八字太硬，难得养活。他母亲文七妹急得不行。在毛泽东之前，她已经生过两个孩子，都没有养活。她恳求算命先生指点迷津，娃儿怎样才能逢凶化吉。算命先生问了年月时辰，通过一系列玄妙的推理和求证，终于揭开了娃儿健壮成长的秘诀。那就是娃儿应该认个干爹和干娘，借重人家的福气来冲刷掉隐匿在娃儿后头的晦气。也有另一种说法，是用人家的晦气，来抵消娃儿的一部分福气。福气太重，小小年纪不堪负重，因此难得养活。迄今为止，这类玄而又玄的东西，似乎都没有找到适当的科学依据。毛泽东的母亲却笃信不疑。于是，她替儿子拜了滴水洞后面一块有灵气的石头作干娘。他排行第三，取名石三。表明他是石头娘娘的儿子。同时又拜了七舅做干爹。七舅就是文涧泉的父亲！于是，文涧泉和毛泽东，既是表兄弟，又是干兄弟，亲上加亲。他们的关系自然更加亲密。放牛，打柴，捉虾……是农家孩子的日常功课，他们总是形影不离。马看蹄爪人看小。毛泽东和文涧泉，也有一点小小的差别，那就是毛泽东向往山外那个广袤的世界。年岁稍大，就想去洋学堂读书。韶山冲里只有私塾。三十里外，才有一间东山学堂。父亲毛顺生先生却不同意让儿子去。顺生先生做谷米生意，火红得很，急需一个帮手。他希望儿子子承父业。毛泽东百般无奈，请干爹七舅去说情，也仍然讲不进油盐。那天晚上，毛泽东跟文涧泉商量，他准备偷偷出走。文涧泉一提到读书就脑壳痛，但对表弟毛泽东的抱负却是十二分的支持。年轻人常常会干出一些冒失的事。他们鬼头鬼脑地，果然一起捉弄了治家严谨的顺生先生！

顺生先生是个勤快人。白天，他在外面做谷米生意，家里的农事活动，全靠他趁早赶晚。当他一黑早起床，整好一丘田，回来吃早饭的时候，发现儿子毛泽东不见了，连他床上的被子也卷走了。顺生先生骤生疑窦。这时，文涧泉却给他送来一张字条，那是一位名叫西乡隆盛的日本青年政治家写的诗。毛泽东略作改动，作为向父亲表示心迹：

孩儿立志出乡关，学不成名誓不还。
埋骨何须桑梓地，人生无处不青山。

去东山学堂上学的事，父亲不同意，他竟敢偷偷出走。顺生先生顿时暴跳如雷，说："什么洋学堂，都是一些只知道吃喝玩乐的公子少爷。涧泉，赶快去把他追回来！"

顺生先生是个很严肃的人，孩子们平时都怕他。文涧泉惴惴地说："姑爹，润之只怕快到东山学堂了。那是个学本领的地方，您就依了他吧！"

这时又来了一位说客。那就是文涧泉的父亲，毛泽东的干爹七舅。七舅知道这位姐夫执拗起来，三条黄牯也拉不打转，他匆匆赶来了。顺生先生虽然给了他的面子，只是好半天还在咕咕哝哝。

一个山里少年，就这样走出了一个狭小的天地，从此在神州大地上纵横捭阖！

在此后漫长的日子里，毛泽东好些年都没有音讯，文涧泉也由一个青皮后生，变成了作田把式。他默默地在山旮旯里刨食吃，常常想念表弟毛泽东。毛泽东也没有忘记他们。一九三七年冬天，正是日本鬼子大举进攻的时候，毛泽东在延安的窑洞里运筹帷幄。他从一位从乡间去延安的年轻人那里，知道了文家表兄们的情况，就立即给他们写信："八舅父母仙逝，至深痛惜。诸表兄嫂健在，又是快事。家境艰难，此非一家一人情况，全国大多数皆然。惟有合群奋斗，驱除日本帝国主义，才有生路。"他在信中又说："我为全社会出一些力，是把我十分敬爱的外家及我家乡一切穷苦人包括在内的。我十分眷念我外家诸兄弟子侄，及一切穷苦同志，但我只能用这种方法帮助你们，大概你们也是了解的。虽然如此，但我想和兄及诸位表兄子侄们常通书信，我得你们片纸只字都是欢喜的……"

毛泽东的亲人情愫，盎然于短短尺牍！

地覆天翻，乾坤扭转，一代伟人毛泽东搬进了紫禁城。他仍然惦着文涧泉，不知他家里有不有饭吃。一九五〇年五月七日，他在菊香书屋的案头上给这位表兄写信：

涧泉表兄大鉴：

一月十六日来信收到，甚以为慰。唐家圫现在尚有多少人，有饭吃否，……

毛泽东的担忧，并不是没有缘故的。他从乡间亲友处得知，在那白色恐怖的年代里，国民党对文涧泉一家也视为眼中钉，多次抄家罚款。本来不甚宽裕的家境，更是举步艰难了。在这举国欢腾的时候，毛泽东担心他的表兄陷入无米之炊的窘态，心里焦灼不安。

过了一些日子。毛泽东又把文涧泉接去了北京。在一个难得有空的夜晚，他谢绝了一切来访，兄弟俩关起门作彻夜长谈。他们谈儿时的趣事，不时爆发出一阵开心的大笑。说起分别的那些日子，两人又都感慨唏嘘。毛泽东也许想重温一下在唐家圫度过的那些美好的时光，他笑着对文涧泉说：

"什么时候有空了，我想去你们家走走，你欢不欢迎呀!"

文涧泉自然是很高兴，说："你如今是接都接不到的贵客咧，我们放鞭炮迎接你!"

在乡间，多年不见的贵客，要在家门口的坪子里，用热闹的鞭炮声来迎接。毛泽东笑哈哈地说："当年去你家，一住一两个月。乡下有句俗话是怎么讲的？叫做'外甥狗，吃了就走!'现在，你把我当贵客，我还怎么敢去呀!"

毛泽东身居高位，还记得他是唐家圫的"外甥狗"，文涧泉感动得几乎要掉眼泪!

接着，毛泽东又问："去你家要经过一个黄土岭，我记得那里是一片油茶林，现在还有不有？"

文涧泉叹了口气，说："也破败了!"

毛泽东说："油茶是个好东西，要经营好。专家们说，茶油营养丰富，又不含胆固醇。常年吃茶油的人，很少有患冠心病、高血压的。乡下不是说你是老作家么？年岁大了，就君子动口不动手吧，当技术指导。告诉年轻人，要保护好油茶林，要发展林业。还要精耕细作，把地种好，多打粮食！”

文涧泉都一一答应了。

两人谈天说地，窗口不觉露出了晨曦。文涧泉说：“不过，有件事，恐怕还要你说句话！”

“什么事？”

文涧泉说：“你说过些日子到唐家圫去，可那里还没有通公路。很不方便。你就让他们修一条公路吧。”文涧泉开始筹划如何来迎接毛泽东了。

毛泽东摆摆手，说：“为我修一条公路？讲不通，不修！”

文涧泉为毛泽东担心，说：“从韶山去唐家圫，要走老半天。你管着这么大的事，哪有这么多时间啊！”

毛泽东略一思忖，说：“这倒是。这样吧！我没去，你就来。每年来一次。老兄弟见面，会有讲不完的话题的！”

往常，文涧泉去看毛泽东，总要带些茶叶火焙鱼什么的。这一回，他什么也没带。就将那面小白旗卷起，带到北京给毛泽东看。

在动身的前一天晚上，儿子再三劝他不要去。生产队里订了许多报纸，隔一阵子，每户分几张卷喇叭筒烟。儿子分的那几张报纸上，有一张上登载了毛泽东视察河北省徐水县的消息。毛泽东说，人民公社好。又说，办公共食堂，妇女劳动力解放得很彻底……儿子说：“公社门口写大标语，三面红旗万万岁，你扛一面白旗到北京去，分明是去给三叔出洋相。三叔心里能高兴吗？倘若他生了气，你不是自讨没趣么？”

文涧泉固执地说：“我不说三面红旗，只说密植要不得，大炼钢铁把黄土岭的油茶林败光了！”

儿子说：“那是大跃进的内容，也就是三面红旗！”

文涧泉说：“作田不要章法，山林败光了，要不了几年时间，大家就要饿肚皮。俗话说，一朝无粮兵马散，还三面红旗呢，到时候哭都哭不赢咧！”

他固执己见，真就带着小白旗上了火车。

在北京站下车的时候，他特意检查了一下包袱。别的东西都在，唯独丢了那面小白旗。乡下人免不了有点迷信思想，这是不是一种喻示，他这样去见毛泽东，有些不合时宜呢？

果然不顺利。毛泽东到南方视察去了。接待人员安排他住进北昌路保蓝街招待所，一等两个月，还没有见到毛泽东。

转眼进入隆冬，北京的天气很冷。招待所的门窗关得紧。隔着玻璃窗看世界，窗外，是灰色的围墙，灰蒙蒙的天，连空气中的微粒子，也像是灰色的。没有猪叫、鸡叫和牛叫。也没有老伙伴和他来聊天。他像丢了魂一样难受。

久住难为客。招待所里的服务员炊事员，渐渐失去了开头的那种热情。最初是他不慎失手打坏了一个茶杯。那个留小辫子的服务员听得响声，就急急地跑进屋来，满脸不悦地说：“嗐，老同志你小心一点嘛！”接着，平常给他开饭的那张桌子，也换给了另外的客人。开餐时，他要自个儿去窗口买饭菜，服务员不按时来打扫房间的卫生了。开水也送一次，不送一次。这些都难不倒文涧泉，他本是个闲不住的人。来了这么久，他知道开水房在哪里，到时候就拎着茶瓶去打开水。至于打扫房间，他一开始就要自己动手。有一回，服务员还来抢他的扫帚。那小辫子姑娘笑吟吟地说：“老大爷，您歇着，打扫卫生是我的工作职责！”

现在，这些礼数都已经成为过去。他忍气吞声，苦苦等着毛泽东。

一天下午，天气很好。太阳照得院子里暖洋洋的。招待所里的服务员，还有那个胖头炊事员，都在院子里闲聊。也许有什么开心事，哈哈声一串接一串。文涧泉在屋里待久了，也想出门散散心。刚到院里，炊事员胖头就叫住了他：

“老大爷，什么时候去见毛主席啊！”

招待所里的人大都很精明。不知他们怎么就知道了他被插了白旗，是来北京向毛泽东告状的。有一回，炊事员胖头还转弯抹角问起这件事。他一点也不难堪，还理直气壮地说：“没错，他们还批我！”胖头很佩服的样子，伸起大拇指说：“老大爷，您真行！”

今天，胖头态度有些不同，似乎有一种隐隐的揶揄。文涧泉不跟他计较，说：

“也许他事忙，我再等等吧！”

胖头得寸进尺，近乎是奚落他了。说：“多年的老亲戚，主席还记得您么？”

至亲的表兄弟，文涧泉还敢冒充不成？他瞪了胖头一眼，说：“我们两个都穿开裆裤的时候，就滚在一起，他能不记得我么？”

旁边的几个年轻服务员都愣住了。眼前这个土不拉叽的老头，竟敢说在天安门城楼上，接受亿万群众欢呼的毛泽东，也有穿开裆裤的时候。他们觉得很好笑，又觉得不可思议，全都吐舌头。胖头炊事员不怕，说：

“既是这样，您就打电话给主席，请他赶快接见嘛。老这么等，等到什么时候去？”

文涧泉说：“电话挂不通。我也不知道怎么挂。那个接待同志，还是一个半月前来过的。他说，主席不久就见我。一直等到现在，也没有个消息！”

胖头说：“那您就回去嘛。什么时候主席有空了，您再来嘛！”

白等了这么久，文涧泉本来就窝着一肚子火。现在，他觉得胖头是在下逐客令了。他更是火气冲天，涨红着脸说：“我不回去，回去没得饭吃，我要在你们这里吃饭！”

胖头不识趣，仍拿他开心：“现在是大跃进，跑步进入共产主义。大爷您说没有饭吃，可别污蔑了大好形势啊！”

文涧泉火气不打一处来，说：“田里插挨挨寸，山上的树木砍了炼钢铁，尽搞些劳民伤财的事。明明是大跃退，鬼才晓得这是什么形势！”

胖头这一番逗趣，竟惹恼了文涧泉。这种与当时形势唱反调的话，文涧泉敢说，他还不敢听呢。胖头傻眼了，他用一种北京人常有的那种笑容和憨态，掩饰着自己的惊骇，告饶似地说：“好啦，老大爷，您歇着。刚才的话，您没说，我也没听见。咱们招待所条件不好，只要您高兴，愿意住多久，您就住多久。回见，回见！”

胖头和服务员们，像见了鬼一样逃离了文涧泉。

文涧泉散布落后言论，可能汇报到接待人员那里去了。第二天，接待人员来找他，说主席还在南方，也不知什么时候回来，文同志是不是先回去。接着又婉转地劝他，要跟上形势，不要跟落后分子搅在一起，要提高政治觉悟。……文涧泉请不来，送不走。他仍旧是那句话：不见到毛泽东，我就不回去！

接待人员毫无办法。

招待所的走廊里，有两只报架子。每天都有旅客站在那里看时事、读新闻。文涧泉上过两年私塾，认识许多字，只是他没有看报纸的习惯。一天，偶尔经过那里，看见报纸上有醒目的标题，毛主席会见外国客人。原来他已经回到了北京。为什么不见文涧泉呢？是接待人员没告诉他，还是他插了白旗，不愿见这个落后分子呢？

长着两条腿，你不见我，我就去找你。在中南海西大门，卫士问他：

“老同志，你找谁？”

“找我表弟！”

“你的表弟是谁呀！”

“毛泽东！”

卫士把他又打量了一番，请他与接待处联系。并且指给他，传达室有电话。

文涧泉恼火的就是接待处。在他看来，坐了两个月冷板凳，就是这个接待处在糊弄他。中南海的菊香书室，他去过多次。熟门熟路，干嘛要找他们呢？他于是对卫士说：“我自个儿去！”说完，径直往里走。

一个干部模样的人，从旁边屋里出来拦他。文涧泉和人家吵起来了！

这时，一辆灰色的轿车，从外面进来。车子开过去几米远了，忽然又停了下来。车上走下一个年轻人，问：

“您就是文涧泉同志吧！”

“是我。”文涧泉说。

“文同志，请上车！”

年轻人指指前边的轿车。

文涧泉暗自得意。在招待所傻等，还不知等到何年何月。硬闯一回，就有轿车来接了。哪怕是进中南海，也是老实不得的。老实人总吃亏。

车上还坐着一个人。文涧泉定睛一看，竟是毛泽东！毛泽东刚从外面回来，在车窗里看见文涧泉和卫士扯麻纱。

毛泽东对贴身卫士说："湖南人说扯麻纱，是胡搅蛮缠的意思。你快去把他接上车！"

一会儿就到了菊香书屋。毛泽东问：

"十一哥，你什么时候来的呀！"

文涧泉有一肚子火气，说："我在你这里摊门板，两个多月了。"

乡下死了人，尸体要在门板上摊一天，然后再入棺落柩。他显然是在说气活。毛泽东笑着说："火气还不小嘛。我从武汉回来刚几天，前天才知道你来了。看样子，十一哥有什么不称心的事啊！"

文涧泉说："能称心得起来么？我挨了批，还插了白旗！"

毛泽东不胜惊讶，问："你因什么事挨批插白旗了？"

文涧泉说："开头是为队里插挨挨寸。后来是为大炼钢铁，砍了黄土岭的油茶林。你不是说过，油茶是个好东西么？"

毛泽东叹息地说："黄土岭的油茶林也砍掉啦，可惜，可惜！"

文涧泉说："只见娘怀肚，不见崽行路。砍了几座山的树木烧木炭，木炭填进小高炉，就烧出几个死铁饼。那几个铁饼子，又是用各家各户的铁锅炉罐化成的。根本没有钢材！"

毛泽东沉沉地说："开头，中央计划生产一万零七十吨钢材。没有钢材，帝国主义就欺侮我们。没料想，全国一下子搞出了那么多小高炉，砍伐了那么多树木。有了高指标，才有瞎指挥，浮夸风！”毛泽东叹了口气，又问：

“那么，挨挨寸是什么呢？”

文涧泉比划着告诉他，插秧的时候，田里是麻麻密密一片。毛泽东说：

“合理密植么。插这么密，能丰收么？”

“插了挨挨寸的，就收几把稻草！”

“你们唐家圫插挨挨寸没有？”

文涧泉说：“是我顶住了。他们就批我，插我的白旗！”

这一阵子，毛泽东跑了好些地方。人民群众意气风发，敢想敢干。这无疑是值得大力提倡的。但一下子办了那么多人民公社，又产生了许多预想不到的问题。毛泽东心里很着急。最近，中央接连召开了几个会议，也是为了少走弯路、少犯错误。没料到他的十一哥，也因此受了委屈。于是，毛泽东安慰文涧泉，说：

“你顶住了瞎指挥，是功臣嘛。怎么还插白旗呢？应该戴大红花才对！”

几句体己话，文涧泉的气消了许多。毛泽东又问：

“白旗是怎么插的？是不是像唱古装戏，花脸黑脸，脑壳上插野鸡毛，背上插旗子。将白旗插在背上么？”

“不是。白旗是插在堂屋的大门框上！”

毛泽东很生气的样子，说：“不痒不痛，你让他们去插！”

“丑死人啊！”

说着，文涧泉掏出手帕擦眼泪，他哭了！一个儿孙满堂的人，受了那种羞辱，他能不伤心么？毛泽东长长地嘘了口气，说：

“男儿有泪不轻弹，只因未到伤心处。看来你的怨气不小。我向你赔不是，给你戴大红花！”

文涧泉说：“没用。现官不如现管。政府的政策不改变，我回去还得挨批！”

毛泽东笑着说：“好吧，你就在我这里住下来。中央已经派了一些同志下乡去作调查，等有了结论，你再回去！乡里叫你保守分子，你就把我这里当防空洞好啦！”

毛泽东留他吃晚饭。席间，文涧泉干脆竹筒倒豆子，把心里话都说了出来。毛泽东感动地说：“忠言逆耳利于行，难得你有这一番好意啊！”

回到招待所，已是夜深了。服务员还在等他。他的房间打扫得干干净净，被子也换了。第二天开饭时，他以前吃饭的那张桌子又摆起来了。炊事员胖头笑嘻嘻地跑拢来，问他吃面食习不习惯，菜合不合口味……昨天还给他下逐客令，与毛泽东见了一面，他就成了贵宾！这种过分的热情，反而使他不自在。他决定立即回去！

离家两个多月，家里也有一些变化。那就是田里的小高炉不见了。也不知是上面的政策变了，还是小高炉自己坍塌了。留下的是一堆堆零乱的砖碴。唐家圫的工业史，没来得及开头，就打上了令人心酸的句号。来年春插快要开始的时候，生产队里开大会，传达毛泽东写的一封《党内通讯》。这封写给全国省级、地级、县级、社级、队级、小队级同志们的信，讲了六个问题：包产问题，密植问题，节约粮食问题……关于密植，毛泽东说：

不可太稀，不可太密。许多青年干部和上级机关缺少经验，一个劲儿要密植。有些竟说越密越好。不对。老农怀疑，中年人也怀疑。这三种人开一个会，得出一个适当密度，那就好了。既然要包产，密植问题就由生产队，生产小队商量决定。上面死硬的密植命令，不但无用，而且害人不浅。因此，根本不要下达这种死命令！……

在信中，毛泽东又说：

老实人，敢讲真话的人，归根到底对人民事业有利，于自己也不吃亏。爱讲假话的人，一害人民，二害自己，总是吃亏。应当说，有许多假话是上面压出来的。上面"一吹，二压，三许愿"。使下面很难办。因此，干劲一定要有，假话一定不可讲。

……

文件是由生产队长、也就是文涧泉的堂侄子宣读的。读到这里，有人打岔：

"神了！这分明是讲唐家圫的事嘛！毛主席住在北京城，

怎么晓得我们这里的事呢?”

生产队长知道文涧泉进京的情节。文家的几位老人，经常去北京看望毛泽东，有时也反映一些乡间的情况。一些区乡干部对此很恼火，认为这是去告状。于是，说风凉话，甚至还给他们小鞋穿。生产队长觉得应该替文涧泉保守秘密，就说：

“毛主席英明伟大，天下事，哪样能瞒过他老人家的眼睛啊！十一阿公，您说是不是?”

文涧泉终于平反了，但并不觉得有怎样的高兴。他答非所问。说：“为插秧用什么尺寸，也要毛泽东来点头。唉，他这个主席当得辛苦啊!”

亲人的视角，到底是与众不同!

诗人的夜晚

客人都走了，屋里显得很空荡。他们刚才用过的茶杯，散落在茶几上。地上有几只烟蒂，那是客人们不习惯使用烟灰缸的缘故。一个年轻的姑娘，手脚麻利。在他送客到门口的当儿，她就把房子收拾完毕了。屋子于是整洁而舒适。她向他道了最后一次晚安，轻轻地带上房门，也走了。

他听得她轻盈的脚步声渐渐远去，最后消失在浓重的夜色之中。四周是这样静谧。他临窗眺望，蓝幽幽的天空，星星闪着光。远处，那高耸入云的仙顶灵山——对了，现在叫韶峰，在天际显出若隐若现的剪影。已经到了六月末，南方开始炎热了，而这个被他称为西方山洞的地方。夜晚竟是这样清凉如水。他住的这幢房子，前后长满了松树和杉木，还有樟树、梓树、楠树、檫树……都有很好的实用价值。将来，都可以用来修房子，打造家具。而他见过的一些宾馆招待所的四周，多数是栽法国梧桐。那种树徒有其夏季的葱绿，一阵秋风过后，枯黄的树叶便纷纷扬扬地飘落下来，给人留下一份秋的惆怅。也有栽水杉的。雍容富态，却长势缓慢，木质也疙疙瘩瘩。这里完全不同，乡谚说：好看当不得饭吃。他的桑梓乡亲从来都是务实的。想着，他得意地舒展着双臂，做了个深呼吸的动作。

昨天来到这间供他下榻的房子的时候，他只顾和别人招呼，握手，寒暄。没有注意辨认这幢房子的方位。当时，他只觉得这地方好熟悉。现在终于想起来了，这里过去叫松山。一处长满灌木和茅草的土山岗。认出了这个地方，便油然而生起了一股久违了的亲切感。那时他年岁太小，娘不放心他去深山里砍柴，怕有野物伤人。于是，他和几个小伙伴相约，就来到这山上。砍柴是一项单调而机械的劳动，且不胜劳累。为了调剂，他们一起去采栗。野生的栗子，现采现吃，有一股涩味。大家仍然很高兴。到了春天，油茶树上长有茶泡，乳白色，汁液又酸又甜。像话梅。比话梅更鲜。于是，伙伴们四处寻觅。偶尔寻到一两只，大家就像发现了金子一样欢呼起来，然后共同分享。当然，小伙伴们有时也打架。那是为着好玩。极少有当真的时候。

松山藏着他童年的秘密，一个金色的梦。

半个多世纪过去了，他再也没有吃过山上的栗子和树上的茶泡。三十多年没有喝过冲里的山泉。然而，在戎马倥偬中，他常常魂牵梦绕！现在，他终于回来了，像大雁一样飞回了自己的故乡。别梦依稀哭逝川啊，他哭了！

他也不明白自己为什么要哭。此时此刻，他沉浸在故乡诱人的气息里，他为什么要哭呢？当年，他带着一把油纸雨伞离家，枪林弹雨，雪山草地。死亡和胜利往往同时来光顾他。多少次身陷绝境，多少次化险为夷。他和同伴们一起，历尽千种艰难，万种辛苦，终于创建了辉煌的历史功业！他应该笑，应该慷慨高歌才是。然而此刻，他确确实实是哭了。在他的桑梓胞衣之地！

这一切，完全是今天晚间的宴会引起的。家乡有个约定俗成的规矩，远方的游子归来，乡亲们都要请他去吃一顿饭。这叫“接客”。也就是接风，叙乡谊，听闯世界的角色讲山外那个广大天地的新闻。他少小离家老大归，三十二年了。孩童相见不相识。已经有人在商量着为他接客了。千万不能给乡亲们添麻烦。那样，他们要想方设法去办菜。腊肉啊，熏鱼啊。还有时鲜菜。冬天去山上寻冬笋。春天去采菌。现在已是夏天，大人会叫小孩去田里捉泥鳅，水圳里捉黄鳝……村里人向来都是克己待客，舍命陪君子的。这多不好意思！况且，他一家一家地吃，也不知吃到哪年哪月。离家久了，他欠了太多的人情债。于是，他拿出一笔钱，请人办了七桌酒席，款待父老乡亲。

酒宴在松山招待所的餐厅里举行，没有繁文缛礼。有趣的是，当宾客们入席的时候，他发现在他的故乡，人们对他的称呼竟是这样的杂乱无章，这样的丰富多彩，这样的情亲谊重！三哥，石三兄弟，大侄子，伯伯，表哥，伯爷爷，叔爹，润之先生……人们可不管那会儿满世界都在唱“东方红，太阳升”！然而，对于这样的称呼，不仅局外人感到陌生，就连他自己，还以为人家不是在叫他呢。不知从什么时候起，人们对他的称呼，使他有太重的虎气，无形中与人们产生了距离。其实，他是个猴气很重的人。他渴望人情味很浓的生活氛围。如果一个人总没有亲情人情来滋润他的心田，他的生命之泉也许会逐渐枯竭。这是多么可怕的结果啊。而这时候，他却迟迟没有迎上去，显出一种从未有过的笨态。难道他已经习惯了那种有虎气的称呼？“叶公好龙”！他很生气。这样为难着自己。幸亏乡亲们没有留意他一时的走神，都笑着向他走来。有的是完全陌生的面孔。有的尽管陌生，熟悉的乡音唤起了他的记忆。于是，他笑着，用乡音答应着。于是，血脉亲，同窗谊，乡亲邻里的友情，像橘红色的彩云，暖烘烘地向他涌来。这时，他像乘坐了一列火车，逆时针方向急驰，回到了这些称呼最初产生的生活场景。往事像梦一样依稀仿佛。他鼻翼一酸，刷刷地掉下了两颗眼泪！

他不为自己的这种失态而后悔。时间匆匆，难得有这种相聚的机会。昨天刚刚下车，就有一个四十来岁的女子，穿一件白竹布父母装褂子，越过簇拥着他的人们，来到他的面前，气喘吁吁地说：“三哥，您也有空回来看看呀！”这是他的九弟媳。他家排行有十三兄弟。他本人是第三。乡里讲究长幼有序，因而叫他三哥。他笑着回答：“是啊。我早就想回来。看看家乡，看看你们。忙呀，老抽不开身！”九弟媳快言快语：“你掌管那么大的事，总会是忙的。不过，您再不回来，就会不认得我们了！”

九弟媳体谅他的难处，但也不无责备。他于是回敬她：“认得的。我们家这么贤惠的媳妇，我怎么会不认得呢？”

“三哥真会讲笑话！”

围着的人都笑了。

他问：“九弟呢，他身体还好么？”

她答：“他吃得饭，走得路，结实着呢。听说三哥回来了，起身就走。他走得慢，有车子接他去了！”

“噢！”他沉沉地叹息了一声。九弟双目失明，行动慢一些。一会儿，九弟就来了。他急急上前和他握手。九弟却抱着他的胳膊，依偎着。孩子般地轻轻叫着：“三哥，三哥！”这时，有如一团棉花絮堵在胸口。他使劲强忍，才没有哭出声来！

三十二年前，一个秋高气爽的日子，他和妻子回家乡来。白天串村走户，看上去是和乡亲们叙旧。其实，他在做着一份极其伟大的工作。若干年之后，埃德加·斯诺，那位热情的美国人，对此极感兴趣，曾盘根究底。他于是告诉斯诺，我们在家乡发动了一个把农民组织起来的运动。在几个月之内，我们就组织了二十多个农会……那时，他的年轻的妻子，也借用祠堂的房舍，办起了一所农民夜校。夫妻俩以不同的方式，为着同一个目标，在故乡播下了红色的种子。九弟是夜校的学员。然而，当他后来在井冈山掀起巨澜，气势汹汹的敌人对他们进行围剿而惨遭失败之后，便来乡间搞“清乡”运动。他的亲属因此受到牵连。早已当上赤卫队员的九弟，当然是白狗子的头号注意目标。他于是有家不能归。白天，他躲在深山里种旱粮。晚上，他在山林里栖息。有一次，敌人追捕他。一不小心他摔下了山崖。虽然保住了命，却让竹签子刺瞎了左眼，右眼也受了重伤。正在他极度痛苦，几乎丧失生活勇气的时候，一位眉清目秀，能言善语的张姓女子，自愿来到他的身边，就是如今的九弟媳。长年累月，九弟媳也吃尽了苦头。她不仅要为生活的艰难所困扰，还要时时提防白狗子的突然袭击。一有动静，就牵着残废的丈夫去逃命。她上山劳作，下田作阳春，承受着比别的女人更重的生活负荷。而且，她还为他生了两个儿子和两个女儿！

这就是他在乡间的九弟和九弟媳。当红旗插到家乡的时候，他从来京的乡亲口中，知道了这一切。他特别感谢这位九弟媳。他觉得字典里所有褒奖的字眼，一股脑儿全加在九弟媳的身上，也决不过分。及至今天见了九弟，他身子仍然这么结实。他想，九弟全靠了他的知寒疼暖的妻子。男人身上可以看见女人的影子。

不过，从严格的意义上讲，他对九弟媳的评价，仍然如哲学家的推理，理性成分居多。他真正感受这种亲族亲情，是在他去水库游泳的时候。本来，他也没想到要游泳。上午，公社书记来看他，他对公社书记说："你是我的父母官哪！"直弄得年轻的公社书记很不好意思。末后，公社书记向他介绍了家乡的一些情况。比如，种了多少双季稻，垦了多少茶园，还修了个大水库……他不大喜欢这种呆板的背书式地介绍。问："你那个水库，水深不深？"公社书记说："很深，最深的地方有20多米！"他兴趣一下子勃发了，说："好呀，你一直在想要好好招待我一番。我看你不要去劳神了，就招待我到你们水库里游泳一次，行不行？"公社书记一愣。待他省悟过来，忙摇着头说："不成，这不成！"他却笑哈哈地说："怎么，你嫌我身上的龌龊弄脏了你的水库呀！"公社书记不能说服他，便去搬救兵，搬来了罗部长，他私下里喊罗长子的那个又机灵又热情的人。罗部长果然来当说客，提出了十几条理由不能游。他半是玩笑半当真，说："这是在我的桑梓地啊。我们这里有一句乡谚：客随主便。罗长子，连你都是我的客人，你可别喧宾夺主呀！"堵得罗部长无话可说，只好和公社书记一起去作游泳的准备。正当他暗自得意的时候，他的九弟媳却风风火火地跑来了。人还在屋外，那声音早进了门：

"三哥，你不能去游泳！"

九弟媳急成这个样子，他于是微笑着说："为哪样不能游？"

九弟媳告诉他："水库里养了鱼。水库管理所怕有人偷鱼，在四周的浅水里，放了许多竹尾巴，狗丫刺。您去游泳，水底下的树棍呀，藤刺呀，会绞你的脚！"

他说："罗部长不是派人去打捞了吗？"

她说："那也不行。水库里还有落水鬼，尽拖人！"

他哈哈大笑："你看见鬼啦！"

九弟媳说："我没有看见过。反正，去年就拖走一个。

才二十多岁，结婚不到一年，堂客肚子里正有喜，就让落水鬼拖走了。好作孽呵！”

他解释说：“我打听过了，去年那个年轻人，可能是水性不好。也可能是水库太深，他下水前没有用凉水擦擦四肢，懵里懵懂往水里跳，脚抽筋，沉下去啦！”

九弟媳说：“三哥，您这么大的年纪了，难道就不怕脚抽筋？”

他笑着对九弟媳说：“没得关系的。即算阎王老子现在勾我的名，我也不算短命。我却不归阎王老子管。管我的是马克思，他躺在海特洛公园的墓地里，似乎还没有给我发请帖。你就放心吧！”

九弟媳满脸不高兴：“反正您不能去！”

他仍旧笑着，说：“那好吧。待会儿我游泳，你就守在水库边上，如果出了什么问题，你就打啊嗬，叫人来救我！”

九弟媳说：“男人家洗澡，我不看！”

他伸手指指九弟媳，大笑道：“封建，你真封建啊！都穿了游泳服么，那有什么问题呀！”

他事后才知道，在他下水游泳的时候，九弟媳一直在水库的坝底下。她不敢上去看。又担心三哥出什么危险事，心里像猫抓一样。但她也有绝招：祈祷神灵保佑。三哥年幼时，他的母亲曾替他拜了山那面的石头娘娘作干娘。石头娘娘法力无边，而且有求必应。她于是默默祷告，请石头娘娘为三哥护驾，保佑他平安无事……局外人听了为之喷饭。而他听了，心头一热，好久都说不出话来。他体味到一种既熟悉又陌生的亲情之爱。此刻，夜深人静。树林里的鸟儿发出轻轻的梦呓，虫儿偶尔一声细小的鸣叫。表明它们正和同族睡在一起，在做着甜蜜的梦。“别梦依稀哭逝川!”他长叹一声，急步走向书桌。抓起笔，写下来！……

游泳归来，西斜的太阳照着山冲，冲里一片金碧辉煌。山梁沟壑，当阳的那一面，金红。背阳的那一面，墨绿。田野里充溢着禾苗灌浆的气息，蜜一样甜。许多人向他招呼，许多人向他微笑。他一一答应着。这时，何家湾的坪场里，一个白发苍苍的老妇人，冲着他叫喊:“大侄子，你回来啦!”公社书记在旁介绍说:“这是五阿婆，毛福轩烈士的妻子!”仿佛有一股强大的气流推动着他。他大步迎上去。五阿婆也朝这边奔来。他们没有握手。他双手扶着五阿婆的肩膀。五阿婆双手抓着他的胳膊。这一对老乡亲四目相视，良久无言。

五阿婆手上的青筋，一如山阴道上从泥土里凸出来的树根。脸上布满皱纹，好比秋天落叶上干涸了的叶脉。啊啊，她当年可是一位勤扒苦做、待人和蔼、开口说话先打哈哈，从来不知忧愁的热情贤淑的女子啊。她当年的风采哪里去了呢?

他又碰到了称呼上的困难。如果较起真来，五阿婆不应该叫他大侄子。她的丈夫毛福轩，是和他的祖父一辈的人。在冲里，人们聚族而居，互相的称呼不受外界的影响，某房子弟出门在外，哪怕你学富五车，头上有种种桂冠；或者当着了不起的大官，前呼后拥回乡来，你仍然是冲里人。冲里有冲里的伦常序列。任何人都不能超越。当年，他和毛福轩本人，也出现过颠倒称呼的尴尬。那是因为毛福轩这位房族叔爷的年龄，比他还小几岁。也许，从这时候起，就为他后来那些带有明显虎气的称呼埋下了伏笔。要不然，五阿婆今天为什么要把他升格为“大侄子”呢？

那一年，他从长沙回乡，毛福轩吭哧吭哧来找他。说：“家里苦，没地，租地交不起押金。你能不能在长沙为我找个差事呢？我写算功夫不行，力气是有的！”他于是把他带到长沙，在自己主办的自修大学当校工。那时，他和妻子租住了清水塘一家菜农的房子。因为是本家，更因为工作上的事，毛福轩常去他家。他于是向妻子介绍：“这位是五叔爷！”毛福轩满面通红，羞的不行。摆着双手说：“不这样叫。叫我福轩吧！”他笑着说：“这不行。叫乱套了，将来回乡去，毛氏公祠要开祠堂门打我的屁股咧！”毛福轩这时已不是先前那个老实巴交的作田人了，极其庄重地说：“你在自修大学上课时说，我们都是志同道合的同志。你们就叫我同志吧！”他怦然心动！同志。在那风雨如磐的年代里，这个称呼犹如严冬里得到一杯暖胸窝的姜汤，黑夜里见到远处的一支熠火。无比欢欣，无限亲切。他握着他的手，凝重地叫道：“我的好同志！”

毛福轩没有辜负这个神圣的称号。由中共湘区委员会书记亲自当介绍人，这位房族叔爷加入了共产党。党决定他回乡，他于是当上了中共韶山支部第一任书记。他不辞辛苦地工作，终于把韶山和周围的村落都闹红了。后来，党又派他去上海。他凭借自己的机智和勇敢，打入上海金山县公安局当了警察。不久又做了金山县公安局第三分局局长。掩护同志，搜集情报，出生入死！连当时在上海的恩来和陈赓，都对他夸赞不已，钦敬不已。再后来，他被叛徒出卖，在一个春光明媚的早晨，南京夫子庙的桃花开得铺天盖地的时候，他的血凝在雨花台的泥土里！朋友去为他装殓，口袋里有一封遗书：余为革命奋斗牺牲，对于己身毫无挂念！

这就是五阿婆的丈夫，他的房族叔爷，他的亲爱的同志！

公社书记说，她丈夫遇难的消息，五阿婆是从“清乡”队那儿听说的。这伙心狠手辣的家伙，半夜里来抄他的家，把孤儿寡母抓到公堂上去。幸亏一位好心人搭救了他们，设法使她抱着儿子，半夜里逃出羁押的地方。从此，五阿婆开始了漫长的躲兵的日子。要饭，当佣人，还卖过血。一些心术不正的家伙，见她青春年少，拿话来挑逗她，甚至于涎皮赖脸地动手动脚。她总是横眉冷对那些胆大妄为的家伙，保持了一个革命者的妻子的伟大尊严！

今天，这一对故人，在历史最初出发的地方相聚。历史和现实在这里重叠显现。他们都感慨万千，唏嘘不已！他叮嘱她：“五阿婆，您……多保重！”

五阿婆笑了，说：“老啦。阎王老子点名啦。不过，我今天能见着你，实在是高兴啊！”

五阿婆没有那种无可奈何花落去的悲寂感，却是一位历经磨难而没有被摧垮的胜利者的自我调侃。他于是盛情相邀："什么时候，您去外边走走，看看北京！"五阿婆说："要去的。我还想去南京雨花台，为福轩扫扫墓，烧点冥纸。还有，你家大弟、小弟、你的堂客杨家姑娘，我也时常梦见他们。我不知他们的墓地在哪里，我也要去给他们烧点冥纸！"

他感谢她的好意，又一次紧紧地握了握她的手。

告别五阿婆的时候，他脑子里忽然响起了高昂激越的旋律。用忿懑作和声，因而更像铜琶铁板，直冲霄汉。他一愣神，今天上午，他回自家的老屋时，也出现过同样的旋律——

那是在大弟的房子里。墙上有一幅大弟的照片。大弟好高兴好神气好时髦啊。一顶毛帽子，猎装，还打领带。咧开嘴巴哈哈大笑。他为么子这样开心呢？记得他们都还年幼的时候，作为长子的他，却不大听父亲的话。父亲很恼火，常常拿竹枝丫打他。比他小两岁半的大弟，总是变着法儿为他开脱。父亲终于息怒了，丢掉竹枝丫，咕哝着忙他爱忙的事去了。这时，大弟就是这么咧开嘴巴笑，既开心，又有调侃哥哥的意思。兄弟俩于是更加亲密。然而，他再也听不到情同手足的大弟爽朗的笑声了。十六年前，他在新疆死于盛世才的手里！是刽子手活活将他勒死的。想着，他心坎里仿佛有什么东西爆裂，那股气浪在他胸腔里汹涌。他身子剧烈颤动，几乎都无法把握自己了。

在小弟的房子里，这股情绪就更为强烈。小弟是父亲的满崽。公疼长孙，爹疼满崽。都是自己的亲生骨肉，不知缘何会有这种差别。父亲和母亲都很疼爱小弟。父母的溺爱通常会使年轻人经不起风霜的砥砺。小弟却不是这样。他心比天高。他上中学时的作文本，就请大哥看过。他写道："宇宙便是学校，万物便是课堂。"他果然以天下为己任。二十一岁就在叶挺的政治部当了宣传科长。他参加了八一南昌起义。来井冈山见到大哥时，他已是卓有战功的指挥员了。他也曾受到过极不公正的对待。那是"二十八个半布尔什维克"占上风的时候。后来，红军主力北上抗日，小弟奉命留守中央苏区，坚持游击战争。在一次突围中，小弟身中数弹，他的血洒在江西瑞金东部的黄鳝口纸槽。从此大哥哥失去了亲爱的小弟弟！

另一间房子是他本人的卧室。屋里一位文静而端庄的青年女子，抱着一个孩子，膝前还绕着一个娃儿。她含情脉脉地望着他。居乡的那些日子，他串村走户，半夜方归。她就是这样守着一盏小油灯，拍着孩子，唱着催眠的儿歌，等待他归来。他仿佛看见她站起来了，向他走过来了……是啊，他们曾有过多次暂时的分别。他同样有儿女情长。虽是短暂的分别，也使他心乱如麻：

今朝霜重东门路，
照横塘半天残月，
凄清如许。
汽笛一声肠已断，

从此天涯孤旅。

……

关山阻隔，两地分离。他以诗词寄托自己的切切情思。而她对亲人的依恋，则是在日记中倾吐："我觉得我为母亲而生外，是为他而生的。我想象着，假如有一天他死去了，我母亲也不在了，我一定跟他去死！假如他被人捉去杀，我一定同他共一个命运……"打不散的鸳鸯割不断的爱啊。当这个日记本通过辗转周折送到他手里时，她已于数月前被敌人杀害了。她就义的地方，正是东门外。东门外的识字岭。他曾多次这么想，也许一开始他就得到了某种喻示。要不然，为什么会在作别的情诗中，铭心刻骨地写着"今朝霜重东门路"呢？

整个白天，他的房族叔爷，他的大弟和小弟，他的妻子，还有他的妹妹，儿子，侄子，这些本来应该活着却已血洒江河大地的亲人，他的志同道合的同志，轮番来和他谈心。他们都那么安详，那么无怨无悔。做一个神容易，做一个英雄却很难。在视死如归的那一瞬间，他们都是一往无前的英雄！想着，他心坎上那个爆裂点终于喷射而出：黑手高悬霸主鞭！

此刻，夜阑人已静，四下里没有一点声音，他的思绪却极为活跃，好像他正骑着一匹枣红色的骏马，在茫茫草原上奋力追赶一只黄麂。耳边狂风呼呼，眼前旌旗猎猎。他不能有须臾懈怠。否则，美丽的黄麂就会稍纵即逝！正当他就要手到擒拿的时候，外边却有人敲门，打断了他的思路，他恼火透了，朝门外大喝：

“什么事?”

门被推开了。依旧是那个手脚麻利的姑娘。她怯生生地说：“夜已经很深了，您，该休息了!”

他想骂人。然而，那姑娘由于熬夜，美丽的大眼睛周围是一圈黑晕。她谦恭地笑着，像女儿对父亲。他于是软下心来，也笑了。说：“老头子了，夜里瞌睡少。你们年轻人熬不起夜。这里没有什么事了，你去睡吧!”

傍晚，他从五阿婆居住的何家湾往回走的时候，碰上一伙在稻田里除稗子的人们。他们都向他打招呼。他高兴地答应着，还和一位老农搭讪：“每亩地大约能打多少谷子?”老农不假思索地回答说：“八百斤!”他有些不快了。我也是冲里人嘛。我也在这土地上耕过地，插过秧，除过稗，打过禾。这泥土里也有过我的脚印，也流有我的汗水哪！真人面前莫说假，这样的禾苗怎么能打八百斤谷子呢，你们为什么对一个老乡亲也不讲真话呢？于是，他颇为不快地说：“冇(mǎo没）得!”老农问他：“您看能打多少?”他说：“你想考我呀，五百斤就顶天了!”老农哈哈大笑道：“润之先生，您到底还是冲里人!”他也笑了，说：“原来你把我打入了另册，你哪有咯大的权利呀！不过，看样子你也不是存心要给我讲假话，我不怪你。我在家的时候，年成好才能收三百斤。如今一亩能打五百斤，已经是个了不起的飞跃!”老农连连点头："润之先生，正是这样！"

这位老农显然不是他的本家。直到在他款待家乡父老的晚宴上，才知道老农姓郭，他们两家相距不远。他感谢这位老农最终把他当作冲里人，对他讲了真话。于是端起酒杯向他敬酒。老农连忙起身："主席敬酒，岂敢，岂敢！"他笑哈哈地说："今天没有什么主席不主席的，都是冲里人。冲里人有冲里人的规矩：敬老尊贤，应该，应该！"

于是，这一对老乡亲，双双举起酒杯，一饮而尽！

酒酣人醉，客人们早已走了。好比电影里的空镜头，为他留下一个极大的思维空间。月亮已经升上中天。那迷离的光辉，像一幅无边的纱幕，覆盖在山野之上。一切景物变得柔和起来。在他的胞衣之地，他沉醉在骨肉亲，同志情，同乡谊这些人类最美好的感情之中，如同喝了一杯清甜的甘露！于是，他脑海里似有无数个琴键，一会儿弹出高昂激越的旋律，一会儿似泉水响叮咚。他从来没有感觉到思绪是如此的清晰。他怀着一种胎儿躁动母腹的喜悦，抓起笔，龙飞凤舞起来。不到一刻钟，纸上出现了一首回肠荡气的归乡辞：

别梦依稀哭逝川，
故园三十二年前。
红旗卷起农奴戟，
黑手高悬霸主鞭。
为有牺牲多壮志，

敢教日月换新天。
喜看稻菽千重浪，
遍地英雄下夕烟。

半个月后，他将这首诗交给一位年轻人，请他印发送给一些朋友雅正。那位年轻人念了一遍，又念一遍。指着第一句，问：

“您为什么要哭呢？应该咒！”

他一愣，急问“你说什么？”

年轻人不理睬他的虎气，一副不折不挠的样子，斗胆班门弄斧。说：“不应该哭，应该咒。别梦依稀咒逝川！”

他情绪立时高涨。击掌道：“僧推月下门。僧敲月下门。推敲。春风又过江南岸。春风又绿江南岸。一字师。别梦依稀，已有哭声。不应该再哭，要咒。你替我改了半个字。你是半字之师，我向你鞠躬致谢！”

儒　医

一

老郎中杨舜琴，是我们家乡的一代名医。

乡下人生了病，不到起不得床的时候，不会去看医生。老郎中于是常常要出诊。他却有许多讲究。到了病人家里，先不忙看病，要独自静坐一会。老郎中不戴手表，病人脉搏的次数和脉象，全靠郎中在自己的一呼一吸之间来把握。七十岁的老人了，爬山过岭，涉水过桥。他不坐下来喘喘气，息息汗，把精力集中起来，怎么能够做出正确的诊断呢？老郎中因此特别重视这一片刻的静坐。往往在这时候，敬烟不抽，沏茶不喝，讲话不搭言。他双目微闭，全身放松。像气功师练坐功，也像艺术家在进入角色。乡下人不知个中原因，老郎中名气大，就都不去打扰他。

静坐完毕，老郎中来到病人床前，伸出一只青筋鼓暴的瘦手，轻轻地按在病人的桡动脉上。他的小手指头上，留有半寸多长的指甲。这时，那尖利的指甲向上微翘着，使人想起某种神秘的图腾。按过左脉，又按右脉。然后就进行诊断。对于病情，毋须病人自诉。老郎中会说得一清二楚。除了表面症状，他还能说出病人许多无法言说的痛苦来。药还没下肚，病就好了三分。老郎中因此闻名遐迩。

乡下人对于药到病除的医生，总是想方设法来感激。就送去“妙手回春”“华佗再世”“扁鹊遗风”……这类用红布做的，字迹或潇洒或笨拙的锦旗。杨舜琴从来都不悬挂，全锁在箱子里。老伴觉得这是一种浪费，儿媳妇生了孩子，正好拿来做尿布。杨舜琴又坚决不同意。说：“亵渎了人家一番好意，千万使不得！”老伴说：“那就把它挂起！”杨舜琴说：“有哗众取宠之嫌，不挂也罢！”老伴生气了，说：“你不挂它，又不让拿来做尿布，要带进棺材里去啊！”老郎中捋着花白色的胡须笑道：“这么多锦旗塞进棺材里，会堵得我没法儿吐气啊。这样吧，我死后，你就把它烧在我的灵前，省得再去花钱买冥纸！”

这是一位业心执着，又甘于淡泊的老先生。

六月末的一天下午，太阳很烈。坡地里蒸发出来的泥土气息，裹挟着山上树林里散发出的青叶的气味，形成一股逼人的热浪。年轻人在阴凉处磨蹭着，不想干活呢。老郎中却戴着草帽去了后山王家。王家在县城当汽车司机的儿子，都请假回来照顾他母亲的病了，可见王家老嫂子是病得很厉害。多年的老乡亲，他得赶快去号一手脉。

王家老嫂子的儿子叫王大明，一个大大咧咧的角色。他见老郎中茶不喝，烟不抽，只顾枯坐着，就没话找话：

“杨老伯，今晚，您只怕有台子吃啊！”

乡间吃宴会叫吃“台子”。杨舜琴正做例行功课，没有搭言。王大明于是又说了一句：

“毛主席他老人家回了韶山，设宴款待父老乡亲，杨老伯您一定会去坐首席！”

乡间都知道杨舜琴和毛泽东有着深厚的友谊。1925 年 2 月，毛泽东回乡养病。由于长期劳累奔波，他患有多种疾病。消瘦，周身乏力，胃纳不佳。在长沙请西医检查过，也没有查出个子丑寅卯来。回到乡里，有人向他推荐杨舜琴。那时，杨舜琴才四十出头，还没有静坐入定这样的习惯。他闭目号脉，八纲辩证，扶正祛邪，治标又治本。几帖中药下肚，毛泽东身上的所有症状都奇迹般地消失了。毛泽东很感激，常去和他聊天。杨舜琴是读过六年私塾转而学医的。对诗词歌赋都内行，对经、史、子、集，也都有所涉猎。恰恰毛泽东也有这方面的爱好。毛泽东尊称他为“儒医”，诗是他们百谈不厌的话题。许多年之后，杨舜琴的老伴还记得，润之先生谈起诗来，饭都不记得吃！

接触的次数多了，毛泽东就和他谈当前的农民运动。毛泽东的谈论总是那样富有感染力。有一回，毛泽东说：“孙总理中山先生，原来也是个医生。就因为他痛感于我们的国家和民族灾难深重，矢志投身于国民革命。他觉得，中国人光有健康的体魄还不行，还要有一个健康的社会环境！”毛泽东一席话，杨舜琴顿时如醍醐灌顶。不仅他自己，连他两个二十啷当岁的儿子，也都报名加入了农民协会。杨舜琴是有声望的人，所产生的影响就更大。他就这样成了农民运动的骨干，还加入了中国共产党，成了毛泽东一条线上的同志！

灾难是那场满含血腥的“马日事变”。儒医杨舜琴被抓去坐了两年大牢。幸亏他医术高超，在乡间有很好的口碑，才免于一死。从牢里放了出来，他的两个儿子，杨子嘉和杨子寿，都先后被敌人杀害了！杨舜琴悬壶济世，没有能保住自己的儿子。毛泽东的话犹在耳边回响：中国人光有健康的体魄还不行！他把深仇大恨埋藏在心底里，继续行医于乡里，这样才等到深山出太阳！

新中国成立后，毛泽东思念老友，曾来信邀他去北京相聚。当时因病未能成行。毛泽东为了表示他的友情，给他寄来一大批医学书籍，另有一套四册《楚辞》精制线装书。同时还寄来了一笔钱。书是杨舜琴的无价宝，钱却分文未动，全部买了医疗器械和药品。新社会了，杨舜琴也备有一些西药，供乡邻们应急。

昨天傍晚，毛泽东回到了阔别三十二年的故乡。如果杨舜琴知道了，他会立即前去相见。但他住在韶山冲外，一点消息也没有。这会儿他又进入了静坐入定的境界。王大明说了些什么，他耳朵都没有张载。这可急坏了王大明，他请假专程回来为娘治病，老先生事不关己，竟在这里打起瞌睡来了！小伙子心里一急，就伸手拍了拍杨舜琴的肩膀。杨舜琴最讨厌这种轻浮之举，脸上霍然动色。王大明挺尴尬，讪笑着：

“我是说，请杨老伯快点儿开方子。别耽误了您去吃台子！”

老郎中没好气地说："吃什么台子？"

王大明把毛泽东回乡的事又说了一遍。杨舜琴根本不相信。王大明说：

"我还能骗您么？今天，好多人在冲里看见了他老人家！"

杨舜琴已不是那种容易躁动的年龄了。此刻，他却手忙脚乱起来。没有认真号脉。开方的时候，也没有讲那些玄妙的虚实辩证，只凭病人的自诉。开了方子，心里又不踏实。迟疑了片刻，不无歉意地对王大明说："这个方子，至少能稳住病情。先吃一剂吧。明天上午，我再来复方！"说完，就匆匆告辞走了……

二

老郎中不能不赶快回去。上了年纪的人，就特别想念当年的好友，见见面，谈谈心，会让人高兴好一阵子的。何况毛泽东是他极敬重的朋友！他们会有讲不完的话题。当然，如果时间充裕，他们也还要谈诗！

杨舜琴气喘吁吁地回到家里，人还没有进门，在坪场里就喊老伴："快，快把我的那套制服找出来！"

无论冬夏，杨舜琴的装束是一件对襟棉布褂，胸前钉着长长的布扣，颜色随节令而异。夏天着白，冬天着青。他的所谓制服，也就是一套蓝卡其布中山装。

那一回，县里成立卫生工作者协会。因为他是名老中医，被特邀出席。老郎中极重视这次会议，专门添置了这套衣服，乡下裁缝的作品，式样谈不上规范。尽管如此，此后凡他认为重要的公众场合，必定会穿上他的制服。

老伴儿纳闷了。天气这么热，一些年轻人还打赤膊，穿什么制服啊！杨舜琴说：

“我要去会老朋友！”

过了一会，忍不住又说：

“你知道是谁吗？毛主席润之先生回来了，我能不去见他吗？去会毛主席润之先生，不穿制服，不恭敬嘛！”

老伴很快从箱子里翻出了他的制服。久日不穿，有股霉味儿了。老伴拿到太阳底下去抖。杨舜琴等不及了，从老伴手里夺了过来，就往身上套。接着又抬起双手，笨拙地扣着风纪扣。老伴前后左右帮他抻口袋，扯衣袖，一边埋怨他：

“你急什么嘛，谭家老伯也才刚刚去！”

谭家老伯就是谭熙春。老农协会员，也是毛泽东的老朋友。杨舜琴问：

“他怎么这样快就知道毛主席润之先生回来了？”

老伴说：“你刚刚去后山王家，对门机耕路上就有汽车叫。是毛主席润之先生派人送来了请帖！”

风纪扣老扣不好，手都发酸了，只好作罢。问：“他是坐汽车去的？”

老伴说：“汽车还要去别的地方送请帖，叫谭老伯家里等着，他等不住，就自个儿去了！”

杨舜琴心里打了个顿：谭熙春有请帖，他为什么什么没有呢？没有接到请帖，他还去不去呢？他突然记起王家后生的话，今晚是毛主席润之先生请客吃饭。没有接到请帖，贸然上门，不是太唐突了么？

穿着厚厚的制服太热，刚刚扣好的衣扣子又解开了。送请帖的一定是个毛毛躁躁的小伙子，他一定不知道杨舜琴住在什么地方。应该找人问问嘛。待会儿你才会明白过来，粗枝大叶要跑好多冤枉路！

夏日的田野青葱可爱。禾苗正疯长，豆苗在拔节。一群小鸟从小溪的这一头，飞往小溪的那一头。来来回回，并不飞远。杨舜琴家的大门正对着田垅，田垅中间的机耕路通往韶山冲。他于是坐在门口等那个送请帖的小伙子。他甚至能揣摩出小伙子慌慌张张的模样来。

太阳西斜了，送请帖的小伙子没有来。

太阳落山了，他还是没有来。

满天星星了，他当然不会再来了。

杨舜琴心灰意懒。末后，他脱下制服，晚饭也懒得吃，上床就睡了。

三

老郎中翻来覆去睡不着。他很后悔。他对毛泽东曾经有过一次狂言躁举！

事情的缘起是山坳里的谢子藩。当年，谢子藩租种了财主成胥生的田。关于成胥生，《韶山地方志》有这样的记载：

……1913年起任湘潭上七都（即韶山）团防局长。搜罗一群流氓地痞，购有枪支二三十，勾结土匪，横行乡里。1925年，向湖南省省长赵恒惕告密，指控毛泽东在乡下搞“赤化宣传”。1926年，又与农民协会对抗。1927年在农民运动高潮时，团防局被农民推翻。成胥生从此大病不起，不久后即死亡（一说吞金自杀）。

那时候，成胥生为了控制团防局，他的佃户同时又是团防局的团丁。1925年6月的一天，成胥生接到赵恒惕密令，一定要抓住毛泽东。毛泽东机警过人，韶山冲里大都姓毛，又几乎全都被赤化了。他便把谢子藩找去，说：

“团防局里只有你认识毛泽东，你带几个人去，把他抓来！”

团防局距韶山冲还有八九里。毛泽东多年在外，平时不常回家，冲外的人大都不认识他，谢子藩在冲里住过，做过毛泽东的近邻，他们当然认识。但谢子藩脸有难色，说：

“我跟他是老乡亲，去抓他，对不住人哩！”

成胥生脸一板，说：“不去也行。你明年不要再种我的田了，团防局里的这份公差，你也不要当了！”

谢子藩无可奈何，只好带着七八个团丁去韶山冲。这一行人来到韶山南岸，这里有四个屋场，毛泽东家在南头的上屋场。这时，毛泽东却在靠北的坪场里和人聊天。谢子藩故意隔着田垅朝这边喊：

“喂，对面坪子里的人，你们看见毛润之没有？”

毛泽东接腔道："你们找他有什么事啊！"

谢子藩说："团防局成局长要找他！"

毛泽东漫不经心地回答说："刚才我还去过他家，他正在屋里看闲书呢！"

团丁们呼啦一下往上屋场拥去。毛泽东随即往后山一闪，闪进了密密的树丛中，一会儿就不见踪影了。

成胥生的阴谋未能得逞。

除了那位和毛泽东聊天的邻居，冲里无人知晓这件事。谢子藩本人不敢随便和人提及。但他和杨舜琴讲过。因为谢子藩是秘密农会的会员，跟杨舜琴有组织上的联系。他是乡村名医，又常为谢子藩的家里人看病。他们之间还有很好的个人友谊。为了谢子藩的安全，杨舜琴这样嘱咐过他：这件事，到此为止。今后，不要再跟别人讲了！

解放了，毛泽东做了主席。许多和毛泽东有过联系，或者帮助过他的人，他都有函信问候，或者寄钱寄物。一些有突出贡献的人，还按月享受政府发给的生活补贴。这时，谢子藩六十多岁了，常常患病，生活很困难。杨舜琴向当地政府反映，谢子藩曾经掩护过毛泽东，对他应该给予照顾。

事情比较麻烦。谢子藩当过团防局的团丁，算是有历史污点。而且，当年那位和毛泽东一起聊天的邻居，早已去世。杨舜琴仅仅是间接证明人，地方政府当然就不好作结论。杨舜琴热心肠，一心想成人之美，便想到了毛泽东。如果由他出示一个证明，问题就会迎刃而解。

毛泽东不久就有了回音。在过去的革命年代里，他不止一次遇到了险情，每一次都在人民群众的掩护下，顺利地脱险了。他一直记着这些人的友谊。但对这位谢子藩，那会儿他们隔着一条田垅，情况又那么紧急，他连谢子藩的面影也没有完全看清楚，印象确实不太深刻了。他给杨舜琴捎话说：掩护之事，大概是有的。请向谢子藩先生表示谢意。谢先生家计困难，请与当地政府商洽……

偏偏当地政府的干部办事极讲原则。他们老琢磨毛泽东的“大概”“商洽”两个词儿。在乡干部们看来，毛泽东没有肯定有掩护这回事。对于谢子藩的照顾，是商洽，而不是一定要办理。事情的结果也就未能使杨、谢二位先生满意。

杨舜琴生性耿直，心里藏不住事。毛泽东素来重情谊，对于帮助过他的人，总是千方百计地给予回报。怎么搞出个“大概”来了呢？他于是赋诗一首，寄往毛泽东：

介子绵山居旧禄，
冯异不言依树林。
舜日尧天仁厚主，
谅能回忆掩护情。

诗中用了两个典故，有些青年人也许看不懂。

第一句的典故出自《史记》卷三十九《晋世家第九》。春秋时有个叫介子推的贵族，在晋文公逃亡的十九年中，他一直相随于左右。在最困难的时候，他曾割大腿上的肉给晋文公充饥。可称得上肝脑涂地了。晋文公荣登君主宝座后，赏赐随从臣属，竟丢了忠心耿耿的介子推。介子推淡泊名利，也不要求赏赐，遂与老母隐居于绵山。

第二句的典故是从《后汉书》的《光武帝纪》中引发出来的。冯异是东汉初期将领，追随光武帝刘秀多年，打过许多恶仗，立下了非凡的战功。刘秀即位后，诸将聚在一起论功，冯异却退避树下，不去争。人称“大树将军”。

这首诗的喻意十分明白，杨舜琴把谢子藩比做介子推和冯异。他们品格高尚，不去邀功请赏。但如“舜日尧天”一样英明伟大的毛泽东，应该能够记得谢子藩掩护他的友情。其中也隐约地批评了毛泽东。

也不知是这首诗引起毛泽东的不快，还是他工作太忙，当时无暇作复，过后又忘记了。总之，杨舜琴没有收到毛泽东的回信。他也不好再给他去信。于是在很长时间内，他们中断了书信往来。

现在，毛泽东回到了阔别多年的故乡，宴请家乡父老，却没有请杨舜琴。也许他仍心存芥蒂，杨舜琴怎么不懊悔万分呢？……

四

早起的天空很蓝，风儿很轻，鸟雀的啁啾很悦耳。睡了一夜起来，杨舜琴的心绪又豁然开朗了。因为谢子藩的问题，不久后还是解决了。按革命老人的待遇，由政府按月给予一定的生活补助。他估计是那首诗起的作用。作为当年历史的知情人，他说了一次公道话。人活在世上，怎么连公道话也不敢说呢？他为谢子藩解救了困顿，算是做了一件好事，台子不吃就不吃，他为什么要后悔呢？

吃过早饭，想起昨天给王家老嫂子看病，马虎潦草，心里很不安，处理两个上门就诊的病人，他去了后山王家。

老郎中先给王大明打预防针：他需要静坐片刻，请不要来打扰。

他双目微闭，全身放松，渐入佳境。这时，外面传来汽车声。王大明迎了出去，车上走下一个精明干练的年轻人，却是毛泽东派来找杨舜琴的！

一个钟头以前，公社书记见毛泽东下午要离开韶山，前去询问主席还有没有要办的事。毛泽东突然想起了杨舜琴。连呼："疏忽了，疏忽了。昨天，还有一位最好的朋友没有请到！"

汽车于是跟踪而来。

毛泽东派来的年轻人走到杨舜琴跟前，恭恭敬敬地喊："舜老！"

老郎中正进入静坐入定的佳境。他把每一次诊断都视为一次攀登，一次冲刺。他需要调动全部的学识，经验，乃至整个心身，去攻克病人身上的顽劣病症。他不能有丝毫懈怠。当他进入这种境界的时候，别人说什么，他都没有听到。毛泽东派来的年轻人于是趋前一步，又说：

"舜老，主席下午就要回长沙。主席特地派我来，请您老人家去见见面！"

杨舜琴物我皆忘，飘飘欲仙。

王大明记起杨舜琴的嘱咐，便请毛泽东派来的年轻人坐下来休息。

杨舜琴心静了，气匀了。于是号脉。于是那又尖又长的指甲向上微翘着。屋里的气氛于是又庄严又肃穆。

接着，杨舜琴眯缝着眼睛，进行八纲辨证：胃主受纳食物，脾主运化食物。老嫂子您平时嗜食生冷，又饥饱失常，损伤了脾胃之气。致使脾失运化，胃失和降。故常发生疼痛……

满脸病容的王家老嫂子连连点头，说："杨老伯，您真是活神仙哪！"

杨舜琴掏出钢笔，去桌边开药方。他拿笔的方式很特殊，笔与纸成直角。他是把黑杆儿钢笔当成狼毫小楷了！

开好方，毛泽东派来的年轻人请他上车。他说："你先走，我还要回家一转，一会儿就到！"

毛泽东派来的年轻人说："您也坐车去！"

"绕了。"杨舜琴说，"从公路上去我家，要绕四里地！"

毛泽东派来的年轻人坚持说："那也比您抄近路快。毛主席正等您哪！"

车子绕道开到杨舜琴家，他让客人稍候。一会儿又从屋里出来。原来是换上了他的那套制服。衣襟抻直了，风纪扣扣紧了。只是衣服太肥，老先生太瘦，那模样如同一只纸糊的风筝。毛泽东派来的年轻人很有涵养，他竟没有笑，还扶他上车。

车子来到韶山招待所，毛泽东笑嗬嗬地在门口迎接他："舜老！"杨舜琴急急上前，高兴地喊"润之主席"。

两人手拉手进屋。

毛泽东见杨舜琴满头是汗，很惊讶。说："舜老您干嘛穿这么厚的衣服呀，会捂出病来的。快脱了！"

杨舜琴掏出手帕擦了擦额头上的汗，说："古云：服之不衷，身之灾也。我来看您，穿得不当，虽不至于招祸，也太不恭敬啊！"

毛泽东笑道："舜老您太拘礼了。当年我去您家，穿着蓝长衫。一进门，您就说，请宽衣。还帮我把蓝长衫挂在衣架上。出门时，您又不厌其烦地取下衣衫，送到我手里。那时，我们都身穿短褂，一起谈诗谈医学。今天您到我这里来，就都随便些吧！"

这正是当年的情景。这些细微末节，毛泽东还记得这样清楚！可见他是个很重感情的人。前番的误会，只怕是庸人自扰啊！

杨舜琴这么想着，脱下身上的制服。毛泽东却要接过去，并为他挂起。杨舜琴抱在手里，怎么也不肯。毛泽东也就不再坚持，陪着他说些有趣的事情。

中午，毛泽东和杨舜琴，还有几位亲友，共进午餐。杨舜琴紧挨着毛泽东，坐在他的右边。毛泽东夹了一块清蒸鱼，敬给杨舜琴。说："舜老，你是儒医，我这里敬你一块鱼！"

杨舜琴想对前次那首诗表示一点歉意，说："我是愚蠢之‘愚’。常常做些蠢事!”

毛泽东连连摇头，说:“舜老，您过谦了。您是读书人学医，称为‘儒医’，是最恰当不过了!”说着，毛泽东夹了一块鱼，放进自己的碗里。又说，“鱼，我所欲也。儒，亦我所欲也!”

说得一桌人哈哈大笑。

毛泽东向邻桌的周小舟招手。周小舟起身来到这边。毛泽东把杨舜琴介绍给他:

“这位杨舜老，是本地有名的中医。当年，杨舜老还给我看过病。他既通古文，又会诗词歌赋。刚才，我称他为‘儒医’，名符其实!”

周小舟连忙和杨舜琴握手:“久仰，久仰!”

毛泽东又向杨舜琴介绍周小舟:“这位姓周，名小舟。其实，他是大舟，管一个湖南省，是中共湖南省委第一书记!”

杨舜琴连称:“幸会，幸会!”

很高兴的样子。

毛泽东又对杨舜琴说:“以后，您有什么事，难得到北京来找我，就尽管去长沙找他!”

周小舟欠欠身，表示愿意效劳。

一向注重礼节的杨舜琴，这时却忘了向周小舟表示感谢。他愣在那里了。他想着，这可能是毛泽东对前番事情的答复。毛泽东住在北京城，管着全中国的事。说日理万机，一点也不过分。杨舜琴却坐井观天，以为蓝天只有巴掌大。

还倚老卖老，把乡间的大小事情都捅到他那里去，他受得了么？而且，他还以小人之心度君子之腹，生出许多误会来。真是愧对老友，令他赧颜啊！

毛泽东不知杨舜琴的这些感情变化。饭毕，稍稍休息后，毛泽东提议照张相留个纪念。大家于是来到招待所门口，排好队。杨舜琴被邀站在中间，紧紧地挨着毛泽东。

末后，他们回屋里又聊了一会儿，毛泽东派车送杨舜琴回家去。握别的时候，毛泽东不无惋惜地说："只可惜，这次时间不够，我们没有谈诗！"

杨舜琴也很惆怅，说："只能等下次了！"

毛泽东说："对，我们下次要谈诗！"

毛泽东送他上车。下午三时，他本人也结束这次故乡之行，离开韶山到长沙去了。

杨舜琴回到家里，好久好久还激动不已。第二天，他闭门谢客，写了一封信，三首诗。信是写给在外地上学的孙子的：

昨，6月27日，毛泽东回韶山，停驾韶山招待所。邀故乡老人相聚，我亦荣幸被召。同主席谈了话，会了餐，摄了影。午宴时，我承主席敬尊，僭坐首席。摄影时，我又站在主席右侧第一个。以我老迈无能之身，承蒙主席如此厚爱，使我终生无辱，长沐光荣……

诗三首。前有小引，云：毛主席回韶山。接见乡老，敞开言路，洞悉民情，并称琴是“儒医”。言虽出自席间，誉已传于座外。

韶山郁郁更巍巍，孕育奇才破独裁。
三十二年还故里，百千万类赖深培。
乡老侃侃谈无倦，座主融融乐不猜。
宴罢华堂同摄影，高歌一曲胜蓬莱。
……

据我父亲讲，我小时候得过一次天花。是杨舜琴老伯妙手回春，才使我死里逃生，脸上也没有留下什么难看的疤痕。我多时想写点纪念他的文字。前不久，在一位朋友处见到杨老伯的几首遗作，触发我作成此文。其实，也是一段历史。

火焙鱼

一

那时候，京剧《红灯记》正走红。村里许多年轻人都会这个唱段：我家的表叔数不清，没有大事不登门……文九明却不会唱。他只会唱山歌。如今连山歌都不唱了。其实，他是个出名的快活人。从前，有一回，公社开大会，有人起哄拍巴掌，欢迎他唱山歌。他果然敞开嗓子就唱了——

山歌好听口难开，
石榴好吃树难栽。
后山的妹子真好看耶，
躲在闺房不出来！

文九明的孙子都满周岁了。一个当了爷爷的老倌子，还唱这种充满青春活力的情歌。强烈的反差获得了惊人的艺术效果，满堂子人因此笑得直揉肚子。唉，现在他再也没有这种好兴致了。他当生产队长，抛粮下种，生产生活，心都操碎咧。眼下还要抓革命。城里乡里到处搞武斗。造反派、保守派打得不可开交。文九明可不管什么造反派、保守派，他是个铁打钢铸的革命派。

昨天傍黑，他怄了气，气得不行。晚上躺在床上，翻来覆去打了一夜肚皮官司。第二天一早起来，便用报纸包了一包火焙鱼，买张车票去了县城。在县城待了半天，他又登上了去北京的火车。

他去找表叔。

他家的表叔虽然多，却是数得清的。爷爷那一辈有两兄弟，四姊妹。繁衍下来，他的表叔有十几位。只是他这次去找的这位表叔，四十年来没登过他家的门。他于是日夜兼程去找表叔。

他的表叔叫毛泽东。毛泽东排行第三。他叫他三叔，有的时候也叫主席三叔。

乡下人走亲戚，都要带些礼物。贵重的东西他拿不出。主席三叔住在中南海，只怕他也不会缺什么东西。礼轻情意重，他于是只带了一包从小溪里捉来的火焙鱼。

从韶山冲往西，翻过一架大山，在山坳上放眼望去，是一片风光旖旎、林木茂密的浅山岗。文九明家就在一个叫唐家坨的山肚里。屋前不远处，有一条小溪，蜿蜒曲折。平时，小溪只有脚背深的水。溪中有一处一处沙渚。沙藏水。因之小溪从来都不干涸，溪水也从来都不浑。一些叫不出学名只有土名的小鱼，比如傍扁屎、木弄牯、刺甲脑……在溪水里游弋嬉戏。文九明穿开裆裤的时候，就喜欢提着个竹篾编的小爪篓，去小溪里捉鱼。小爪篓固定在一个地方，两边用沙子围着，然后拿一根竹棍子，从好几丈远的地方向小抓篓赶来。那些只有土名没有学名的鱼儿，于是就满河乱窜。末后大都钻进了文九明的竹爪篓里。如此十来个回合，捉来大半桶鱼。个儿大的，把肠肚挤捏出来。小鱼花不要捏肠肚。鱼肠鱼肚也有三分鲜。然后在锅里用微火煎焙，成蜡黄色。再用篮子装了，柴烟熏烤一下，便有一股特殊的香味儿。配点红辣椒，或蒸或炒，使人大开胃口！

那一年，表叔还不是主席三叔的时候，他从外边口岸回到乡间，在家住了近半年。文九明后来才知道，表叔是回家搞农民运动调查的。他常到唐家坨来。那时，文九明的爷爷奶奶，也就是毛泽东的舅舅舅妈，都还健在。为了迎接这位在外面闯世界的角色，他们砍了肉，杀了鸡，当然也还有小九明从小溪里捉来的小鱼儿。表叔却不吃肉，不吃鸡，一双筷子老是伸向火焙鱼。乡里待客，作兴敬菜。奶奶以为他讲客气，敬他一块肥鸡腿。表叔说："舅妈，您不必这样客气。其实，九明捉的火焙鱼，比什么美味佳肴都好吃！"说着，表叔咂咂嘴，掏出手拍抹额头上的汗。那是让红辣椒辣出来的汗。你看他吃得多开心！

这之后，表叔又外出了，二十多年音讯全无。山旮旯里的唐家圫人，脸朝黄泥背朝天，勤扒苦做过日子。忽然，一阵秧歌腰鼓带来了消息，表叔在北京坐了江山！文九明此时已是三十多岁的人了。他想马上去北京，去看望多年未见的表叔。但是，那时他在乡里当了农会委员，要忙支前。后来又忙土改，忙生产，一直抽不开身。挨到1951年冬天，表叔都几次来信问候他们一家了，文九明再不去，就有失礼性了。他特地车干了塘，将一条养了两年、过秤有十四斤的大草鱼捉了上来。剖了，腌了，柴烟熏了，带去看表叔。表叔如今已是主席三叔了，送一条大鱼，才能表示侄儿的一点心意。当然，表叔爱吃火焙鱼，拿这种东西去送礼，太不恭敬，也惹人笑话。

他风尘仆仆来到北京，表叔毛泽东对这条大鱼并不领情。说："我写了信的嘛，不要送礼。你怎么还送这么大一条鱼呢?!"文九明笑笑说："主席三叔，这么多年没有来看您老人家，我总不能空手进门啊！"毛泽东说："这得花不少钱吧，你把数目报给我！"那意思是他要付钱。文九明忙说："主席三叔您又不开收购站，问么子价钱啊。这条鱼是自家塘里捉的，一分钱也没花！"

毛泽东高兴地说："自家塘里养的，没花钱，很好。我受了。其实，完全不必送这么重的礼。你如果要讲客气，送一包火焙鱼就行啦。乡里现在还有火焙鱼么?"文九明一愣，问："主席三叔，您还记得唐家圫的火焙鱼呀！"毛泽东兴致勃勃地说："我怎么会不记得！在延安住窑洞的时候，餐餐吃小米粥，窝窝头。有一天晚上，忽然发觉自己在唐家托坐四方红桌子，吃火焙鱼。吃得津津有味，满头是汗。醒来才知道是梦。害得我好些日子都嘴馋呢!”说着，他自嘲地哈哈大笑了。文九明却感动得几乎要掉眼泪！主席三叔在中南海住着，管着全中国的事，他却还记得唐家托，还记得外婆家的火焙鱼！文九明说:“主席三叔，我下回来看你，挑一担火焙鱼来!”毛泽东说:“谢谢你。不过，也不要挑一担，有一包就足够了。任什么好吃的东西，都不能吃厌，要吃个欠!”

这一回，文九明上北京找表叔，匆忙动身，别的东西都顾不上拿，就记得带一包火焙鱼。现在他已不去捉小鱼了，他的满崽却乐此不疲。因此家里的火焙鱼总没断过……

二

火车上人挤人，连个挪脚的地方都没有。正是阳历八月，天气奇热。一股难闻的汗酸味，不知是自家身上的，还是别人身上的。文九明昏昏欲睡。刚刚打个盹儿，旁边几个穿黄军装的年轻伢妹子，却一直在争吵，把他吵醒了。她们都没有戴帽徽领章，显然不是解放军。那时不论城乡，都以穿黄军装为时髦。就不知她们为何事在吵。但他也听出些端倪。什么革命派呀，老保呀，文攻武卫呀……跟村里胡四混混一个腔腔。文九明跟他们搭了一句话，才知道这是一伙学生。他们让保守派打了，去北京告状的。那个留羊尾巴短辫的姑娘，额角上都冒汗了，也不把没帽徽的军帽脱下来。她说：

“保守派坏透了，有枪，打死了我们的人！”

人命关天。作田人对此极为关切。问：“打死了几个人？”

“一个。六六届的，一位响当当的革命造反派！”黄军帽姑娘义愤填膺。

“真作孽。是怎么打死的？”文九明又问。

“保守派围攻我们总部，我们奋起还击，他们先开枪了！”

“这么说，你们也有枪啰！”

“起先没有。后来我们去抢，革命派便也掌了枪杆子！”黄军帽姑娘有些得意。

文九明惊呼：“你们也开枪了？”

黄军帽姑娘忿忿然：“文攻武卫嘛！对敌人的仁慈，就是对人民的残忍！”

车厢里好闷热啊。文九明胸口像有什么东西堵着，喘不过气来。这个黄军帽姑娘，只怕比他的小女儿还小月份吧，也一定还没有找婆家吧，她们竟也有了枪！这时，他突然想起了村里的胡四混混。这家伙，不知从哪里也搞来一支枪。就在四天前，傍晚，花脚蚊子到处乱飞乱钻的时节，胡四混混来找文九明，要他去参加造反司令部勤务组。说，九伯伯，文同志！你别的东西都不要带，只带两套换洗衣衫就行了。他抹了一把脸，接着又说，文同志，九伯伯！你是响当当的革命派。你不起来造反，谁还有资格造反！去了，吃饭不要钱，还有工分补贴。伙食包好。菜里面放猪油，喷香的！他还给文九明敬纸烟。文九明却不接。文九明对胡四混混有说不出的厌恶。他好吃懒做。还三只手。偷瓜，偷菜。堂客们晾在竹篙上的花短裤，有时也顺手牵羊。文九明于是训他："四伢子，你要务正。俗话说，锄头竖得稳，作田是根本。你双肩抬一把口都养不活，还造什么反，背什么枪！"胡四混混不生气，嬉皮笑脸说："九伯伯，文同志！我响应你屋里表叔，我们最最敬爱的伟大领袖毛主席的号召，起来造一小撮走资派的反，你泼什么冷水，唱什么反调啊！"文九明气不打一处来，说："凭你背枪，我就不造那个反！"胡四混混好玩似地将枪栓推得哗啦响。文九明更是火气冲天，他于是下逐客令："四伢子，你别把这吹火筒扛到我屋里来！"胡四混混油里油气："九伯伯，文同志，你是害怕啦？"文九明说："我怕？笑话！量你不敢随意开枪。我告诉你，即便是你无意之间玩枪走了火，伤了人，我也有本事要政府捉了你去偿命！"文九明自己也明白，他这是倚仗表叔毛泽东的牌子，警告这个嘴尖皮厚的胡四混混。

这是一把催化剂，他于是急着要去找表叔。

表叔曾经交代过他，工作上有意见，可以随时去找他。乡下已经乱套了，老实正派的人受气，混世魔王闹翻了天。他还不去告诉表叔，对不住老人家哩！

没料想，在火车上碰到的这几个学生，他们不上课，不读书，也抢了枪！这真刀真枪干起来了，人都打死啦！他虽是个九品芝麻官，他的表叔却坐江山呢。古话说，天下兴亡，匹夫有责。他文九明也为京城里操着一份心呢。他心里一急，于是劝那几个学生：

“你们不要搞枪嘛，也不要东奔西跑去造反！国家好比一个大家庭，做工的要做工，种田的要种田，上学的要用心读书。这样，国家才会兴旺，人才有奔头。比如我们村里的胡四混混，也扛着枪去吓唬老百姓。他从来就不务正业，偷呀，摸呀，什么丑事都干！……”

黄军帽姑娘的脸立时就涨红了，说：“你说什么？你说造反派不是好人，是些偷鸡摸狗的坏家伙？你……”

刚才还在跟黄军帽姑娘辩论的那几个男学生，即刻转过来声援她。一个戴眼镜的学生质问文九明：“你胆敢污蔑造反派，你是什么人？肯定是个老保！”

另一个说：“这家伙肉耳朵，大额头，土头土脑的。不像走资派，也不像伪装造反的保守派。我看他八成是农村里逃亡出来的地富分子！”

于是，他们一齐向文九明索要证明。如果没有证明，就要把他扭送公安机关。文九明虽然没有当过更大的干部，但从互助组长到生产队长，也干了一些年头了。他还从来没有见过这种场面。人多为王，谁知道这伙敢动真枪的学生伢子会干出什么样的事来！他身上没有带证明。他贫下中农，生产队长，平时外出从来没有想到要带证明。也没人问他要过证明。即便是去北京找毛泽东，到新华门传达室打个电话，就进去了，也不需要什么证明。这时，前后车厢凑过来看热闹的人越来越多，他成了众矢之的。急中生智，他从袋子里抠出个纸包包，擎起来，说：

“我没有带证明，只有这个！”

纸包包里是一张照片。黄军帽妹子一把夺了过去，那是一张四寸黑白照片。照片已经有些年头了。仔细辨认，照片上的人还是看得清楚的。一排站着五六个乡下人，一色的对襟大布褂，一色的和尚头，一个个又黑又瘦。尽管时间很久了，也能一眼看出右边第二人，就是眼前这个肉耳朵，大额头。没错，是他。而居中站着的那个身材魁伟的人，白衬衫，灰长裤。这就是人人都认得的毛泽东！

照片从黄军帽姑娘手里，又传给了戴眼镜的后生。他们都争着看。文九明急了，说：“别抢，别弄坏了！”

黄军帽姑娘可就吃后悔药了。她想表示一点歉意，却结结巴巴。说：

“大叔，您……您和毛主席，是什么亲戚关系？”

“表叔！”文九明扬眉吐气了，说：“你们不是常唱‘我家的表叔数不清，没有大事不登门’吗。毛主席是我的表叔！”

“哗！”车厢里一阵欢呼声。有人领唱：

大海航行靠舵手，
万物生长靠太阳。
……

然后又鼓掌，又喊口号。万寿无疆，万寿无疆。不仅这几个学生，就连车厢里的其他旅客，都向文九明投来景仰的目光。仿佛他们是幸福地见到了毛泽东主席本人！于是，有人给他送水，有人给他让座。那个黄军帽姑娘，摇着一把小纸扇，却把凉风都送给了他。还在他耳边悄声说：

“大叔，我们要去向中央首长汇报，如果伟大领袖毛主席能够接见我们，那真是太好了。您领我们进去吧，大叔！”

文九明嗯嗯啊啊，不说行，也不说不行。他将照片包好，收进行李袋里。然后他就打盹儿。果然再没有人来侵扰他了，他睡得好香……

三

文九明行李袋里这张照片，摄于一九五一年秋天。在菊香书屋的门口照的。菊香书屋坐落在中南海里边。汽车沿着中南海的堤岸走了一气，来到一座灰色门楼前。下车转过几个回廊，里边又有一个小院子。院子里的菊花盛开了，牡丹和月季花仍在争奇斗艳。这座没有些微杂音的院子，于是显得更加庄严静谧。

文九明至今还记得第一次到北京见表叔时的情景。他是同韶山冲的几位乡亲一块去的。他和表叔分别的时候，还是个十二岁的孩子。现在时隔二十多年，表叔还记得他么？表叔目下坐了金銮殿，而他是一个乡巴佬，他该怎么和表叔说话呢？进门时，不免有点手足无措。幸亏韶山冲的乡亲中，有几位和表叔是同辈人，其中有一位比表叔还大辈分。他们可不管你共和国主席的办公室，大声打哈哈，高声讲笑话。毛泽东给他们装纸烟，他们却把纸烟夹在耳朵上，摸出自己的烟荷包卷喇叭筒。乡下的老叶子烟，很快就使这间书卷味极浓的办公室，弥漫着一股呛人的烟味。毛泽东毫无办法。他笑着送去烟灰缸，说："茶几上有纸烟，劲差点儿，味道还醇，你们尽可随意。只是请把烟灰弹进烟灰缸里，莫把地毯弄脏了。莫看这里满屋子的摆设蛮像一回事，这都是公家的东西。当年，我毛泽东腋下夹一把油纸伞离开韶山，如今也仍然是穿的在身上，吃的在口里。不折不扣的无产阶级。"毛泽东依旧是那般风趣，满屋子的人于是都笑了。

韶山耆老李漱清大阿公把文九明介绍给毛泽东，问他还记不记得这位表侄。毛泽东说："怎么会不记得！我在延安的窑洞里，做梦吃火焙鱼，就想起这位贤表侄咧！"

大家又都笑了。文九明的拘谨也一扫而光。

毛泽东问他："你来北京，还习惯么？"

文九明如实相告："主席三叔，你这里不好住！"

毛泽东诧异了："哪样不好住？"

文九明说："出进都要盘查，哪有在家里方便！"

毛泽东哈哈大笑："要联系群众嘛。跟传达室的同志熟悉了，人家就不会查问你了嘛！"

文九明说："你这里机关太大，守门的经常换人！"

毛泽东"噢"了一声，表示明白了。说："那么，你就搬家吧。搬到前门外边的永安饭店去，韶山来的几位都住那里。你们一起活动，好打讲！”

文九明果然就一气住了两个月，和表叔在一起吃了十一餐饭。和表叔亲近了，有一回，他讲蠢话：

“主席三叔，您离家几十年，当这么大的干部，还是一口韶山腔。不像我们村里的王三贵，出门当兵吃粮才两年，就带回来三张门！”

毛泽东问：“哪三张门？”

“你们，我们，他们！”韶山的土话是说你俚，我俚，他俚。

毛泽东笑了，笑得前仰后合：“这三张门，我也有咧。不过，我是个老顽固分子，保守党。这口韶山腔，这辈子恐怕是改变不了的！”

谈话于是更加活跃起来。毛泽东问他：

“土改时，你们家划了什么成分？”

“我家是贫农。”文九明回答说。

“我记得你家有田有土有山场，怎么会是贫农呢？”

文九明说：“主席三叔，您那是老皇历啦。我爷爷那一辈是两兄弟分家，三十亩田分成两起。我爹又三兄弟分家，再到我们兄弟分家，每家只有三亩来田了。我有四个女，三个崽。全家有十来口人，人均才三分多田。村里评估下来，我们家就是贫农！”

“哦，你还带着一个班，当班长！”毛泽东饶有兴味地接着又问，“你当了贫农，有哪些好处？”

“分田，分地，分浮财。还有耕牛和农具。”

毛泽东说："这么说来，你发了一点小财啰！"

文九明说："搭帮主席三叔，贫苦农民翻身啦！"

毛泽东摆摆手，说："不搭帮我。好多革命先烈牺牲了宝贵的生命，搭帮他们啊。那么，你这个翻身户，在地方上做什么工作没有？"

文九明说："一九四九年解放时，我就当上了乡支前委员，负责征粮！"

毛泽东忙问："你是怎样去征粮的？"

文九明说："人平口粮一百五十斤起征，征三斤。口粮一百七十斤的，征五斤。口粮多的，再多征一点！"

"一百五十斤口粮就要交公粮，太重了！"毛泽东低声喃喃。

文九明说："大家都困难啊。不那样征，完不成任务啊。不过，贫雇农有困难，可以少征。地主富农不能打折扣。他们不敢不交！"

毛泽东说："贫雇农缺粮，当然应该少征或不征。地主富农确实拿不出的，也应该少征一点才是。唉——"毛泽东好为难的样子。说，"关键的问题是要发展生产。生产发展了，什么事情都好办了啰！"

这时，秘书来请毛泽东去开会。毛泽东说："我这里也是开会嘛。这位文九明同志，是贫农，乡里的委员，了解不少情况！"

秘书说："大家都在等主席！"

毛泽东便无可奈何地摊摊手，说："你看，我虽然当个主席，一点自由也没有。吃饭呀，睡觉呀，还有开会，都要听他们的。九明，你回招待所去，画一份表格给我，说明征粮是怎么征的。你画得出来么？”

“我画得出来。”

毛泽东站起身，又问：“农村里还有些什么反映？”

文九明说：“大多数人反映好，少数人也有议论。说征粮重了！”

“是哪些人议论？”

“主要是地主富农。”文九明说，“当然，他们不敢公开讲！”

毛泽东点点头，说：“你把这些议论也写上。一些什么人，议论了些什么。即便是骂共产党的，骂毛泽东的，也写上。你不要害怕，我不会抓你的辫子，也不会去找那些骂了我毛泽东的人的烙壳。你大胆地写！”毛泽东讲的是家乡土话，找烙壳就是找麻烦。

文九明果然就写了一份关于农村情况的材料。毛泽东十分高兴。说：“你写的这份材料，比你送来的那条大熏鱼，不知要贵重多少倍。我要感谢你。你今后要常来。但不要送礼。还是那句话，若是怕不好进门，带一包火焙鱼就够了。这叫君子协定，一言为定了！”

过了一年，文九明给表叔写信，他有情况要报告。不久，他收到毛泽东的来信：

十月二日来信收到，你有关于乡间情况的意见告我，可以来京一行。自备路费，由我补发……

文九明到京的当晚，毛泽东就接见他了。笑着问：“你又带来了什么好礼物呀!”

文九明送上一包火焙鱼。毛泽东知道文九明搞混了，哈哈大笑道：“我不是问你这个啊。”他捧在鼻子底下闻闻，又说，“好香！很感谢你。我记得唐家圫的雁鹅菌也好吃，现在还有没有?”

春天和秋天，在鸿雁回归的多雨季节，乡间的松树林里，长着许多鲜菌。此地叫雁鹅菌。做汤吃，炖肉吃，味道鲜美极了。文九明说：

“雁鹅菌多的是。主席三叔，只怕你好久都没吃过了吧!”

“是啊!”毛泽东住在中南海，运筹帷幄，让世界都震撼了。但湘中丘陵区那个山旮旯里，仍然有他的根。他和那里纹理相连，血脉相通。他说：

“下次再来，你也带一点吧!”

文九明说：“要得。下次我给主席三叔带雁鹅菌来!”

天马行空。毛泽东的思绪又从湘中山旮旯回到中南海。问：“你给我带来了什么好意见啊?”

文九明苦着脸说：“主席三叔，如今的表格太多啦，连屙尿都要填表。”

毛泽东没听懂：“你讲讲，为何屙尿都要填表?”

文九明说：“土改结束了，区里，乡里，干部们没有好多事做了，说要发展生产。这样，从县到区，由区到乡，再到村，发下来许多表格。表格的内容无所不包。比如，种了多少菜，萝卜多少，白菜多少。养了多少猪，肥猪多少，架子猪多少。积了多少肥，土肥多少，人粪畜粪多少，到来年春插还能积多少……区干部催乡干部，乡干部催村干部，村干部一户一户追着填表。我说，这么多表格要填，我每天就守着尿桶茅厕房，还有猪屁股牛屁股，什么事也莫想干啦！这话传到区干部的耳朵里，他们就找上门来批评我。说我讲怪话，是骄傲自大！"

"不是你骄傲，是他们骄傲！"毛泽东瓮声瓮气地说了句，就把秘书叫来了。说，"早在今年三月，中央就发过指示，要解决'五多'的问题。任务多，会议集训多，公文报表多，组织多，积极分子兼职多。这严重地脱离了农民群众！现在，这位来自最基层的互助组长，我的贤表侄文九明同志，连屙尿都要填表格！你要中央办公厅查一下，中央的指示还作不作数！"

毛泽东生气了，脸庞涨得通红，好吓人的样子。文九明不敢吭声，便起身告辞。毛泽东说："你要常来。你讲的都是实话。我如今难得听到哩！"……

四

火车风驰电掣，文九明浮想联翩。这天下午，他终于到达了北京。下了车，黄军帽姑娘和她的同伴，一直紧紧跟着他。他狡黠地使了点小计策，在人缝子里三钻两挤，一会就摆脱了那几个学生。他不想领他们去见表叔。按时兴说法，他们是不同观点。这伙学生伢子要造反，要文攻武卫。文九明压根儿就不赞成，他怎么能够领这样一伙人去见表叔呢？

北京城里也到处贴有大字报，大标语。也有“打倒”“油炸”“火烧”这样吓人的字眼。昔日一些赫赫有名的革命功臣，名字上面也打了大大的红 ×。文九明有些踌躇了。大字报贴到了天安门前，长安街上，表叔应该是知道的。现在他去说乡里的情况，表叔爱不爱听呢？倘若他不爱听，不是去自讨没趣么？再说，他以前来北京，都是事先给表叔写信，接到他的回信后才动身的。这一回，他让胡四混混那股张狂劲儿一激，说动身就动身了。来不及给表叔写信，表叔不会见怪么？他犹豫着。不去了，回去！转念一想，表叔爱吃火焙鱼，他带了一大包哩。当然，表叔也爱吃雁鹅菌。现在天干地燥，雁鹅还没有起飞呢，山里没有菌子。这不能不说是个遗憾。接着他想，天气这么热，也不知火焙鱼变没变味。如果变味了，不好拿去送人情。空手进门，不成敬意，干脆回去！末后他又想，如果火焙鱼仍然新鲜，仍然喷香，那就去看表叔。到了表叔家门口不去看他，总是一种失礼！

他在一处街角里，打开包包，翻开那包火焙鱼，果然还是那样黄蜡蜡，香喷喷哩！是嘛，这包火焙鱼，是四天前小儿子捉回来的。他在锅里微火焙了一会，柴烟熏了半天，然后在火太阳底下晒了整整两天。全干了，怎么会变味呢？

有了进门礼，心里就踏实了。熟门熟路，他于是去找表叔。

传达室的门房早换了人。那门房态度很生硬，他刚讲了来意，门房就硬梆梆地说："你去找人民来信来访接待处。"人家把他搞成来告状的上访户了。他哭笑不得，说："我不是上访户。我是来走亲戚，看主席三叔的!"门房却坚持说："也先去信访接待处。这是制度!"一点也不肯通融。幸亏信访接待处的同志还客气，登记了名字，便安排他住下。问他：

"文同志，您找主席有什么事?"

文九明说："主席三叔有过交代的，要我经常来告诉他乡里工作上的意见!"

"您有些什么意见呢?"

文九明说："现在乡下也搞文化大革命，没人抓生产了。山里的树木有人乱砍。连胡四混混都背枪了……全乱了套啦。我要向主席三叔说说，这么闹下去，不得了咧!"

信访接待处同志才四十多岁，就秃顶了。天气这么热，他却牙齿缝里丝丝地吸着风，好像感冒了身子畏寒。他说："文同志，你看这样好不好，你把要向主席汇报的意见都写上，由我们转上去。如果主席需要接见，我们再来通知你!"

也行。头回向表叔汇报征粮工作情况，表叔听过了，也还要他写成材料。这回先把材料写好，更便于表叔了解情况。

于是，他写。他读过四年书，当过乡委员，互助组长，生产队长，身上也常带着钢笔的。打头就写胡四混混背枪，他气得要死！再写乡里有许多造反司令部，他们各竖旗号，还搞武斗。他又写了火车上那几个学生娃娃，也都抢了枪。末后，他写道：办公桌上不长生芽，枪尾巴上不结谷子。农村里不能再这样闹下去了，城里头也不要再造反了。耽误生产，误国误民咧……

材料第二天就转递上去了。但是没有消息。他等了五天。这天上午，信访接待处那位秃顶同志又来了，问：

"文同志没有上街走走？"

"我不敢走呀，怕主席三叔来找我哩！"接着，文九明又急问："同志，我的材料转上去了没有？"

"送进去了！"

文九明喜出望外："是主席三叔让我去见他么？"

秃顶同志说："不是。主席不会这么快就接见你。"

当头一瓢冷水，文九明凉了半截。说："那是为什么？往年子，只要我一来，他就会喊我进去，如今到底是怎么了？"

秃顶同志说："我们……也说不清！"

文九明急急地说："那么，请你告诉我，主席三叔的电话怎么打，我打电话找他！"

秃顶同志好像在回避着什么。他说："我看文同志还是先回去。现在农村也够忙的，别误了您的事！"

文九明很难过，说："可我还没有见到主席三叔呀。我一定要见到他老人家！"

秃顶同志虽然是转弯抹角，那意思还是说明白了的：现在任何人去见主席，都要经过有关方面批准。他劝文九明不必再等了。

文九明心里很不是滋味。唐家坨的至亲，千里迢迢来看表叔，还需要别人来批准！当年，表叔去唐家坨，说去就去了。表叔一去，一家人忙着杀鸡，砍肉，煎火焙鱼……这要哪个批准？他狠狠地盯了秃顶同志一眼，根本不相信他的报告送上去了。这会儿，主席三叔也许就在红墙里边的菊香书屋里，正为着全国到处搞武斗而急得团团转呢。你们为什么不让我进去，和他老人家叙几句家常呢？他会问起乡里的种种情形。比如，田里打了多少粮，栏里养了多少猪，农药化肥供不供得上！即便是乡间的传闻和笑话，主席三叔也是很爱听的……然而，人家就是不让他进去！他望着那堵高高的红墙，心里真想哭。

秃顶同志也很尴尬。惴惴然说："以后有机会再来嘛。我们这里已经给您订好了今天下午的车票，还有路上的饭费和宿费，也都准备了。文同志如果没有别的事，是不是早点去车站候车。可别误了点啰！"

下逐客令了，他再待下去也无用。便怏怏地说："唉，只怨我运气不好，见不到主席三叔。我这里带了一包火焙鱼，主席三叔最爱吃的。请您转交给主席三叔。就说，这是乡下侄儿的一点点心意！"

秃顶同志是北方人。接过这包又黑又腥的火焙鱼，眉头就皱了。也不愿拂他的好意，就说：

"那就留下吧！"

他们又闲扯了几句，秃顶同志便起身告辞了。文九明送客回房，却发现那包火焙鱼遗留在茶几上，秃顶同志忘了拿去！他捧着追出门，秃顶同志已不见人影。他失望，心里有一股说不出的酸楚。这时，远远的地方传来高音喇叭的声音："敬祝我们心中最红最红的红太阳，我们最最敬爱的伟大领袖毛主席万寿无疆，万寿无疆……"他叹了口气，自言自语道："老人家做梦都想着的火焙鱼，你们都不让送进去，喊这种口号有什么用啊？"

百般无奈，文九明只好又把火焙鱼带回湘中山旮旯里的唐家托。这鱼已经有了十多天，他以为已经变味了。从包里翻出来闻闻，却仍然香喷喷！于是有一股淡淡的惆怅弥漫在心头，久久都没有散去。

搬娘家

昨天下午，毛远明从公社回来，就一直昏睡着。现在，她终于醒过来了。窗外是一片漆黑，床前的小方桌上，有一盏如豆的小油灯。从窗口里灌进来的风，带着霜冻降落时的寒意，把灯火吹得东摇西晃，周围的一切于是变得神秘而不可捉摸。她无法再睡了。前天，她被人打得遍体鳞伤，浑身针刺一样痛。只等窗纸发白，她就要挣扎着起床。她要去搬娘家！

农村里有这种习惯。女子嫁到夫家，若是公婆折磨她，丈夫虐待她，在忍无可忍的情况下，这个苦命的女子，就会哭哭啼啼地回娘家，搬来她的兄弟或长辈。娘家来人了，夫家就得理让三分。倘若这个女子是被逼死了，或者被害死了，她的娘家又是那种人多势众的家族，就免不了有一场人命官司。要做三天三夜道场，连公婆都要为屈死的媳妇披麻带孝，还要告到官府惩办凶手。夫家赔钱输理，又丢尽了面子。在妇女没有彻底翻身的时候，这也不失是维护她们合法权益的一种手段。

毛远明的娘家，是一个赫赫有名的家族。只要搬来了，她的一切冤屈都会得到化解。然而，她却不想去搬娘家。她的公婆早已去世，丈夫忠厚老实，三十年夫妻相敬如宾。如今，她本人也做婆婆了。儿子孝顺，媳妇贤惠。她不是为家事受欺凌，为什么要去搬娘家呢？而且，韶山毛家的女子，在夫家受了气，向来不回娘家诉说的。她们要体面。哪怕夫家穷得叮当响，回娘家的时候，她们也是高高兴兴的，表明她们的日子过得多么顺心。这样，娘家的脸上也光鲜。现在，她遍体伤痕，这个样子回娘家去，让娘家人着急心疼，她心里能好受吗？

这一切是怎么发生的，她至今都没有弄明白。头天晚上，她还去大队部看电影。她是越来越活跃了。五十多岁的人了，农村电影队十天半月来一次，她一场都不漏。皆因放正片之前，总有新闻纪录片。前一阵子，是毛主席接见红卫兵。这些日子，是毛主席接见外宾。那时还没有电视机，她就是冲着这些新闻纪录片，才来看电影的。因为电影上的毛主席，就是她的娘家人，她叫润之三叔！一个偏僻山区的农家女子，还有什么比这更开心、更自豪的事情呢？

这一次，看新闻纪录片，又看故事片《地道战》，回来都快鸡叫了。第二天早晨起得晚一些。她刚刚起床，生产队长李开富来通知她，叫带上被子、碗筷，去大队部参加学习班学习。大队部到家就几步路，学习就学习，干吗要带这些呀！她问：

“什么学习班？还要在那里住宿！”

李开富阴着脸说：“你去就知道了！”

如果毛远明多一个心眼，她就不会去这个学习班了。从土改到合作化，她是村妇联主任，那时少不了要开会学习。现在，她已经卸任多年，平头百姓一个，为什么还要去学习呢？偏偏她是个出名的老积极，对于开会呀，学习呀，这样一些集体活动，有着浓厚的兴趣。一有通知，就踊跃参加。

这和她的经历有关。还是在娘屋里做女的时候，有一回，三叔毛润之和三婶杨开慧，从长沙回到韶山冲。三婶在毛家祠堂办了一所农民夜校。那时毛远明才十三岁吧。她没上过学，于是报名参加了夜校的学习。她至今都记得在夜校学习的情景。屋里的廊柱上，点着四支松明灯，教室里如同白昼。学员们都是冲里的泥腿子，有老有少。端庄秀气的三婶杨开慧走上讲台，在黑板上写下了一个很大的字：手。接着，三婶扬起右手，高声念道：

“手——”

大家于是就跟着念：“手！”

三婶说：“拿起锄头种田的——”

学员齐声应道：“是我们的手！”

三婶又说：“开动机器织布的——”

“也是我们的手！”

三婶双手一扬，情绪激动地说：“我们用双手种下的谷子，被地主盘剥去了。工人用双手织成的布，让资本家攫取去了。兄弟姐妹们，举起我们的双手，创造一个没有人剥削人的新世界吧！”

台下一声吼：“砸碎铁锁链，创造新世界！”

吼声响过屋脊，毛家祠堂这栋陈年老屋，被震得东摇西晃。

自那后，毛远明就十分向往学习。

解放了，村里经常有各种学习班。比如，新法育秧学习班，新法接生学习班……毛远明总是有请必到。有一阵子，宣传计划生育，区里同志来办班，乡下小媳妇们害羞，全都躲起来。毛远明已不是妇女主任了，也生不出孩子了，这个学习班与她毫不相干，她却带头报名，还挨家挨户去动员。村里有个叫向四海的后生，在半路上拦住她，问：

“大婶子，你是不是还想生个儿子啊！”

毛远明没好气地说：“再生个你这样的愣小子！”

“那么，你干嘛要去参加这样的学习班呀？丑死人了！”

毛远明板起面孔训斥向四海：“你成天不想正经事，只记得抱着媳妇寻快活，才二十多岁，就养了三个孩子，你还有没有个完啊！大婶子去学习了，长了见识，回来头一个就向你作宣传！”

向四海人硬货不硬，羞红着脸，忙不迭地溜了。那会儿，毛远明几多得意，几多潇洒！

这一回，李开富阴阳怪气，她没往心里去。土改时，他们同是村干部，李开富当文教委员，就因他贪污了文教上的钱，被区里查了出来。撤销了他的职务。李开富后来又当了生产队长，但他一直耿耿于怀，以为是毛远明背后捣鬼，多年来就话不投机。毛远明想着去了学习班，可以长见识。还可以美美地潇洒一回，她懒得跟李开富生气，卷起被包就去了。

缺个心眼的大婶子，总是把世界想得很美好。

大队部设在山坡上一座古庙里。过去，古庙四周有几棵参天大树，办公共食堂那年，砍下做了食堂的柴火。如今，古庙孤零零地蹲在山坡上，显出一种历史的沧桑。往常，大队召开会议，古庙里才有了一些生气，尤其是会议前，人还在陆续来，早到的人碰上这种难得有的空闲，聊天讲古打哈哈，古庙里便格外热闹。今天，古庙里阒寂无声。毛远明以为根本不开会，是李开富故意捉弄她，让她来白跑一趟。及至进了大门，那厅堂里稀稀拉拉地坐了二十多个人，一个个都没精打采。仔细一看，都是一些戴了帽子的地富反坏分子。厅堂中央，横拉着一条大标语。标语是用白纸写的，咄咄逼人：坦白从宽，抗拒从严。毛远明纳闷儿了，这是什么学习班？她一个清清白白的人，为什么叫她来参加这种学习班呢？她想找人打听，先前的大队长，现在的革委会主任仇爱玉，一脸杀气进门来，说：

“毛远明，你坐下！”

毛远明更是丈二和尚摸不着头脑了。仇爱玉三十多岁，先前叫她大婶子的，今天竟敢直呼其名。那凶神恶煞般的样子，简直要把她一口吃了。她感到蹊跷，找地方坐下来，听仇爱玉讲话：

“现在，无产阶级文化大革命已进入了决战阶段，上级指示，要清理阶级队伍，深挖黑三线……”

毛远明越听越糊涂。她一个受苦人，怎么会是黑三线呢？便站起身来说：

“爱玉，你没搞错人吧?”

“没错。”仇爱玉全然没有了往昔那种乡亲邻里之间的客套，恶狠狠地说：“你就是黑三线。根据我们掌握的材料，你根本不是韶山人，也不姓毛，更不是毛主席的堂侄女。你是一个暗藏的反革命分子!”

这简直是在编造一个荒诞的神话。毛远明微笑着说：“你说我不是韶山人，也不姓毛。那么，你说我是哪里人，我姓什么呢?”

“你是湘乡人，姓马。别自作聪明，以为瞒得紧!”

仇爱玉揭她的老底。

一九二七年，蒋介石发动“四·一二”反革命叛变，韶山冲里一片血雨腥风。冲里凡干过农会，上过夜校，身上染了红色的人，都四处逃命。毛远明一家是半夜里出走的。她的母亲已经过世，父亲带着她，还有妹妹，一家人日潜夜行。一天，他们来到湘乡一个叫铜锣坳的地方，一位姓马的大爷收留了他们，招待吃，招待住。马家的境况也不怎么好，他们不敢过多打扰。第二天告辞时，马大爷很同情的样子，又给了他们三升白米。毛远明的父亲过意不去，辞谢着。马大爷说：“兵荒马乱，又拖儿带女的，你就不必客气了!”毛远明的父亲是那种滴水之恩，涌泉相报的人。走了没多远，父亲突然停下来问远明：“马大爷有个儿子，你留意没有?”远明说：“就是那个病病恹恹的男人吗?”父亲说：“是呀，我打听过的，那后生二十七岁了，还没有成亲。马家人心善。女子找了这样的婆家，就是福气。你要是愿意，爸爸就转回去提亲，把你嫁给马家后生！”不谙世事的女孩子，脑壳摇得像拨浪鼓，哭着说：“不。爸，我不嫁人！”父亲忧伤地叹了口气，说：“时局这么紧，与其大家这样拖住，还不如各谋一条生路！”十六岁的毛远明，就在这种无奈之中，稀里糊涂做了新娘。

如果不是后来发生的突然变故，毛远明如今就是湘乡铜锣坳的马家大婶子了。马家是自耕农，只要舍得下力气，温饱不成问题。公婆和丈夫，也都是心地善良的好人。知道小媳妇年纪小，处处关心她。可丈夫得的是肺痨病。那时候，肺痨病就像癌症一样可怕。没过一年，丈夫就一命呜呼了，公婆也相继死去。毛远明失去了生活的依托，就跟人来到长沙，在一家纺纱厂当了包身工。包身工既受厂主的剥削，还要受到工头的欺诈，绝无半点人身自由。

但也碰到了一位好人，那就是她现在的丈夫。他当过红军。一九三〇年，红军攻打长沙，他在巷战中与部队失去了联络，只好在长沙城里隐藏下来，靠当人力车夫为生。人力车夫比毛远明大二十一岁，相同的命运使他们相濡以沫，他们就这样做了夫妻。不久双双回到乡下。这里是丈夫的老家。

这些黄连苦胆般的经历，早已随着岁月的推移而渐渐淡忘了。不料又被仇爱玉翻了出来，在伤口上捅一刀，再撒一把辣椒面！她为什么要这样做呢？

在铁树开花，人民坐天下的日子，毛远明得到了韶山娘家的信息，父亲毛佛珠，早已在逃荒的路上去世。父亲有三兄弟，大叔毛浦珠，一九四五年随王震将军的359旅北上，不幸染上伤寒，也在行军路上病逝。毛远明被这些意外的情节击倒了，她为此哭了好几场。幸而也有高兴的事，那就是满叔毛泽普一九三七年去延安，解放时随军南下，现在是省工业厅厅长。刚刚安顿好，满叔就寻到这里来了。久别重逢，恍若隔世。村里许多人都来庆贺。土改工作队的高政委，也一起来陪满叔。满叔说，润之三叔还问起远明姐妹呢！润之三叔说，她们小小的年纪，在那种白色恐怖下，能够逃出命来，不容易哪！

这些，都能假得了么？

那一次，满叔毛泽普还捎来润之三叔的话，毛家在乡下的子侄，都不能骄傲，更不能有任何特殊。解放二十年了，毛远明就是这样做的。带头参加农业合作社，积极投身人民公社，缴爱国粮，完成各种农副产品派购任务……什么时候她都没有扛着润之三叔的招牌，去捞点好处。她的亲叔叔当省工业厅厅长，后来当省计委主任，她也没有走后门，去要过一丁点儿东西！假如她是那种贪图虚荣利禄之辈，她年纪大了，没文化，她的儿子初中毕业呢，能说会道呢。托情安排个工作，她根本不用冒充。她是堂堂正正的韶山毛家女子，当今最红最红的红太阳、亿万群众最最敬爱的伟大领袖毛泽东，就是她娘家五服以内的房族叔爷！

仇爱玉颠倒黑白到如此程度，她气得浑身发抖。问：

“韶山毛家是不是我的娘家，你们可以去调查。这里去韶山不到二百里地，一天的路程。听说我家满叔毛泽普，最近调回了韶山，当区革命委员会主任。你们去找找他，就什么都清楚了！”

“狡辩！”仇爱玉伸手打了她一记耳光，说：“你不要拿毛家来吓唬我们，我们掌握了你的许多反革命材料。土改时，你参加了‘反共救国军’，屋里还藏有金子！”

竟敢打人！毛远明厉声抗议：“为什么打人？说我是反革命，你们拿证据来！”

她的话刚刚落音，站在门口的生产队长李开富，跑拢来朝她的小腹上杵了一脚尖。她剧痛难熬，跌倒在地上。紧接着，仇爱玉和李开富又一起扑了上来，驾她的喷气式。要她交代那个子虚乌有的“反共团”，还要她交出隐藏的金子……兔子逼急了也咬人，她破口大骂：“你们……比国民党还坏！”他们恼羞成怒，用一根绳索，把她吊在房梁上，她两脚悬空，人像一架秋千。她看见他们都在笑，仇爱玉恶狠狠地笑，李开富幸灾乐祸地笑。两张扭曲了的脸，是那样狰狞恐怖。她叫，她喊。“咯噔”一声，天崩地裂！天呀，这是她的胳膊折断的声音。她即刻昏死过去了……

毛远明曾经以有胆有识而获得极好的口碑。刚解放那阵，村里风传有人暗中组织了一个“反共救国团”，要破坏土改，暗杀工作干部。以致土改工作队进村的时候，许多人都躲了起来。经过一九二七年那场血雨腥风锤炼的毛远明，一点也不害怕，那会儿，她敞开大门迎接亲人。

所谓工作队，驻到村里来的，其实只有一个人，还不到三十岁。瘦高个子，人很和气，大家喊他高政委，同时也是区委书记。对于那“反共团”，毛远明宁可信其有，不可信其无。她在自家的猪栏屋楼上，为高政委准备了一个睡觉的地方。

南方的猪栏屋楼上，装的都是稻草。秋天，稻子收割了，散发着新谷清香的稻草，晒干了，就一捆一捆地装在猪栏屋的楼上。这是过冬的牛草料，也可以用来垫猪圈。毛远明把高政委安顿在这里，被子铺在草堆上，很软和。猪栏屋后面是山，倘若真有坏人胡作非为，高政委可即刻跑到后山隐藏起来。

高政委睡了一晚，第二天早晨起来，笑哈哈地说：“大婶子，你这床铺，比城里的钢丝床还要舒服呢！”

果然闹鬼了。一天清早，毛远明打开大门，门缝里掉下一张纸条。写着：韶山来的婆娘，你不要太猖狂。三天之内不赶走那个北方佬，就来你家放血！

放血就是要杀人。千篇一律的电视剧情节。毛远明却自有主张。晚上，她和丈夫轮流给高政委放哨。高政委手里有枪，毛远明夫妇有锋快的镰刀，还有把一下能砸出个窟窿的铁锤！反动分子，你们要不要来试一下呢？

又有一个消息不胫而走：毛远明和高政委有猫腻。毛远明徐娘半老，正是虎狼之年。北方佬年轻英俊，远离家乡。真是一个要补锅，一个寻锅补。有人亲眼看见，毛远明和高政委大白天也在那草楼上亲嘴呢！

乡间的女子，一旦有了绯闻，她就陷入了罪恶的世界。

这种事又绝对不能去辟谣。越是辟谣往往就传得越讹。那些日子，毛远明在村里走，都能感觉到背后有无数如芒的目光！

十几个日日夜夜，高政委和农会干部眼睛都熬红了。终于挖出了那个毒瘤。“反共救国团”的头子，就是毛远明的近邻江家父子。老子叫江绍军，儿子叫江幕云。江家是称霸一方的地主，与毛远明家只隔一条田垅。江绍军在上海当过特务，解放前夕潜回乡下。他们不甘心反动政权的灭亡，秘密建立反动组织，造谣生事，企图暗杀土改干部。在他家的菜园里，挖出长枪短枪各五支。狐狸尾巴终于露了出来，谣言就不攻自破了。村里迎来了一片热闹景象：分田分地真忙！

毛远明于是名声大振。谁知二十年之后，她本人却成了那个早已粉碎了的“反共团”成员。朗朗乾坤，为什么会这样一片混沌呢……

是向四海把毛远明从房梁上放了下来的。向四海就是那个只记得搂着媳妇寻快活的愣后生，现在是大队派来看守坏人的民兵。他记着大婶子的友情，向仇爱玉求情，他要送毛远明去看病，去给她治伤。仇爱玉默许了。毛远明浑身伤痛钻心，动挪不得。

向四海说：“我用土车子推您去！”

在路上，向四海劝毛远明：“大婶子，您要赶快跑。跑回韶山搬娘家！”毛远明浑身没有了力气，心里却想，我没有犯法，搬什么娘家啊！

向四海叹息着说："有人一口咬定，您参加了'反共团'，家里藏有金子。有人趁着清理阶级队伍，挟嫌报复。您不去搬娘家，只怕命都保不住啊！"

向四海哭了！白惨惨的日头照在毛远明的头上，她强忍着疼痛，问：

"谁说……我参加了'反共团'？"

"江幕云。狗嘴里吐不出象牙来的家伙！"土改中镇压了的"反共团"头子，就是江幕云的老子。毛远明现在才明白，把她抓到大队部来，打她，侮辱她，限制她的人身自由，原来是一种阶级复仇。毛远明对向四海说：

"四海，别管我了。请你赶快去搬高政委，告诉他，豺狼的崽子，要为它死在猎人枪口下的祖先复仇了！"

高政委在省城农机学院当党委书记，前些年还来过这里。如果说毛远明是从三婶杨开慧的农民夜校，开始接触共产党，那么，认识共产党则是在高政委那里完成的。当年的土改工作队，保护一切善良的人们，惩罚一切罪恶的阴谋，他们是正义和正气的化身！她还要去搬什么娘家呢？把高政委搬来了，复仇的狼崽子能跑得掉吗？

向四海叹了口气说："高政委也遭罪了，大队往他们学校送了许多材料！"

毛远明惊呆了："什么材料？"

满纸谎言。说高政委包庇了毛远明，和她有奸情……向四海眼眶窝红了，说："大婶子，现在是稀乱的世界，那些人打着‘文化革命’的招牌，疯狂整人，一切是非标准、规矩、良知……都抛到九霄云外。您，还是去搬娘家吧!”

向四海把毛远明送回家中，七十六岁的丈夫落荒而逃了。屋里被抄了几遍，掘地三尺，以为藏了金子。四处坑坑洼洼，连墙壁缝里也抠了，说里边有反动文件。对她的儿子儿媳，也画地为牢，不准他们出门。见她被打成这个样子，儿子儿媳哭作一团。她的眼泪已经干涸，流不出眼泪来了。她急于要见妹妹毛远春，让妹妹立即回韶山，把她受的凌辱，告诉娘家。她连呼儿子：

“快去叫姨妈来!”

毛远明在长沙的纺织厂当包身工的时候，十五岁的妹妹毛远春，辗转周折来寻姐姐了。她于是也做了包身工。后来，姐姐下乡她下乡，与本村一个叫黄玉堂的织布匠结了婚。这样，姐妹俩就嫁在同一个村子里了。现在，她身受诬陷，惨遭毒打，她希望妹妹来帮她洗洗伤口，也吐吐心中的怨气。姐妹间的亲情，或许可以抚慰她这颗已经破碎了的心。然而，儿子却说：

“姨妈她……给您接郎中去了!”

儿子吞吞吐吐。那会儿她的伤口痛得厉害，她没往深里想。这时儿媳妇又给她送来一碗姜汤。在农村，以为姜汤能治百病。临时抱佛脚，不喝姜汤又喝什么呢？与其说是药，还不如说是一种精神安慰剂。

她就这样躺在床上等远春。

远春一直没有来。姜汤没有能缓解她的疼痛，下腹又流血了。那是李开富杵了她一脚尖的缘故。十七年前，他因贪污被撤职；十七年后，他终于找到了报复的机会！好比神话里的魔匣，里面关着妖魔鬼怪。魔匣一旦被打开，鬼蜮就会来到人间作恶。现在，清理阶级队伍，深挖黑三线，魔鬼果然趁机跑出来了。毛远明这样的老实农家女子，也遭到了空前的劫难。或许只有搬娘家一条路了。还是等跟远春商量了再说吧！

天黑了，还不见远春来，她小腹流血一直不断，大腿上粘糊糊的。想要抹一抹，她不愿叫儿媳妇，更不能叫儿子。这种事，只有叫妹妹，她才不会感到难堪。女人身上，有许多清规戒律。

这时，她分明听见远远的地方有哭声。声音悲怆凄厉，在这死寂的山村夜晚，传得很远很远。仔细再听，声音似有似无。一会儿，哭声没有了。这也许是幻觉。她希望妹妹快快地来，给她敷草药，给她抹身子，以减轻她难熬的痛苦。

儿子神色匆匆地进屋来了，儿媳妇跟在后面。她说：

“快去叫你姨妈吧！”

儿子哇地一声哭了，说：“娘，姨妈她……”

“她怎么啦？”

儿子儿媳一齐呼天抢地：“姨妈，还有姨父，都跳塘啦！”

晴天霹雳！毛远明问：“人呢？”

“到现在……还没打捞上来！”

毛远明不顾一切地挣扎着起床。然而，那条打断了的胳膊，又把她拖向床上。

她又一次昏死过去了！

毛远明吊在大队厅堂房梁上的时候，妹妹毛远春，妹夫黄玉堂，也被关在另一间屋子里。那时叫背靠背。仇爱玉限令他们二十四小时之内，揭发毛远明参加反共团的事，屋里藏有金子的事，还有她跟高政委的事。如不揭发，就不让她们回去。隔壁屋里姐姐毛远明撕肝裂肺般地呼叫，是那么揪心，毛远春夫妇心如刀绞。他们不能去搭救姐姐，更不能往姐姐身上泼污水。这一对性子刚烈的夫妇，唯有用死来为姐姐抗争。趁着天黑，他们偷偷地跑了出来，奔向水坝。一切都有条不紊地进行。夫妻俩抱在一起，腰间各系一根草绳，俩人颈脖上都吊着一布袋石头，一齐跳下水坝……

大队革委主任仇爱玉不许家属办丧事，限令第二天上午立即出殡。毛远明哪怕不要了这条胳膊，也要去和亲爱的妹妹和妹夫作最后的诀别。

儿子用土车子推着她。

没有锣鼓，没有鞭炮。冬日的山村是一片萧索的褐黄。土墙、枯树，袒露着胸膛的田垅，全都笼罩在哀伤之中。两副棺材转过山嘴，沿小路缓缓前行。忽然，队伍停了下来了。不知谁将一把耙田用的铁耙，横搁在路中间。铁耙的耙齿，闪着清凛凛的光。

这是禁止灵柩从这里通过的信号。

乡间习俗。死者的灵柩，是绝对不能从铁耙上通过的。

倘若过了铁耙，死者的灵魂就永远无法通过连接阴阳两界的奈何桥，更无法抵达天国的彼岸，他们的灵魂就永远不得安息。那么，这铁耙是无意中丢弃在这里的呢，还是有人丧尽天良，连死人都不肯放过?！这会儿不是找人辩理的时候，孝子——远春的儿子，忙上前去搬走这把铁耙。这时，路边的屋里，忽然跳出一个人来，一脚踏在铁耙上，说：

“不许动！”

是李开富。

远春的儿子问：“为什么？”

李开富说：“你的爹妈畏罪自杀，不许这种自绝于人民的家伙，从我家屋门前经过！”

躺在土车子上的毛远明，实在是忍无可忍了，说：

“李开富，土改时你贪污了文教上的钱，你还有完没完啊？”

李开富恼羞成怒，冲上来要掀毛远明的土车子，被人死死护住，土车子才没有被掀倒。

送葬队伍只好绕道上山。

安葬了妹妹和妹夫，毛远明让儿子把土车子推到公社，她要把这一切向上级反映。然而，先前的公社副书记，现在的革委会主任，却把她一顿训斥：“群众斗争的大方向，始终是正确的。毛远明你要赶紧回大队，好好交代自己的问题，不要在这里无理取闹！”

毛远明彻底失望了，她决定去搬娘家。

从公社回来，毛远明就这么昏睡着。是一阵喔喔喔的鸡啼声，把她叫醒。此后每隔半个钟头，公鸡又会再叫一次。如此三次，天就亮了。床前那盏小油灯，灯油已经耗尽。灯花跳跃了一下，又跳跃了一下，终于油尽灯灭。屋里是一片漆黑。她必须尽快起床，趁着路上行人不多，赶紧上路，去搬娘家。倘若被他们发现了，一定又会把她抓了回来。魔鬼害怕真神仙，他们怎么会让她去搬娘家呢？

她挣扎着起床。左胳膊断了，穿衣、梳头，仿佛是过火焰山，痛得她浑身发抖。但她必须收拾干净。她不能蓬头垢面回娘家。

远春已被他们逼死，回娘家没有伴了，只能叫儿子跟她去。她需要有人照顾。然而，儿子媳妇三天都没有合眼。让他们再睡一会儿吧。这么犹疑着，她打开了大门。

黎明前的山村，是这样的静谧。远山近林，都显得十分安详。前边的小溪，如一根飘忽不定的绸带，承载着山民们的欢乐与苦难，缓缓地流。天上有稀疏的星星，很耀眼。待会儿太阳出来了，它们就会黯然失色。此刻，星星在作最后的冲刺，以闪亮的光来表示它们的存在。回想起来，她毛远明来到这个小山村已经三十年了。这山村，这小溪，星星，还有老实忠厚的丈夫和温暖的家。这也许是女人的天性：我想有个家！不管这个家是怎样简陋，家境是怎样窘迫，那仍然是她的家。因此每次都是急着回娘家，去了，又急着要回来！

这一次回娘家，不是去探望亲人，也不是去寻找那个早已失落了的少女时代的梦。她是去搬娘家的亲人，来替妹妹，也替自己申冤的。不，韶山毛家女子有这样的规矩，在夫家哪怕是受了天大的委屈，也从来不向娘家诉说。那样，只能证明你是个无用的女子！现在，她浑身伤痕累累，去了，除了给娘家人伤心而外，还能有什么呢？你一个韶山毛家女子，为什么这样不中用，要坏了娘家的家风呢?！想到这一点，她不顾一切地冲出门外。一双软塌塌的腿，现在有劲了。小腹不痛了。那条断了的胳膊，也不跟她捣蛋了。她疯一样跑过禾场，跑过田埂，来到昨天走过的那条小路上。小路左边，是挟嫌报复、大打出手的李开富的家。右边，是一口水塘。妹妹和妹夫出殡的时候，李开富就在这里摆放了一把铁耙，不让妹妹和妹夫的灵魂通过。天理难容啊！今天，让她来冲破这道鬼门关！

在扑通水响的那一刻，毛远明的思绪十分清晰：也许是今天，也许是明天，她的娘家就会有人来。毛远明和毛远春，都是娘家养大的女，这还用得着她们去搬吗？

水塘掀起了涟漪，一会儿又复于平静了。晨星把它最后的光芒，投映在静静的水塘之中，竟是那么耀眼！

猪客别传

一

如今的年轻人，一定不知道那时的“社教”运动又叫“四清”。在“四清”快要结束的时候，上级找勤老倌谈话，决定让他担任大队党支部书记。勤老倌苦丧着脸说：“这是抓了黄牛当马骑咧！”

并不是勤老倌故作谦虚。他确实是缺乏这方面的才能，也没有这种兴趣。他虽是个种田人，却有第二职业，那就是当猪客，也就是猪经纪、猪贩子。养猪户卖了肥猪，需要再进猪娃。勤老倌的工作方式是，从宁乡一个叫流沙河的地方，挑来猪娃，在四乡贩卖。他挑来的这个品种，外形俊美，免疫力强，肉质细嫩，又长得特快。据说在史书上，从宋朝开始就有流沙河猪种的记载。勤老倌因此三天两头要去进货。后来，区农技站推广从苏联引进的新品种“约克夏”，牛高马大，一身白毛。勤老倌见了就皱眉头。农技站写黑板报，喊土喇叭，宣传“约克夏”的种种优点和特点。就因猪客们不使劲，“约克夏”神气了一阵子，很快就销声匿迹了！

勤老倌那时才三十几岁。人们戏谑他，就叫他一个挺老气的称呼。皆因他人缘关系好，又特别勤快，因此他在猪市上左右逢源。比如说正月新春吧，乡亲邻里，七姑八姨，都要互相拜年。勤老倌也路不空行。他在亲戚家喝酒嗑瓜子，也一边耳听八方。他对猪娃子的叫声总是很敏感。亲戚还在说体己话，他瞅空子就谈生意去了。亲戚家办好了席面，还要四处去寻他。吃过那酒肉饭，他挑起刚刚成交的猪娃，一路吆喝，一路往回走。往往还在半路上，他一挑子猪娃全卖光！一个年节里，他从岳丈村里挑一担猪娃去姨家，从姨家村里挑一担猪娃去姑家，又从姑家村里挑一担猪娃去舅家……拜了年，赚了钱，他还没有花盘缠！

他的猪生意如日中天！

这时，公社马组织找上门来，要培养他入党。马组织是个很严肃的人，不像讲笑话的样子。勤老倌愣了一会儿，就像不会喝酒的人被罚酒，又摇头又摆手，说："免了吧！马组织，您别折煞我了！"

其实，马组织应该是知人善任的。还是在土改的时候，有个叫大老王的南下工作干部，也曾来培养过他。皆因他父亲是有功之臣。这样一位苦大仇深的革命后代，理所当然是新政权依靠的对象。大老王于是一头扎进他家。那时叫"扎根串连"。然而，每天从早到晚，勤老倌都挑着一担猪篓子串乡走户，很难见到人。有一回，勤老倌比平时回来得早一些，大老王逮住这个机会，在火塘边和他促膝谈心。大老王循循善诱给他讲革命道理，从猴子变人讲到劳动创造世界，又讲共产主义的大目标……偏偏勤老倌与猴子不沾边，只对猪娃感兴趣。大老王那口难懂的北方话，无异于一首催眠曲。劳奔了一天的勤老倌，一会儿就响起了呼呼的鼾声。大老王推了他一把，问："我讲的，你都听到没有啊？"勤老倌惊醒过来，抹抹嘴角上流出来的哈喇子，懵里懵懂地说："我听着呢，你不是说猴子在打架吗？"

稀泥巴糊不上墙。从此，再也没有人来讲培养他的事了。

这一次旧话重提，就是马组织的提议。因为这里是著名的先进大队，常有领导人来参观视察。有一位中央领导人来了，还专门会见了勤老倌的母亲三阿婆。上级首长这么重感情，大家都很激动。但那时也没往深里想。勤老倌仍旧忙他的猪生意，也没有想要扛着父亲的招牌去捞点什么。前不久，在公社的一次会议上，马组织高瞻远瞩，提出要重点培养勤老倌。有人知道"猴子打架"的典故，就说："得了吧，老马。他肚里就一本猪牛经，可别又闹出什么笑话来啊！"马组织振振有词说："中央发文件了，要大力培养接班人。我记得上级首长会见三阿婆的时候，问她有几个儿子、几个孙子。我猜想，那会儿上级就是在找接班人！"

话说到这个份上，哪个还会去反对呢？公社当下就作出决定：先培养勤老倌入党，后提拔，内定是当大队支书。

马组织求成心切，知道那家伙是敬酒不吃吃罚酒。第二天，他为勤老倌代写了一份入党申请书，到家去找他，要他签个名字。勤老倌嘴巴丝丝地吸着风，不停地搓着手，忸怩了半天，说："我的字写不好！"马组织说："那就按个手模吧!”勤老倌仍在迟疑。他最有顾虑的，是怕耽误了他的猪生意。马组织生气了，说:“你父亲为了革命，死都不怕。现在你还犹犹豫豫，对得起你死去的父亲吗?”

勤老倌果然就哑口无言。

很复杂的事情，做起来也很简单。勤老倌就这样入了党。转正之后担任大队支书，这便是顺理成章的事了。

二

勤老倌被逼上了梁山，但由于一种长期形成的职业习惯，仍然对猪市有着极大的兴趣。这一天，他在村路上碰见他的老主顾张三婶。张三婶前两天才卖了肥猪，勤老倌就说:“三婶，猪娃捉回来了吗?”张三婶叹了一口气说:“听说不让私人养猪了，也捉不到猪娃，打算不养得啦!”勤老倌说:“别听他们鬼扯腿！不让养猪，哪里有肉吃？明天，我去给你捉猪娃!”勤老倌现在是大队支书，他说私人能养猪，张三婶相信。如果要他去捉猪娃，张三婶可就将信将疑了。问:“你还干这个?”勤老倌笑哈哈地说:“当猪客就丢人啦?放心吧，误不了你的事!”

勤老倌没有料到，即便是当了拿工分补贴的大队干部，也是身不由已的。第二天吃过早饭，他还没出门，公社就来通知，叫他马上去宾馆。因为是先进大队，经常有上级首长来。来了，公社和大队都要去向首长汇报。一般是由公社书记主讲，勤老倌只陪着。但又不能不去。据马组织讲，缺了他，就没有代表性。为了这个代表性，他要耽误好多冤枉工啊！

今天来的首长不是别人，却是当年土改工作队的大老王。大老王如今是县里的一把手。他笑哈哈地迎上来，握着勤老倌的手，说：

“你到底还是进步了嘛！”

见了老朋友，勤老倌也挺高兴，说：“我没得水平啊！”

大老王说：“水平是慢慢提高的嘛。你看我，第一次找你谈话，就搬教条，跟你讲猴子变人。你听浑了，搞成猴子打架！”

大老王自嘲地笑了起来，大家也都笑了。

接着，公社书记开始汇报，屋里安静下来。汇报的内容突出一点：农业学大寨。开了多少场批判会，写了多少块黑板报。接下来是一长串关于修大寨田，造小平原的数字。勤老倌听来枯燥至极。他最爱听的是猪娃子叫。昔日他从流沙河挑猪娃子到这边来，三十里黄泥路，担子百十斤。篓子里的猪娃发出了奶声奶气的哼哼声，给他增添了劲实，一点儿也不觉得累。在他看来，这是世界上最美妙的声音。正是这种声音，农家院落才有了生气，猪客们也才有用武之地！他为什么要在这里耗费时间呢？昨天，他答应过给张三婶捉猪娃。如若失言了，张三婶嘴巴不饶人，还不知道会怎么咒他。猪牛市上，头一要紧的是讲信誉。诚招天下客，信誉为上。这么想着，他就借故出去了一会儿，给张三婶捎了个信：今天实在抽不出身。明天吧，明天一准给她捉猪娃！

大老王似乎有了觉察，散会的时候特地叫住勤老倌，说：你要集中精力把工作搞好。头一要紧的，就是把那本猪牛经收起来！”

勤老倌心里直叫苦。

中午吃饭的时候，大老王又说：“明天，省里召开农业学大寨经验交流会，你们大队就你去，下午你跟我的车去吧！”

勤老倌先头还给张三婶捎过信，倘若再失信，他将怎样混日子呢？于是对大老王说：“我……能不能请个假？”

大老王脸色一沉：“请假，为什么事请假？”

大老王已经不是当年的土改工作干部了，说话有很重的鼻音。

勤老倌就不敢再吱声了。

大老王说：“省里的会，通知是地、县一把手参加。就因为你们是先进单位，才要你们去。别的地方想去还没有资格呢，你们要珍惜自己的荣誉！”

勤老倌这时才晓得，官大一级压死人。他毫无办法。事后他听说，张三婶果然来找过他。找到他家，找到大队部，到处找不见人。张三婶的话就很难听：“勤老倌当猪客的时候，说话讲信用。怎么一当了干部，就学会了骗人呢？”

勤老倌有口难辩，只好自认倒霉。

三

省里开的是流动现场会。十几辆小车，四辆大客车，从省城出发，山区湖区，平原丘陵，沿途参观，倒也看了不少好景致。最后来到县城。住县城宾馆。到家了，但会议还要继续开。要座谈参观体会，落实大干快上的措施。会议结束时，省里领导同志还要讲话。

恼火的是，还安排了勤老倌大会发言。会议负责人说，他的发言稿要印发，报纸上也要摘登几句。先进单位的代表么！偏偏他又不会讲话，更不会写讲话稿。幸亏大老王很重视。打电话叫来了县委办公室的秘书小老王。小老王属于那种机灵的材料油子。熬了一通宵，就为他准备了一篇洋洋四千字的发言稿，题目是：大批促大干，大力发展集体养猪事业。然而，勤老倌没进过学堂门，不认识多少字，小老王又耐着性子，将发言稿的内容细细讲给他听。他仍然记不住。末后，会议负责人表态，讲个大概意思就行了，发言稿反正要印发，以正式材料为准。勤老倌一夜都没睡好，心里突突跳。和尚做新郎，别出洋相才好。

第二天下午，轮到勤老倌发言。他拿着稿子，有模有样地走上讲台，朝台下敬了一个礼，清清嗓子："同志们……"刚刚开了个头，他突然慌神了。这满场子听众，有男有女，有老有少，都是一方土地哩。在他们各自工作的地方，也有猪客么，他们也讲猴子变人的故事么？猴子变了人，要吃猪肉嘛。你管他是私人养猪、还是集体养猪！昨天晚上，小老王很得意。说，他写的稿子观点鲜明，论据充分。猪为六畜之首，猪多肥多粮多。有基本道理、辅助道理、延伸道理、反正道理……此刻，勤老倌脑壳里毫无道理地就成了一锅稀粥！

大老王坐在第二排，勤老倌无意之间望见了他。大老王急得火上房，朝台上打手势。意思是叫勤老倌看稿子，稿子密密麻麻，大字墨墨黑，小字不认得。罢了，心里怎么想，我就怎么讲！

“同志们，小老王帮我准备了个稿子，待会儿要印发，大家可以去看！”

大老王朝着他吹胡子、瞪眼睛。才当几天支书，怎么就这样不谦虚了呢？勤老倌不理他，接着讲：

“我们那里有一句乡谚：教书先生爱讲书，屠夫爱讲猪。各位领导同志可能不太清楚，我本是个猪贩子。我今天发言的题目就是讲猪！”

自报家门，憨态可掬。全场哄堂大笑。大老王见他离题不太远，也就听他讲猪。

他说：“猪是畜牲，畜牲生得贱。屎呀，尿呀，它不嫌。热呀，冷呀，它不怕。但猪又很贵相，人不能亏它。我们那里有一句乡谚：想赚畜牲钱，要跟畜牲眠。那意思是说，养猪要精心。比如说母猪下猪娃吧，养猪户就要时刻守在猪栏边。稍不注意，母猪会把猪娃压死。天太冷，说不定猪娃会冻死……”

勤老倌的发言，给文牍味很浓的会场，接了地气，注入了新鲜空气。会场于是很活跃。

他又说：“我有个老主顾，叫张三婶。她养猪讲究栏干潲饱，讲究精粗搭配。她家一年要出栏五六头猪。可如今呢，一年顶多才两头。不是她不养，是队上不让她养，说私人养猪蚕食了集体经济。而他们那个小队，百多口人，办了一个养猪场，花了一大堆工分，吃去半仓谷子，一年才出九头猪，还毛深皮厚。九头猪加起来，不及张三婶五头猪重。所以说，要发展生猪，单靠集体养猪场是发展不起来的，还要靠私人养。各位，是不是这样呢？”

恰似给平静的池塘里投进一枚石子，有人窃窃私语，有人喜形于色。一会儿，全场又鸦雀无声。

那是一个特殊的年月，政治气候变化无常，人们常常根据某一位特殊背景人物的言行，来估摸当前的政治形势。马组织那番捕风捉影的话，早已传出去了，勤老倌于是被蒙上一层神秘色彩。现在由他来号召大力发展私人养猪，思想敏感的人以为这是一个不可忽略的新动向。他的发言无疑受到了大家的关注。有人还一字不漏地作笔记，比听省委书记的报告还认真。末后，博得了一阵热烈的掌声。

这种意想不到的效果，使勤老倌很高兴。看来，上台作报告，也不是什么难事。他一通“猪牛经”讲下来，就把满屋子县太爷给唬住了，二回发言还讲猪。他有一肚子关于猪的故事。

他得意洋洋走下讲台，就被小老王叫出去了。在过道里，大老王绷紧着脸问：“你怎么搞的嘛，为什么不照稿子讲？”

勤老倌纳闷了，说：“我讲的都是实情呀！”

“什么实情，都是些资本主义。要不是你是先进单位来的，这个会就要加一项议程，批你！”大老王几乎是命令他：“别说了，好好听，用心记。去吧！”

勤老倌回到会场，心里很不服气，开会不能讲真话，这种会有什么意思呢？假如大家都讲假话，岂不是成了谎话的世界？他情绪一落千丈。下午开会的时候，他就懒得听。坐在一个不显眼的地方打瞌睡。

接着，又发生了一件使人哭笑不得的事，在县城宾馆产生了轰动效应。

中午，代表们都睡午觉，勤老倌心里不痛快，睡不着，便上街去转转。转到猪市上，碰到一个老猪客。老猪客挑来四只猪娃，等了一上午，也没等到买主。勤老倌二话没说，就全给买了下来。他用麻袋装着，背回了宾馆。宾馆迎四方宾客，在设计的时候，却没有安排存放猪娃的地方。勤老倌住过许多乡村小客店，麻袋总是塞在床铺底下。这时，经验主义占了上风，他也如法炮制。没想到，他前脚出门，麻袋里的猪娃后脚就全拱出来了。屋里明窗净几，地上铺着绛红色的地毯。猪娃从娘肚子里出世，从来没有见过这种阔气场面呢。愣怔了半刻，一撒腿，就在地毯上打滚、蹦跶；服务员进屋打扫卫生的时候，房间里惨不忍睹！猪娃在地毯上拉了三泡屎，撒了四泡尿。东湿一块，西湿一片。这几只猪娃，想必也有它们的老祖宗猪八戒的某些遗传基因。猪八戒不是曾经闯过高家庄，为那里的红灯绿酒所诱惑，当过一回新姑爷么？花鼓戏和电影都有《猪八戒招亲》这个戏目，讲的就是这个故事。这些猪娃，也跳上漂亮的沙发，享受了一番现代文明。沙发上于是留下了猪娃的许多蹄印。屋里是一股令人恶心的猪屎猪尿的臭味。

服务员立刻报告了宾馆经理。经理找大老王，大老王找小老王。一级找一级。末后，小老王把勤老倌从会场里拎了出来。那模样标致的服务员立刻兴师问罪：

“这猪娃是你的？”

勤老倌陪笑脸。

“你是来开会的，还是来当猪贩子的？”

勤老倌像做错了事的小学生，双手捧起地毯上的猪屎，丢进卫生间的抽水马桶里。完了，又用自己的毛巾去擦地毯上的尿渍。服务员狠狠地扒开他，说：

“擦得干净么？你走开！”

也不等勤老倌走开，服务员就用力来掀地毯。上午还在讲台上滔滔不绝，这时，他却被地毯上残存的猪屎渣子掀了一头一脸……

四

回到大队，太阳已经下山了，等待他的仍然是会。大队常年都驻有工作组，任何中心工作这里都要先走一步。他们事先就召集了会议，专等勤老倌回来传达省里的精神。他虽然没有做笔记，开会时又打了瞌睡，那精神还是记住了的：除了修大寨田，造小平原，还要建立集体养猪场。可麻袋里的猪娃还没有喂食，在嗷嗷叫呢。大队部离家还有四里多路，送回家去又来不及。既然他有幸常进宾馆，便把猪娃寄存到区里的宾馆饲养场。他在县城挨了宾馆服务员的骂，区里宾馆的饲养员张满七，却是他的老邻居。熟人熟事，张满七果然没有推辞。

一连四五天，勤老倌都很忙。修大寨田要作规划，建养猪场要逐小队去动员。工作组的干部寸步不离地跟着他。他也好像忘记了还有四只猪娃关在宾馆饲养场。一天，张满七碰到他，问："勤老倌，你那几只猪娃，还要不要啊！"勤老倌说："怎么不要呢？我还欠了张三婶一只猪娃，也还要送过去！"张满七说："那你就赶快捉去吧！"勤老倌说："行，我明天就来捉！"

三天过去了，勤老倌仍旧没有去捉回他的猪娃。也许是因为忙，也许是他另有所谋。这天下午，张满七气冲冲地找上门来，说："勤老倌，你自己出门住宾馆，你的猪娃子也来住宾馆，社会主义的福叫你一家子都享尽了！"勤老倌一串哈哈，让坐递烟纸，说："这几天老开会，我实在抽不出身来。要不就这样，听说宾馆饲养场的肥猪都宰完了，要去进猪娃。那几只猪娃留一只给张三婶，剩下的全卖给你们好啦！"

宾馆饲养场确实需要进猪娃。纯种流沙河，张满七也中意。与其给他白养，还不如买了进来，也可以省了去猪市上捉猪娃的麻烦。张满七说：

"你就开个价吧！"

"还能贵到哪里去？随行就市嘛！"

张满七脸色一沉，心里想骂娘。他当饲养员，也是很关注猪市行情的。由于贯彻省里农业学大寨会议精神，到处都兴办集体养猪场。各级都规定了硬指标，猪娃子于是成了抢手货。物以稀为贵，猪价比一星期前翻了一番。张满七说：

“勤老倌，你不能赚这么凶！”

勤老倌振振有词：“在县城开会，人家睡午觉，我不睡，去猪市上买猪娃。回来搁在床铺底下，弄脏了人家的地毯，还挨了一顿骂。乘车回来，我又买了一张货票。操心、费力、挨骂、还贴车钱。你想想，要不赚一点，我图哪样啊？”

他的思维定势，仍然是猪贩子。张满七提醒他：“你现在是大队支书，不是猪客！”

勤老倌说：“我这个支书，压根儿就没想到要当。我本是个猪贩子，串乡走户，跑惯了，如今都老要我开会。大队开了，还要到县里省里开，总开不完。去了，不能乱发言，只听几句现话翻来覆去讲，受活罪咧！再说，我当支书，也要养家糊口。老婆生病，孩子上学，处处要花钱。我拿的是工分补贴，不能贩猪娃，也无暇管家务。吃了那无钱饭，耽误了我的有钱工。讲句老实话，我一听说要大办集体养猪场，就知道猪娃子行情看涨。那天，我十只也敢买！”

想不到勤老倌也有这么多苦处，也想不到他在省里开几天会，就估摸出猪市行情的起落。多年的老邻居，张满七也不好撕下脸皮来还价，末后他退了一步，说：“你的猪娃在我那栏里整整七天，都长好几斤了，你总该付一点饲水费吧！”

勤老倌打哈哈：“你真是鸟过要拔毛咧，你的饲水都是宾馆餐厅里剩下的饭菜，吃客们已经付过了钱的。不付钱的客，也由公家报销了。好啦，别说这种没意思的话了，哪天有空了。请你去我屋里喝一盅，感谢你这几天招待了我的小猪娃!”

碰上这种算盘精，张满七能有什么办法呢？外国有个加拿大，中国有个大家拿。何况饲水本来就没花钱，张满七也就做了个顺水人情!

五

勤老倌开一趟会，吃住公家报销了，工分补贴拿到手，他还赚了四十多元钱！在“斗私批修”叫得山响，视金钱为万恶渊薮的年代里，这可就有点不体面了。

秘密是张三婶传出去的。

勤老倌当猪客二十多年，就守住一条：君子爱财，取之有道。尤其是对老顾主，不哄、不骗、不杀黑。该赚的，分文不让。不该赚的，毫厘不取。在猪牛市上，他的口碑就是这么建立起来的。十多天之前，他诳了张三婶。这一次，说什么也得给她留一只猪娃。而且，勤老倌还把人情做到底，仍旧按老行情，只收回成本。当然，在宾馆饲养场长得那几斤，就恕不奉送了。这样，他实际上还是赚了一些。十分巧合的是，张三婶前次送了肥猪，小队里不仅没表扬，还颇有微词。张三婶怄了气，现在，大队支书亲自送来猪娃，且不说价钱很便宜，还等于给她平了反。张三婶目不识丁，也懂得舆论的重要性。她逢人便说:“勤老倌讲仁义,价钱公道,好猪客咧!”

事情就这样露了马脚。有人把几种信息综合起来,消息就传开了。人怕出名猪怕壮。这种事出在别人身上,打个哈哈就过去了。但出在勤老倌这种有影响的人物身上,上级就得来关心关心了。

这一天,大老王专程从县里来找他,派人把他叫到宾馆。大老王讲究内外有别,为了防止扩散,他亲自把房门关紧,将门拴卡紧,然后就批他。这回,大老王没有讲猴子变人,而是讲糖衣炮弹,讲化装成美女的蛇。勤老倌你已经被糖衣炮弹打中,化装成美女的蛇已经把你缠住,再不悬崖勒马,后果就不堪设想!勤老倌坐在沙发上,眼睛望着天花板,一言不发。大老王丢了一支烟给他,说:

“怎么样?认识清楚了,就下决心改!”

勤老倌抽着烟,仍旧不吱声。大老王说:“这样吧,你先把那四十多元不义之财都退出来!”

大帽子怎么戴都可以,要退钱,勤老倌就不乐意。问:

“退给谁?”

“退给宾馆。”

“宾馆去猪市上捉猪娃,就得出这个价!”

“那就退给大队!”

勤老倌说:“我没有耽误集体的工,也没有拿大队的钱做成本!”

大老王很生气,说:“你没听外面讲得多难听呢,不把钱退了，就不能挽回影响!”

勤老倌已经横下一条心，说:“我的钱已经花了。老婆生病，孩子上学，都挂着账。欠账不还钱，人家指脊梁，影响更坏!”

宾馆主任来叫老王，说有一位更重要的客人也下榻在宾馆。作为地方父母官，主任请他一起去看看。大老王不能不去，便对勤老倌说:“我们等会儿再谈!”

勤老倌从大老王屋里出来，一时不知去哪里。百无聊赖，就在楼下院里的一块石板上坐了下来，看地上的蚂蚁搬家!

这个宾馆对于当地的群众来说，是一个神秘的地方。平时门卫把守。有重要人物来了，还加岗加哨。冲里人不知里边是怎样的景象。勤老倌倒是常来，多数是来参加向某一位首长汇报情况的会议。有好烟抽，有好茶喝。有时也要他参加陪客，吃好饭好菜。旁人看了，体面得了不得。其实，他在受洋罪。不能乱说话，不能乱动手脚。稍有不得体的地方，甚至服务员也会向他瞪眼睛。他到这里来，只不过是一只花瓶，一种摆设，完全要看别人的脸色行事。事情完了就得离开。今天他则是来这里挨整的。一些匆匆过往的人，以往见面还比较客气。现在，好像都不认识他，擦身而过也不打招呼。想着，心里就很不好受。

已经到了傍晚时节。庭院里，凉风习习，太阳没有了正午的威严，显出一种落日的平和与慈祥。宾馆的围墙外面，是绿色的田垅。勤老倌听得见田垅里传进来的一阵喧哗，那是抢着中耕追肥的社员。大老王也许被拉去陪客了，到现在也不来叫他。他为什么不回去呢？不就是四只猪娃吗？一个拿工分补贴的大队干部，不让当就不当，何必要在这里受那窝囊气呢？想着，他就起身往外走。

这时，宾馆的旅客，有的去餐厅吃饭。动作快的，已经吃过饭，三三两两出门散步了。他没走两步，有个戴眼镜的中年人，手里抱着衣服，跑拢来向他打听：“同志，男浴室在什么地方？”那时，宾馆里只有少数客房才有卫生间，没有一定级别的旅客，要去大澡堂洗澡。勤老倌朝眼镜笑了笑。山里人喜欢逗乐子。他好像突然获得了某种灵感，心里头变得很快活。灵感可以逗个不荤不素的乐子，也可以创造恶作剧。他抬手往西边一指，说：“那不就是男浴室吗？”

大名鼎鼎的人物，果然即兴导演了一幕恶作剧。刚过一会儿，西边浴室里就传出杀猪般的叫声。一个刚刚穿好衣服的女同志，披头散发追了出来，高声大喊：“流氓，抓流氓！”原来那是女浴室。眼镜狼狈不堪，双手举在胸前，像日本鬼子投降那样，语无伦次：“对不起……不，我搞错了……不，我是问了一位同志才来的！”

宾馆里一时大哗。宾馆保卫科有责任查清事情真相，找来那个眼镜，问清了给他指路的人年龄性别和相貌特征，大家就知道是谁干的好事了，自然又汇报给大老王。大老王气得七窍生烟！刚才还在批评帮助他，他不仅不改正，还干出这种无聊至极的事情来！大老王决定开一个整风会，来帮助这个冥顽不化的家伙！

六

整风会雷声大、雨点小，无非两件事：贩了四只猪娃，开了眼镜一次玩笑。上纲就上到半天云里去了，自私、狭隘、保守、落后、小生产者的特征。小生产者每时每刻都在生产资本主义。进而是翻身忘本，给功臣父亲抹黑，给贫下中农抹黑，给毛主席革命路线抹黑……勤老倌简直到了无可救药的地步！

整风会是在公社开的，会议纪律强调得很严格，会议内容不得外传。也不知谁把消息传出去了。像勤老倌这种台面上的人物，那真是好事不出门，恶事传千里啊。他的形象被完全扭曲了，成了个白痴、无赖、瘪三！

勤老倌本人自然也听到一些，心里很不是滋味。过去当猪客，百无禁忌，讲笑话、打哈哈，即便是和别人开个玩笑，也是为了寻开心。哪有现在这么多烦恼呢？

幸而很快就云开雾散。上级来通知：拟提名勤老倌为委员候选人，叫县里总结他的材料。应该说，大老王还是很有雅量的。他二话没说，就亲自组织人写，亲自逐字逐句审定。在那材料上，勤老倌根正苗红，路线觉悟高，先进典型……他不仅到北京开了会，还坐上了主席台！

谣言不攻自破，勤老倌有说不出的高兴！

还有更高兴的事。不久，上级又来通知，要他参加一个代表团，出访中东地区的两个国家。那时候，中东战争还没有发生。村里人都很少听说过这两个国家，不知这里去有好远，纷纷来问勤老倌。勤老倌说："我也搞不清，大概有万把里吧！"有人为他担忧："啧啧，这么远，脚巴筋都跑断咧！""坐飞机嘛。坐飞机几个钟头就到了。勤老倌，是不是？"说这话的是宾馆会计。前次为那个整风会，加油加醋最起劲的，也就是这位会计。这时，他好意思也来套近乎！君子不计小人仇，勤老倌还给会计敬了一支纸烟，说："十二天要打回转，当然是坐飞机！"

他于是一路春风上了北京。

代表团的随员兼翻译也姓王，大家喊他老王。集中学习两天后，接着就置装。别的团员都是自己去选面料、定式样。勤老倌不里手，团里让老王为他操办。临出发的前一天，老王给他送来一套中山装，一套西装。都是做工考究的高级毛料。老王叫他试试，他穿起那套中山装。

往镜子前边一站，简直认不出自己了。他本来胸宽肩阔，由于衣服做得好，肩坎被垫了起来。他一身笔挺，容光焕发，显得庄严威武。接着又试西装。西装是银灰色的，老王帮他打好领带，顿时年轻了十岁。如果不是他举手投足有些笨拙，哪个敢说他是个猪贩子?！老王又把勤老倌推到镜子前，他的脸立时红到了耳朵根。急忙把西装脱下来，折好，退给老王，说：

"这套衣服，我就不要了！"

"干嘛不要呀！"

"我穿不合适！"

老王说："我看这比中山装还好，穿上它人都精神多了，怎么不合适？”

勤老倌有许多不便言说的顾虑。代表团集中学习的时候，团长说了的，出国的服装自己要交一半钱。这套西装一百七十多元，他当大队支书，只拿工分补贴，又不能去贩猪娃，他哪里有这么多钱呢？而且，这种衣衫只能到外国穿穿，连北京城里都是一色的干部装，根本没人穿西装。穿到乡下去，人家不把他当怪物才怪哩。花钱买一个晦气，太不合算。他敷衍老王：

“我不习惯穿！”

老王说：“那你也带上，到了国外再穿！”

老王的话当了耳边风，他把西装悄悄寄存到一个熟人家里了。

第二天，晚上八时，代表团一行十人来到首都机场。在候机厅里，老王不知怎么想起勤老倌的西装，问：

“您的衣服都带齐了没有？”

“带齐了。”

“那套西装呢？”

勤老倌不得不如实交底。老王哭笑不得。飞机马上就要起飞，回去取肯定来不及了，说：

“您只带一套衣服，到了国外，拿什么换啊？”

勤老倌胸有成竹，说：“我还带了衣服！”

“什么衣服？”

“家里穿来的衣服呀！”

老王记得他昨天的装扮，是一身洗得发白的蓝卡叽中山装，四个口袋都不对称，衣领子很高，没有风纪扣。显然是乡下还没有出师的裁缝的作品。老王的脸色说变就变，说：“叫你都带上，你为什么不带呢？你那种衣衫穿到国外去，不是成心要丢国格吗？”

飞机震耳欲聋的轰鸣声，把勤老倌轰上了天空。往上看，星星闪耀；望下看，万家灯火。对于一个第一次坐飞机的猪贩子，本来有看不尽的好风景。但由于还没出国门就丢了国格，他的兴致全没了，一路都不痛快！

七

这位翻译老王年纪比县里的头儿大老王小，比县委办公室的小老王大，原来他也是一把碎米嘴。到了那个出访的国家，老挑勤老倌的不是。吃饭的时候，勤老倌不会使用刀叉，怕伤了嘴巴，犹豫一阵，就用手撮进嘴里。老王朝他瞪眼睛，还轻轻咳嗽，勤老倌吃了一顿怄气食。出外参观的时候，老王又朝他上下打量，然后把目光停在他的胯裆上，说：“把裤扣子扣好！”走了没几步，又说：“把手拿出来，不要插在裤袋兜里！”好像他是个三岁的孩子，时刻要大人教他哪样该做、哪样不该做。想着，他心里就生气。

幸而奇特的异域风光，驱散了他的烦恼，参观了首都，又去这个国家的第二大城市。这里寺庙多，都是圆穹形屋顶，顶上还有个尖塔。在一个十分著名的清真寺，勤老倌还看了一回稀奇。这个清真寺是皇家清真寺，传统的波斯风格。精湛的镶嵌艺术，蓝白相间的波斯图案，优美的大理石雕刻，显得雄伟壮观，令人叹为观止！进了门，站在高大的正殿中心，地面正中有一块方砖。人在方砖上，讲一句话，或者拍一下手板，立刻就传来阵阵回音。勤老倌也试了一下，“啊喔——”顿时如万鳌同鸣，把他吓了一跳。定下神来细听，那就是他自己的声音。不多不少，整整回音七次。由强到弱，到末后，像一根细细的游丝。主人介绍说，这个大殿又叫“七音殿”。勤老倌像走进了一个神话世界！

接下来又参加另一个清真寺，换个地方还是清真寺。看多了，就觉得没有多少意思。吃过午饭，在大厅里休息的时候，主人方面的陪同，名叫阿哈默德的，征求大家对日程安排的意见。阿哈默德年纪可能不太大，却留了一把大胡子。粗看挺吓人，接触久了，原来是一个很热情的人。他把右手贴在胸前，向大家微微一鞠躬说：“先生们有什么要求，请提出来。不要讲客气，要像在自己家里一样！”老王翻译过来，大家就鼓掌。团长说：“主人安排得很周到，很好。谢谢！”

勤老倌中午喝了一杯酒，脑壳里特别活跃。他记得苏联的“约克夏”，牛高马大，一身白毛。这里是否也养猪呢？会有些什么样的品种呢？想着，他就莫名其妙地激动起来。对翻译老王说：“请帮我打听一下，能不能领我们去参观一个养猪场呢？附近没有养猪场，参观一个养猪户也好！”

他的话刚落音，首先是老王向他瞪眼睛。接着，代表团包括团长在内的其他同志，也都向他投来吃惊的目光。勤老倌也很纳闷，参观一个养猪场，未必也错啦?！主人阿哈默德不知大家为什么都沉下脸来，迷惑不解。耸耸肩，对翻译老王说：

“啊，这位先生有什么要求？对于尊贵的客人，我们一定要使每一位先生都满意。请说吧，是不是要我们去天上摘一颗星星?!”

老王很快又笑容可掬了，文质彬彬地讲波斯语：“通过三天参观，欣赏了贵国灿烂辉煌的艺术瑰宝，品尝了贵国人民友谊的美酒。我们的这位先生刚才说，他怀里的星星，多得装不下啦!”

阿哈默德对勤老倌行了一个只有沙龙里才用的礼节。说：“非常荣幸!”

当天晚上，代表团开会，在北京集中学习的时候，曾请外交学会的同志介绍过民情风俗：这里不吃猪肉，也不养猪。不知勤老倌怎么忘记了。作为客人，讲主人忌讳的东西，总是一种失礼。老王首先对他发难：说这是违反外事纪律，幸亏他没有直译过去。另外的团员都发了言，夸翻译老王机智，也婉转地对勤老倌提出批评。接着，团长讲了两点意思：一是强调纪律，要尊重对方的风俗习惯。二是代表团内部要互相尊重，加强团结。听明白了，团长对老王无限上纲，也进行了批评。各打五十大板，勤老倌心里才好受一些。

第二天刚刚吃过早饭，阿哈默德就劲冲冲地赶来了，叽哩呱啦说了一大串，好激动的样子。老王翻译过来：上午十时整，国王接见代表团全体成员。

大家都鼓掌。

事后才知道，国王如此重视，还和勤老倌有一点点关系，代表团的花名册，早已送国王过目。国王已经知道其中一位来自毛泽东主席的家乡。在参观途中，为了排解寂寞，难免不在车上闲谈讲笑话。有一次，不知是谁问勤老倌，毛泽东主席跟他家有没有亲戚关系？勤老倌作了肯定的回答，并且说，如果排辈分，我还大他一辈。车上立即活跃起来。偏偏阿哈默德也是个爱热闹的人，他问翻译老王："刚才，这位可爱的先生说了什么有趣的事，使大家这样开心？"那会儿，翻译老王心情也很好，这不是什么外交公事，纯粹是为了逗笑，便原原本本地翻译给阿哈默德听。也不知是老王的波斯语水平不高，还是阿哈默德听混了。晚上，他向上司作了汇报。他的上司立即报告了国王：那位来自中国南方的中年人，是毛泽东主席的亲戚！国王狠狠地批评了阿哈默德和他的上司，这么重要的客人，为什么现在才来报告？国王以己度人，他的远亲近族，都是皇族成员，而皇族成员，都享有特殊的荣誉和地位。中国虽然是人民共和国，但派毛泽东的亲戚来访问，这本身就证明中国极重视两国的友谊，更何况代表团团长也是中国的一位非凡的人物。按照外交对等的原则，国王决定立即接见代表团全体成员。地点就在皇宫。皇宫也是穹形屋顶，全都是用纯金箔包起来的。在西南亚高原强烈的太阳光下，皇宫金碧辉煌，绚烂夺目。庭院里绿草如茵，巨人般的胡杨高高耸立。各种形状的精美雕塑，随处可见。鲜红的地毯，从皇宫外边很远的地方一直铺到里面。大家在阿哈默德的引导下，沿着红地毯，缓缓地进入皇宫。

国王站在大厅中央迎接客人。国王身材魁梧，也有一把大胡子。代表团团长首先和国王握手；国王和团长吻脸。然后，团长依次向国王介绍代表团的成员。勤老倌走在最末，团长介绍过后，对方的翻译似乎在国王耳边多讲了两句。国王喜笑颜开，双手同时来握勤老倌的手。接着，又凑过脸来吻勤老倌。吻了勤老倌的右脸，又吻他的左脸。国王的胡子很长，也很粗。勤老倌脸痒痒的，还生生作痛。他想伸手去摸，终于又忍住了。他想起了外事纪律。脸红得像关云长。

国王接见的时间不长。主要是讲欢迎的话，盛赞两国友谊。团长也致了简短的答辞。国王又说了几句，翻译告诉大家："为了欢迎尊贵的客人，国王荣幸地向各位赠送一件皇服！"大家热烈鼓掌，表示由衷的感谢。

礼宾司将一口精致的小皮箱，送到每一位团员手里。团长和勤老倌的那一份礼物，是由国王亲手赠予。国王握着勤老倌的手，说："欢迎您，来自远方的朋友！"

人到这个份儿上，都会变得高尚起来。勤老倌向国王深深一鞠躬。

八

后来又去了另一个国家，也有许多清真寺，也到处是石油钻井和炼油塔。就是没有养猪场和猪娃。俗话说，会看的看门道，不会看的看热闹。勤老倌美美地看了一回热闹。

回到北京，代表团还要进行总结。其他团员回家了，就他和另一位团员住进了招待所。这时，他才有机会仔细看看国王的礼物了。

皮箱里还有一条金项链。勤老倌当猪客，只听说金子值钱，真正拿到手里，还是头一回。金晃晃、沉甸甸。不知这东西值多少钱。拿回去给谁呢？给老婆，乡间女子要上山砍柴，要下地干活。颈脖子上戴一条金项链，像话吗？给女儿，女儿年纪还小。年纪轻轻的就戴这么贵重的东西，别人不说，勤老倌也不允许。家贫出孝子，勤老倌对子女从来都不宠。还是先锁着吧，到时候再说。至于那件皇服，勤老倌就一点也不恭维了。皇服其实是一件黑色的长袍。亚麻织品，粗砺砺的。勤老倌试着穿了一下，像唱古装戏的袍子。还有一条六尺来长的白色头巾，一个玉石的白圆箍。他披戴起来，又马上摘掉了。这种衣服穿到乡下去，会让人笑掉大牙。带回去没用，也锁起。

总结会只开了半天。议定访问的总结材料，由老王去写。团员们要办的事，就是上交衣服。不上交的就交一半工本费。勤老倌的西装根本没有穿，从朋友家取回来就交了。这套中山装，勤老倌舍不得，按规定交了费，留下了。再就是交礼品。勤老倌搬出那件戏装袍。老王说：

“只上交金项链，皇服就带回去作个纪念吧！”

不需要的不上交，需要的倒要上交，勤老倌心里不乐意。说：“这是人家送的礼物呀！”

老王很不耐烦地说：“这是制度。制度，你懂么？”

勤老倌看不惯老王趾高气扬的样子。罢了，交！钱财本是身外之物，犯不着为一条金项链来生气。他于是带着那件长袍回了家。

乡亲们闻讯围到他屋里来，问他看了什么好景致，吃了什么好东西。他说，除了皇宫是用金子包起的，也没有别的啥稀罕。街上的女子全都用黑布蒙着脸，看不见鼻子看不见嘴。至于吃的，更莫讲起，不吃猪肉，也没有猪。餐餐牛肉羊肉，煮得半生不熟，咬不动，要用刀子切。他说：“出国就图个名声好听。有好几次，我饭都没吃饱！”

耳闻莫如目见，有人问：你出了一趟国，总该带了什么好东西吧！”

勤老倌说：“带回一件皇帝老子穿的长袍子！”

“了得，快让我们看看！”

勤老倌敷衍着说：“没有什么看头！”

乡亲们缠着他不放。勤老倌于是起身去外边晾衣的竹篙上，扯下两块黑布。说：“粗砺砺的亚麻布，我撕来做了两条围裙。下地干活，出门挑猪娃，正好系它！”

九

不久，勤老倌栽了个跟头，几乎所有的新闻媒体都作了报道，有的小报甚至还发表了一些捕风捉影的言论。

有一次，他在北京开会，讨论的都是很重要的事情，他插不上嘴。他只晓得大队的事。严格地说来，由于他经常外出，大队里的事也难得说全。他熟悉的莫过于猪牛经。但这里又不是讲猪讲牛的地方。何况北京太大，也不知猪市在哪里。听不见猪娃子叫，他就觉得很乏味。打哈欠，昏昏然想打瞌睡。但是不行。参加会议的不过百十人，要么是中央首长，要么是某一方面的权威和专家。面对面地坐着，你打瞌睡，像话吗？烟也不敢多抽，好多人都不抽烟。他便放肆喝茶，茶能提神。喝多了茶又老跑厕所，这样才把瞌睡驱散。

晚上，他出去串门。省计委一位副主任在开另一个会，住在同一家宾馆。副主任到过他们大队，自然很熟悉。他跟副主任诉苦，讲自己老开会，家里事都无法照管，连老婆都有意见了。又讲出了名的地方，事事要带头，工作难做。打比方说吧，大队山上有木材，但同时又是先进地区的风景林，不能随意砍伐。砍一棵茶杯大的树，也要到县里去报批。来往花销，萝卜盘出肉价钱，有时还不给批……总之，勤老倌有一肚子苦水。

副主任埋在沙发里，抽烟。一会儿，笑着说："开会的事，我帮不了你的忙。要点儿木材，我倒可以给你想点办法。你们需要多少？"

起先，勤老倌也只不过是随便说说。副主任当真了，他就胡乱报数："搞个三四十立方吧！"

副主任抓起桌上的电话机，挂通省木材公司。省里的头头脑脑，哪个不知道勤老倌？那边回答说："没问题，请他去他们区木材站提货!”

想不到事情会这么顺利。

勤老倌又开了几天会。回到大队，木材站就来告诉他，他需要的木材调来了，请他尽快来搬。

这时，勤老倌想起，大队暂时不搞什么建设，留给群众作零星用吧。为群众解了难，也算他为大家办了一件好事。他一时又搞不清谁家需要木材，只好请人把木材搬到自家屋里来，堆放在门前的坪场里。

第二天，果然就有人来找他要木材。他没给，说还要研究。和谁去研究？他没说，人家也不好问。这时，木材价格又上涨了许多，尤其是黑市。勤老倌心里敲小鼓，前次为三只猪娃提价，他挨了大老王的批评。现在，大老王调走了，铁路警察，他不管这一段了。再说，他跑指标、提货，用自己的积蓄垫底，买回来木材，也付出了劳动和精力。猪贩子出身的大队支书，自己跟自己研究了一番。他要不赚一点，就白当二十年猪贩子了。但也不敢赚得太多，高于进价，低于黑市价。买到木材的群众，还以为捡了个便宜，都夸勤老倌办了一件好事呢!

他于是发了一点小财。

阴差阳错。有一天，公社派出所抓了一个破坏森林的案犯。那是一个小青年，他在山上砍了两棵树。他坚持说，山是他们队里的，为什么砍不得！派出所说，先进地区，一草一木都不能随意砍伐。按规定要罚款。那个小青年不信邪，说：“你们见了老虎就烧香，见了兔子就开枪。大人物破坏森林不敢管，算什么本事！”

“还有谁破坏了森林？”

“勤老倌坪场里木材堆得像一座小山，难道是天上掉下来的？”

公社派人一查，果然就露了馅。专案人员顺藤摸瓜，摸到了木材公司，找了省计委那位副主任，又逐个找到买木材的社员，一一取来了旁证。在调查过程当中又发现了一起新线索，勤老倌还依样画葫芦，弄过几吨钢材。总共加起来，他赚了二千二百多元。办案人员找勤老倌落实材料的时候，他态度出奇的好。对所有的事实一概承认，唯独不承认有这么多钱。办案人员问：

“是多少？”

他翻出一个皱巴巴的笔记本，口里算了一阵，说：“是二千一百二十八元零伍角！”

办案人员很开明，就按照他本人的数字定了案。那会儿，中央颁布了《打击经济领域犯罪条例》。勤老倌可就撞到风头上了。两个多月后的一天，报纸登了一条新闻，省里罢免了他的代表资格，委员职务也自然消失。那时，他家还没有电视机，平时他不听收音机，也不看报纸。耳不听，心不烦。那天傍晚，天下着迷蒙的细雨，勤老倌从公社回到家里，对婆婆子说：“这下，没得会开了，也好！”对于官场的失意，勤老倌表现出一种难得的豁达。

十

勤老倌再一次发迹，是他无官一身轻的时候。这期间，农村实行了责任承包制，养猪事业是大大发展了，他既不怕人说闲话，又轻车熟路。许多老主顾仍然记得他。他于是一天到黑都忙不赢。结果，他聚蓄了一笔钱。这年秋天，在国家紧缩银根，基建大下马的时候，他高瞻远瞩，决定建房。

一天，老朋友小老王来看他，小老王也有一把胡子了，却比大老王当时的职务还高一些。七八年没见面，两人都有世事沧桑之感。听说勤老倌要建房，小老王决心帮他一把，问：

“建房的材料都办齐了没有?”

勤老倌说：“红砖和水泥都齐了，就差几吨钢材。”

“要多少钢材?”

“也就要五六吨吧!”

小老王说：“你写个报告吧，我批一下，去弄点计划内指标!”

勤老倌却笑笑说：“谢谢你，不必了!”

小老王惊讶道：“每吨钢材便宜二百元，你为什么不要呢？你是革命功臣家属，照顾一下，也符合政策!”

勤老倌自嘲说：“也算我有点狗屎运。与前两年相比，钢材、水泥价格都下跌了三成左右，我可以少花好几千元钱。再说，我拿着你的条子，还得去找这个局、那个办。如今的机关门难进，脸难看，事难办。知道的，这是小老王为群众排忧解难。不知道的，又该说我勤老倌来占便宜了。算了吧，那点点差价，我多跑几回猪市就赚回来了！”

士别三日，当刮目相看。小老王高声打哈哈：“勤老倌如今财大气粗啰！”

勤老倌的房子吹气儿似地，一个多月时间就落成了。一幢二层小洋楼，建在他旧宅前边的坪场里。门前有一条马路，通往一处知名度很高的胜地。房子落成那天，家里来了一位客人，却是他的老主顾张三婶的儿子石墩。勤老倌早就听说石墩当了作家，写过几本书，还有一点小名气，他高兴地说：

“贵客咧，请都请不到！”

石墩说：“我早就应该来看大叔。当年不是大叔按时送猪娃子来，我上学都困难！”

勤老倌说：“那年月谁不困难？好了，我们不说那些陈年谷子烂芝麻了，大叔今天要请你帮个忙！”

石墩说：“只要我办得到的，您只管说！”勤老倌搬出纸和笔墨，请石墩为他写一块招牌，他打算在这里开一家饭店。石墩作难地就：“我的字写得不好！”

“书都写得出，字不好，谁相信？”

石墩还是不肯写。而且，他以城里人的眼光，发觉这里不是开饭店的地方。前后左右都是山，离那个名胜也还有一公里，饭店不建在闹市，哪个来吃呢？饭店没人上门，怎么赚钱？他劝勤老倌不要开饭店。勤老倌却固执地说：

“不妨事，请你先把招牌给写起来！”

饭店取名“好地方”。按照他的要求，石墩勉为其难，写好了招牌。“好地方”饭店开张之前，勤老倌去了一趟省城。找到当年在一起开过会的一位汽车司机。久别重逢，老朋友自然很亲热，毫不费事就帮他找到了专跑这个名胜地的旅游车司机。勤老倌和旅游车司机达成了某种默契。这位司机又为他联系了别的地方的几个旅游车司机。勤老倌的饭店于是择日开张。果然一炮打响！每天中午，必定有四辆大旅游车，在参观完名胜地之后，来“好地方”饭店停靠。司机对旅客们说：“我要在这里吃饭。旅客们要吃饭的吃饭，不吃饭的别走远啦，可别误了车！”这里只有一家饭店，别无分号。旅客们跑了大半天，一个个都又饿又渴又累。于是一齐涌进店里来，要菜、要酒，还有矿泉水、橘子汁什么的。旅游车又长又大，每辆车有五十个座位，四辆车就有二百来号人。司机也许还对旅客们说过，餐馆主人见过中东的国王，进过一个盛产石油国家的元首府……以及他那些奇特不凡的经历，游客们全都活跃起来。旅游不就是为了看稀罕么？即便是自带了干粮和饮料的旅客，也为了好奇心所驱使，磨磨蹭蹭地进店来，寻觅主人当年的风采。当过猪客的勤老倌深谙买卖诀窍，他笑嘀嘀地迎上去：“同志辛苦啦，您要点什么？”面对他亲切和善的笑容，你要不掏荷包，那真是过意不去了！

餐厅的收入，决不低于城市里的中等餐馆。

前不久，石墩带着采访任务再去找勤老倌时，勤老倌不在家。正是午后三时，店里的繁忙已经过去，两名雇来的服务员，已经把里里外外打扫干净。其中一位服务员是勤老倌的侄儿。石墩问他：

“大叔上哪儿去了？”

他侄儿说：“听说后山有一窝猪娃，他去相相！”

石墩奇怪地问：“怎么，他还干这个？”

他侄儿说：“都六十多岁的人了，我们也劝他别当猪客了。可他说，深圳那边乳猪走俏，他想添置一辆冷藏车，做做乳猪生意。可眼下钱还不够。饭店忙完了，他就仍去捉猪娃！”

正说着，勤老倌雇人挑着猪娃回来了。石墩笑哈哈地说：“真是人心不足蛇吞象啊，大叔您想把世界上的钱都赚尽呀！”

勤老倌嘿嘿一笑，说：“好玩么！”

玩文学，玩生活，头发花白的老猪客也玩猪市。这是潮流么？末后，石墩又想，既然猪市上有他的一方天地，他为什么不顺应潮流，玩个痛快，玩出锦上添花呢？但愿他如愿以偿！

这方水土

一

那时候，没有电视机，也没有收音机，似乎也见不到报纸。蒋介石调集十万精锐部队，一色的新式武器，委派从日本士官学校毕业的张辉瓒为前敌总指挥，浩浩荡荡地来到江西龙岗地区，围剿毛泽东的三万红军。红军只有汉阳造步枪和歪把子机枪，还有不少扛的是梭标和马刀。也不知毛泽东动了什么计策，战斗从头到尾，拢共只打了七个小时，蒋介石的十万部队就丢盔弃甲，作鸟兽散。九千多人当俘虏，还"前头捉了张辉瓒！"——这种特大号新闻，韶山冲里竟一点也不知道。一方水土养一方人，大家仍旧像往常那样过日子。每天早起，天还刚刚放亮，人们第一件迫不及待的事，便是提着裤头跑茅房。一泡憋得很急的尿，从胯裆里射了出来，尿桶里于是响起了一长串有节奏的叮咚声。然后打个激凌，就去屋前屋后的山坡地里侍弄生芽。跟着，每家房顶上升起了炊烟。倘若是晴天，没有风，那淡蓝色的炊烟就呈直线上升。袅袅地，一直要飘到半空才逐渐消散。

韶山毛氏族立学校校长毛宇居先生，他完全不必起这么早。他此刻正在睡回头觉。他当的是挂名校长。学校由一位年轻的女教师执教，他本人在家办了个私塾。私塾学生年岁比较大，都要担负许多诸如刈草放牛砍柴种菜等家务劳动，上学自然要晚一些。乡谚说：回头觉，二婚妻，笼蒸饺子炉炖鸡，有福之人才知味。毛宇居本是个有福之人，这种难得的福分，他为什么不好好享受一番呢？

他正做着美梦。这时，他被一阵急促的叫声吵醒。睁开眼，却是他的女儿满妹子神色仓惶地立在床头。满妹子结结巴巴地说："爹，爹……昨晚在学校借宿的，只怕不是货客！"

昨天傍晚，学校女教师来到他家，说有八个货客，要在学校借宿。女教师是外乡人，暑期由毛宇居的一位朋友推荐来的。毛宇居曾嘱咐过她，学校设在毛氏公祠，族中有规定，除了办学，外人不得擅入。据女教师说，她曾以此为理由，请这些货客另找地方。货客们却不听劝阻，坚持要在教室里开地铺。女教师做不了主，便来报告校长毛宇居。也不知毛宇居怎么就动了恻隐之心。韶山冲交通闭塞，山民们的日常生活用品，比如，煤油、食盐，还有堂客们用的头发卡子绣花针之类的东西，都要靠山外的货郎挑进冲来。冲里没有客栈。出门在外的人会有种种难处，他于是修正了族中规定，答应让货客们借住一个晚上。临了，又想起学校里只住女教师一个人，怕她不方便，便叫女儿满妹子去给女教师做伴。清晨大早，满妹子就慌慌张张地跑回来，毛宇居好生奇怪，问：

“不是货客，那会是什么人呢？”

满妹子说：“昨天晚上，我老觉得有人在窗户底下走动。叫女教师，她睡得死。我轻轻爬起床，轻轻捅破窗纸，发现坪子里有个黑影，还背着枪！”

毛宇居掀开被子，披衣起床，说：“做买卖的人，怎么会有枪呢？你别乱讲！”

满妹子好害怕的样子，说：“后来，我把女教师推醒。她起床一看，也说是枪！”

“你们没有看错吧！”

“昨夜月亮好大，看得清清楚楚！”

“是长枪，还是短枪？”

满妹子比划着，说：“吊在屁股后头，是短枪！”

毛宇居微秃的额头上，立时就沁出了一层细密的汗珠。平时，他看《三国》，读《史记》，都不过是纸上谈兵。他对枪有一种本能的恐惧。

民国十五年（1926 年）春天，毛泽东从外边口岸上回来搞农民运动。毛泽东是他的房族兄弟，同时也是他过去私塾里的学生。毛泽东为他描绘了一个全新的世界，他顿时热血沸腾。过去的日子，生活实在是平静如死水。于是他也投入了那股势不可当的革命潮流，他演讲，散发传单……饥荒时节，饿慌了的农民去地主家吃大户。这位一生清高，恪守“不饮盗泉之水，不受嗟来之食”的私塾先生，也不顾什么斯文了。地主囤粮卖高价，农民坐以待毙，他能袖手旁观吗？二话没说，他就跟着大家去吃大户。没有油水的红锅子菜，他吃得津津有味。这无疑是对贫苦农民一种热情的支持。这样，他便成了农民协会的会员，还加入了共产党。

一年之后，风云突变。蒋介石叛变了革命，韶山冲笼罩在一片白色的恐怖之中。国民党军终于拿着枪杆子找上门来，也就是那种吊在屁股后头的驳壳枪。开头的时候，他也想做一个壮怀慷慨的勇士。生当作人杰，死亦为鬼雄；严守机密，永不叛党；人生自古谁无死，留取丹心照汗青……这样一些警句式的格言，他读得滚瓜烂熟。然而，枪杆子顶着脊梁的滋味，实在是很不好受。持枪人命令他举起手来，那模样就像一只狗熊。末后，又上下搜身，他成了一只任人宰割的动物。他只能按持枪人的命令行事。稍有反抗，那上了红子的枪筒，就会吐出令人心惊肉跳的火舌。阴阳两界便是眨眼间的事情。虫豸在临死前的挣扎，表明它对生命的执着，何况人呢？他迷迷瞪瞪，不由自主地在一份文书上签了字。那份预先拟好的文书上写道："余误入歧途，投身共产，蛊惑民众，危害国家，百身莫赎。自即日起，余悔过自新，洗心革面……"这样，他才免去了皮肉之苦，也保全了性命。然而，从乡公所出来，夜来的凉风吹去了他心头的惊怕，泥土的气息使他确信自己已经从地狱里回到了人间，一场更严厉的灵魂拷问在向他袭来！那些熟悉的格言，又在耳边响起。在中国的传统美德中，最受推崇的是"宁为玉碎，不为瓦全"。为信念而宁死不屈者，从来都被视为了不起的英雄！而对于丧失节操者，又从来都是得不到宽恕的。乡间的社戏舞台上，这类的人物总是以丑角的面貌出现的。他既然没有慷慨赴死的勇气，那只能是苟且偷生了。但读书人又不想把自己损得太厉害。回到家里。他写一个条幅，挂在墙上：

世事沧桑从变幻，
只愁书味不留香。

表明他是一个超然于世外的读书人，这样才求得一种心里的平衡。

现在，冲里又来了枪杆子，而且化装成货郎，鬼鬼祟祟，显然是不怀好意的。

那么，他们到底要干什么呢？

一会儿，私塾里的学生陆续到齐了。按照常规，他应该去给学生点书，点书也就是点一篇课文，讲讲生字，然后让学生去读。读熟了就背。家长衡量私塾先生的本领，就看他教出来的学生能背多少书。比如《左传》《春秋》《论语》……这样一些深奥的先秦文学读物，学生背得越多，先生的本领也就越大。今天，他心里七上八下的，无心点书，就吩咐学生将昨天的课文再读三十遍。他把自己关在屋子里，时时谛听外面的动静。受过惊吓的人，神经往往都很脆弱。

中午的时候，女教师来到他家。平时，女教师是很受欢迎的人。藕荷色旗袍，月白色围巾，亭亭如玉树临风。她还讲国语，很动听，仿佛树上的阳雀叫。相形之下，韶山的土话就显得难听死了。她常来和毛校长谈学校的事。也谈别的。上过洋学堂的女子，见多识广。跟她谈天，私塾先生总是很高兴。然而，毛宇居今天没有这样的好兴致了，惴惴然问：

“那些货客走了吗？”

女教师叹了口气说：“怎么就会走呀，看样子，没有十天半月，他们是不会走的！”

毛宇居更不安了，问：“他们驻到这里，到底要干什么呀？”

女教师说：“吃早饭的时候，他们向人打听一座墓！”

毛宇居一愣，问：“墓，谁家的墓？”

女教师说：“润之三先生的祖父的墓！”

冲里人的叫法，润之三先生就是毛泽东。

毛宇居忙问：“为什么要打听他家的祖墓呢？”

女教师说：“听说润之三先生是三年多前离家出走的。走的时候，就腋下夹一把油纸雨伞。如今，他在江西那边搞了一个好大好大的场面。那些货郎说，一定是润之三先生家的祖宗坟山风水好，他们想见识见识！”

毛宇居心里咯噔一下，说：“你也信这个？”

女教师笑了，说：“我怎么会信这个？真是没意思透了。他们还问我知不知道那个墓地。我说，才来几个月，我怎么知道呀。他们又问，校长先生您会不会知道？”

毛宇居面色极不自然了。说：“问我？他们怎么知道我！”

女教师哈哈大笑了，说：“大名鼎鼎的乡间学人，人家怎么不知道呀。我告诉他们，润之三先生祖父去世的时候，我们校长正在云南经商，他可能也不知道！”

毛宇居年轻的时候，也有过许多抱负。他曾想进入仕途，去干一番轰轰烈烈的事业。于是千里迢迢来到京城，就读于当时的最高学府国子监。清朝时候，那是专门培养各类中上层官员的学堂。谁知他还没有拿到学位，就是民国的世界了。他并不气馁，深谙学无止境的道理。满过了三十一岁，还去湘潭师范读了两年新学。他学富五车，毕业后却没有谋到满意的差事。百般无奈，就跟人去云南跑生意，贩些烟叶、花椒，也捎带过烟土，想一下抱回个金娃娃。但他出师不利，途中被奸商“宰”了，连老本都没有捞回。处处碰壁，才回到乡间来办私塾。这是二十年前的事了，女教师竟也知道得这么详细，可见她是一个很有心计的女子。这会儿，毛宇居很感激女教师为他开脱，自嘲说：

“文不经商，士不理财。要是我那回发财了，怎么会来当这种没出息的私塾先生呀！”

女教师嘴巴子甜，说：“校长您一门心思做学问，一心不能二用么！”

说着，她笑得更欢了。

毛宇居的神色渐渐地自如起来。既然枪杆子不是冲着他来的，他为什么要自己吓自己呢？他于是跟女教师说着学校的事。已经到了农历十一月底，不久就要期末考试了。学生成绩好坏，作为校长，也担着一份责任，他要女教师先做些安排。女教师答应了。临到要告辞的时候，却吞吞吐吐说：

“不过，冲里也有人说；校长先生您知道那处墓地，还和一位风水先生去过那里。”

毛宇居急问：“你听哪个说的？”

女教师笑笑说：“我也是道听途说，您别放在心上，我既然在这里教书，在外边听了什么话，当然要来告诉校长先生！”

女教师走后，毛宇居就六神无主了。他有一种祸事即将降临的预感……

二

事情要追溯到八九年前，有一回清明节，毛宇居依乡例去虎歇坪山上为祖宗扫墓。烧纸钱，放鞭炮，表示对祖宗先人的缅怀。也许是那噼噼叭叭的鞭炮声，引来了一位正在近处山林的白发银须老者。毛宇居认识这位老人，是隔山湘乡地界的堪舆家文家霁老先生。

堪舆家又叫风水先生。文家霁看风水，其实是半路出家。他本是一位前清的举人。

二十世纪初，他当过新疆省臬台。那时候，省的建制有抚台（省长），藩台（掌管司法），臬台（行使按察使的权力）……文家霁虽然只负责过一个方面的事情，也算是权重一方的人物了，他的官正做得有滋有味。光绪三十二年（1906 年），老家送来帖子，母亲因病逝世。那时，朝廷里的官员，双亲去世了，要在家服孝三年。文家霁于是告假还乡服丧。不久，光绪驾崩，宣统即位，小皇帝也许遗忘了他，他没有接到复任的诏书，便在乡下靠着百十亩田产过日子。读书人闲不住，就研究堪舆，也就是看风水，又叫看阴阳。但他是有身份的人，不具体为某家择地，更不接受人家的钱礼。他只看，然后对坟场墓地作出评价。准确地说，他是一位风水评论家。然而，他的评价总是有许多独到之处。当地一些以此为生的风水先生，都对他佩服得五体投地。

这一天，天气晴朗，艳阳高照，正是出门勘地的大好时光。文家霁布衣草鞋，沿着山埂跑了大半天。来到虎歇坪，立时就被这里的景色迷住了。虎歇坪山高林密，地势险峻。山谷之中，云蒸雾绕，紫气生烟。漫山遍野，开满了火红的杜鹃花。空山鸟语，益发显得这里如水般的静谧。凭直觉，这里应该有一块千金莫赎的好地。他左右环顾，细察山势走向，前边的山阳之处，如果有一墓穴就好了。他迫不及待地顺着自己的判定走过去，在那茅草丛中，果然有一处荒冢。堪舆方面的各种推理和运算，很快就完成了。他惊愕得半天也没说出话来！这处墓地，正是他多年寻觅而不得的风水宝地。他像哥伦布发现了新大陆一样高兴，急于要打听墓地的主家，把他的伟大发现与他们共享。毛宇居的那一阵祭祖的鞭炮声，把他引过来了。

同是乡间学人，文家霁与毛宇居有过一两次文字之交。文家霁也顾不上什么礼节，拉起毛宇居的手就走。说：

“毛先生，请随我来！”

文家霁庄重神秘的样子，毛宇居估计他有事相告，便跟着他走出树林，来到那处墓地。墓是用三沙（石灰、沙子、黄泥）筑起来的，淹没在杂草丛中。由于风雨侵蚀，又无人修葺，显得有些破败。文家霁问：

“毛先生，敢问这座墓的墓主是……？”

毛家的祖先，不少是葬在这个山上的。至于这是谁家的墓，毛宇居也不甚了了。他走到坟头，掰开茅草，坟头有一块竖着的祁阳石墓碑，上面刻着：

中华民国元年壬子夏月吉镌

显考毛公翼臣老大人之墓

男　贻昌　孙　泽东、民、淋敬立

追根溯源，毛宇居与墓地里长眠的毛翼臣老人，早出五服了。乡间出了五服，同姓可以通婚，可见血脉已经隔得很远了。但山冲里聚族而居，远亲不如近邻。何况还一脉承宗呢！排起辈分来，毛翼臣老人仍然是他的房族叔爷。他于是以族人身份回答道：

“翼臣公是韶山毛氏第十九代传人。生前务农，去世多年了！”

文家霁又问：“那么，他的儿子贻昌先生呢？”

毛宇居道：“从前做谷米生意，现在也去世了！”

文家霁指指石碑，说：“贻昌先生有三个儿子……”

毛宇居说：“老大泽东，老二泽民，早先都在我那个蒙馆里读书，后来又去湘乡东山学堂读新学，现在都外出谋事了。听说在长沙教书。老三泽淋，又叫泽覃，他跟大哥去了长沙，也还在上学！”

文家霁捋着白须，颔首笑道：“这就对了！”

毛宇居见他这么郑重其事，便问：“文老先生有何见教？”

文家霁往前走几步，来到山尖的悬崖上。举目远眺，高耸入云的仙顶灵山在正前方，山的形状如埃及金字塔。山上长满松杉和灌木，因而是一座绿色的峰巅。一条小溪在山脚下绕过，溪水是澄明的。水中卵石，大的如鹅蛋，小的像鸽蛋，如脂如玉。文老先生极重视这条小溪，称它是玉带缠腰。左边的山叫青龙山，右边的山叫象鼻嘴。一些千年古松，斜长在两边山崖的石缝里，凌空横卧，威风凛凛，给虎歇坪增添了几分险峻和神秘。往后看，石屏山像一个靠背，庄重稳固，又为这里挡住了寒冷的北风。文家霁伸手在四面指点一番，啧啧连声道：

“宇居先生，请看这里。东青龙，西白虎，南朱雀，北玄武。千里难寻哪！”

毛宇居因常来这里，已经习以为常了。此刻，经文家霁这么一说，他也觉得这里的景致，果然有许多奇特处。但他对风水一类的东西，又相信又不相信。纯粹是为了寻开心，问：“据文老先生看，这座坟山的后人要出角色啰！”

文家霁扬扬手，表示不消问。说：“我有一言相劝！”

“请文老先生指教！”

文家霁说：“这座坟墓的子孙，无论将来怎样家财万贯，无论怎样官高位显，都不要再行修葺，尤其不要用麻石砌坟顶!”

毛宇居纳闷着问:“这一带乡间，都用麻石砌坟顶，为什么这座坟墓就不能砌呢?”

文家霁说:“这座墓比较特殊。坟头经常有青草长出，才会子孙发达，人丁兴旺!”

文家霁说得如此活灵活现，毛宇居于是又问:“据文老先生看，这座墓的后人，将来做官会做到什么品位?”

文家霁再一次瞻前向，顾后景，不假思索地说:“无品位!”

毛宇居笑了，说:“当朝一品是宰相，七品芝麻官是县太爷。什么品位都没有，平头百姓一个。看来，这座墓的后人做官是无望了。那么，子孙也许会很有钱?”

“也不一定有许多钱!”文家霁说。

毛宇居说:“既无官位，又没有钱，怎见得子孙会有很大的出息呢?”

文家霁笑道:“当个无品位的官，我也说不清有多大。至于钱财，世间万物皆可为我所用，何须腰缠万贯金银呀!”

毛宇居更加迷惑了。

文家霁却有很多讲究。他讲起先秦两汉及历代堪舆家的著述。说，中国有九州，中国之外，还有个大九州。每个大州都有海水环绕，都互不相通。择地头一要紧的是，要把这块地在小九州与大九州中的位置找准，再把水、火、金、木、土五行相生相克的关系弄清。通过这许多奥妙无穷的排列组合，这样选择出来的地，聚死者灵魂于地阴不散，因而荫益于子孙。文家霁又说，今天终于找到了这样一块风水宝地。这是他多年研究堪舆的重大发现！这位昔日的朝廷命官，这时简直是手舞足蹈了。

毛宇居对堪舆学说一窍不通，但他也被文家霁老先生的情绪所感染，赞叹道："文老先生到底是大学问家，讲出来的道理就不一般！"

文家霁捋着银须，略一沉吟，自嘲地笑着说："您看，我是不是成了跑江湖的风水先生了？"

毛宇居恭维他："江湖上的风水先生哪能和您比，他们不过是信口胡诌罢了！"

文家霁说："不对。堪舆家的始祖总是告诫自己的弟子：天机不可泄露。还有一句诫语：不说是金子，少说是银子。多嘴多舌，破铜烂铁。今天，我只顾着高兴，说了许多不该说的话，已经是一堆破铜烂铁了。宇居先生，我这里有一事相求！"

"但请吩咐！"

文家霁郑重其事地说："今天的话，至此为止。无论什么人，都请你守口如瓶。这是天机，天机不可泄露呀！"

说罢，文家霁拱手作别。

第二天，毛氏公祠举行清明祭祖。祭礼完毕，阖族子孙照例要在一起吃一顿饭。席间，毛宇居多喝了几杯，人晕乎乎的，就把文家霁的嘱咐忘得一干二净，说起了那处风水宝地的故事。有个叫毛昆由的年轻人，拍着大腿叫道："了得嘛，韶山毛家要出皇帝！"

毛宇居没好气地说：“废话！文老先生说，那座墓地的后人，当官无品位，也不会很有钱，怎么会出皇帝？”

毛昆由振振有词说：“宇居大叔，您那一肚子书白读啦。什么人当官才无品位？只有皇帝！皇帝口袋也许不搁一个铜板，世间万物，他想要什么就会有什么。比方说吧，早晨起来，皇帝口里乏味，想吃一碗油盐饭炒蛋。他只需吭一声，太监立马就会将一碗油淋淋的鸡蛋猪油炒饭送上去。他还要钱干什么？”

有人笑了，说：“当上皇帝，何止吃一碗鸡蛋猪油炒饭，只怕餐餐会吃精肉子汤！”

有个穿蓝长衫的人说：“如今早是民国的世界了，连宣统皇帝都搬出了紫禁城，哪里还有什么皇帝啰？”

毛昆由争强好胜，说：“对，如今叫总统。皇帝、总统，叫法不一样，都是一国之君。韶山毛家出了个总统，在座的各位就沾光啦！”

那会儿，大家都喝了许多酒，一个个都面红耳赤。一种家族的群体意识，充溢着毛家祠堂。这个说，贻昌大伯的三个儿子，看样子都不是凡人。老大泽东，满肚子文韬武略。老二泽民，老三泽覃，都聪明过人。他们三兄弟，个个都是当皇帝的胚子。到末后，有个醉汉举起酒杯，结结巴巴地说：“韶山……毛家……要出大角色了。这是祖宗的福气。爷……爷们，干！”

干了一杯又一杯，还没有作罢的意思。迷糊之中，毛宇居发觉有些不对头了。文家霁曾交代过他，要他守口如瓶。

他怎么就说出来了呢？他于是摆手劝阻大家。在这种场合中，又怎么劝阻得住呢？毛昆由还死命要和他干杯。两人推推拉拉，闹成一团。

“别闹了！”

一声猛喝。这是毛家的长辈红胡子五阿公，人称活祖宗。活祖宗走到这伙醉汉中间，训斥道：

“文家霁一个风水先生，他的话也能当真？冲里有一首民谣：郎中屋里也死崽，算命先生也死郎（女婿），地里的蚂蚁照样啃阴阳（风水先生）。他们的话要能够全信，郎中能不把自己儿子的病治好？算命先生能不为自己找一个好女婿？阴阳先生能不为自己找一块风水宝地？所以说，江湖上的人，满嘴胡言，他们的话是靠不住的！退一万步说，就算文家霁是金口银牙，他的话是铁板上敲钉子，实打实。毛家的族人更要守口如瓶。如今虽说没有了皇帝，但还有总统。民国还不到二十年，就经历了孙中山、袁世凯、黎元洪……再到蒋介石，哪一个不是白刀子杀进，红刀子杀出，拼个你死我活？假如人家知道韶山毛姓人当中，又要出一名角色，他们就会先发制人，抓呀，杀呀，什么毒辣手段都会使出来。朱元璋起事的时候，元朝皇帝还派人去安徽凤阳，掘毁过朱家的祖坟呢！”

红胡子阿公一下子把大家镇住了。毛宇居说：“就是的。历朝历代，密谋造反，都是要杀脑壳的！”

红胡子五阿公说：“润之三伢子能不能有作为，眼下还是隔肚皮猜崽，是男娃是女娃，谁也说不准。往后，大家种田的种田，做工的做工，就当没听说过这件事。如果去外边张扬，惹出了祸事，不论是谁，都用家法惩戒！”

毛家祠堂的家法家规挺严厉。对于不肖子，向来是严惩不贷的。轻则打屁股，重则逐族、沉潭。逐族实际上就是除名，永远不得姓毛。沉潭便是用绳索绑缚起来，投入水中溺死。后一种处罚似乎还不曾实施过，但它是一把尚方宝剑，具有不可争辩的威慑性。哪个吃了豹子胆，胆敢以身试法呢？

大家果然不再起哄了。

三

女教师带来的消息，使毛宇居惶惑不安。这些年来，毛润之在外面求学、谋事、闯天下。不常回家，平时也很少有他的信息。为了生计，冲里的人都有自己忙不完的事情。关于那块风水宝地，大家当时说笑一番，过后也就忘记了。现在，这伙带枪的货郎，鬼鬼祟祟地来找这处墓地，显然有什么不可告人的目的。记得毛氏公祠祭祖的时候，红胡子五阿公说过朱元璋的祖墓，当初就有人掘毁过。且不管毛润之将来会不会有朱元璋那种显赫，保护好他家的祖墓，便是每个毛姓子弟义不容辞的责任。更何况乡间是极重祖宗坟墓的。因为那是家族的图腾。没有祖宗的野种是奇耻大辱。毁坏别人的祖墓是欺人太甚。宗族械斗不少是因此而起。毛宇居已经因在那份《悔过书》上签过名而脸上无光，尤其是日后无颜去见毛润之。可眼下，连外乡人女教师都听说了他那次酒后失言，这伙化装而来的枪兵，是否也知道了呢？假如由于他的过失，使那处墓地遭到毁坏，不仅毛润之，就是韶山毛姓族人也不会宽宥他。

这样想着，毛宇居惊出了一身冷汗！

值得庆幸的是，他那次酒后失言，是发生在毛家祠堂。在场人都是毛姓子弟。由于红胡子五阿公有言在先，搬出了家规家法，即使是枪兵追问起来，他相信毛姓子弟决不会泄露秘密。并且，大家也不一定知道那个墓地具体在什么地方。麻烦的是文家霁。他一个外姓人，年纪又大，他是否经得起惊吓呢？假如枪兵去找他，他会不会为毛家的事，担着那份风险呢？

于是，毛宇居想去见文家霁一面。联络一下感情；同时也晓以大义，请他嘴巴留情。一个知书懂理的人，应该是不会把事情做绝的。

由于他没去给学生点书，课堂里吵得一塌糊涂。他心里乱糟糟的，便宣布放假半天。学生们都走了，他心里又空荡荡的。这时，一个穿蓝长衫的人匆匆来到他家，朝他打拱：

“毛先生，家父让我来说一句话！”

这正是文家霁的小儿子文六指。他左手的大拇指旁，又长了个小手指，排行又是第六，人称文六指。毛宇居忙把他让进屋里，文六指说：

“家父让我来问问毛先生，关于润之三先生家的那处祖墓，他曾对毛先生说过一些不当说的话，不知毛先生还记得不？”

真是哪壶不开提哪壶。毛宇居惴惴然说：“记得。文老先生说，那是一块千金莫赎的风水宝地！”

文六指又问：“毛先生没有对外人说吧？”

毛宇居心里叫苦，又不得不老实承认：“就跟毛家几位长辈说过！”

文六指脸带愠色，说：“家父当初就告诉过毛先生，一定要守口如瓶，怎么后来又忘记了呢？现在，冲里来了一伙枪兵，找的就是这块墓地。有消息说，毛润之先生的红军，在江西杀了蒋介石的名将张辉瓒。蒋介石为报这一箭之仇，要在韶山掘毁毛润之先生家的祖墓。家父年老体衰，已经担不起什么风险了。如果枪兵找到我家来，要么，家父就如实说出那块风水宝地，要么，我们就会家破人亡。毛先生，这可怎么办呀！”事情比预想的还要糟糕，毛宇居有吃不尽的后悔药。苦着脸说：

“唉，也难怪文老先生说，多嘴多舌，破铜烂铁。我一时多嘴，竟惹出这么大的祸事。事情到了这一步，后悔已没有什么用处，为了文老先生的安全，是不是请老人家出去躲一躲？”

文六指没好气地说：“躲了初一，躲得了十五吗？枪兵们既然来了，估计不是一天两天就会作罢的。家父今年是七十五岁的老人了。人常说，七十莫留宿，八十莫留餐，随时都可能发生意外。能让他躲到哪里去呢？”

毛宇居无计可施。但他知道文家有个亲戚，是湘乡县城一个有权有势的大户人家。便试探着说：“是不是请文老先生到您姑奶奶那边走一走？”

文家的姑父是省参议，在当地颇有声望。躲到那里去，当然是比较安全的了。但文六指就是不应允。病急乱投医，毛宇居说：“只要事情平安过去了，我们这方面一定重谢文老先生！”

表明他是代表毛姓家族说话。

文六指哼了一声，说：“不客气！”

毛宇居猛然省悟过来，这个文六指，是个有名的花花公子。他虽然其貌不扬，却经常伙同冲里的几个浪荡子弟，赌钱，拈花惹草，什么丑事都干。今天，他也许是输了钱，趁机来这里敲竹杠的吧。然而，毛宇居不敬这尊神，说不定他就会下烂药。事到如今，毛宇居只好自认倒霉，破财交学费了。便说：“至迟不过今晚，我就先送两百块光洋到府上。事情完了，我们再来拜谢文老先生！”

果然是有钱能使鬼推磨。文六指脸顿时宽松了许多。不过，他仍然勉为其难的样子，说：“宇居先生，为了你们毛家的那块风水宝地，家父可把老命都豁出来啦！”毛宇居只好又陪笑脸。文六指说：“好吧，看在宇居先生的面子上，我回去就备轿，送家父去姑奶奶家暂住一时。省参议的家里，料想枪兵们是不敢唐突的！”

文六指乘人之危，逼毛宇居出一笔冤枉钱。在当时，两百块光洋可不是个小数目。他一位清贫的私塾先生，家里并无余钱剩米。所有家产，就几间房子，四亩水田。假如不教私塾，收些束脩（如今叫学费），一家六口的基本生活都不能维持。然而，他怎么能不出这笔钱呢？

韶山毛家，祖籍江西吉水县。明朝年间由云南迁来。到毛润之这一代，已经是第二十一代传人了。毛氏家族在韶山这个山清水秀的地方，繁衍生息，冲里半数的居民都姓毛。由于同住一个村，更由于这里闭塞落后，族中人之间的联系很密切。谁家生了孩子，阖族人都会去送鸡蛋。谁家老人过生日，所有低辈分人都要去吃寿面。更别说谁的老人去世了，谁家遭了什么祸事，族中人都会一齐出动。出钱出力，不须开口，过后也不要酬谢。而对于毛宇居，却还有更特殊的原因。

有一次，记得是大前年的八月下旬，一个燠热的傍晚。军阀赵恒惕得知毛润之又回了韶山，命令团防局尽快抓到他，就地正法。毛宇居得悉这个信息，就急忙去南岸上屋场通知毛润之，要他赶快离开。临分别的时候，毛润之握着他的手说："看这样子，我一时半刻回不了韶山了。宇居大哥，家里的事，就拜托你啦！"

毛宇居不假思索地说："有我在，家里的事你就放心吧！"

他一直送他到村口。

现在看来，毛润之有神机妙算。他的父母都已故去，两个弟弟出门在外。他自己的妻子儿女，也都不在老家。他还有什么事情要托付给别人呢？也许他当时就估计到，有人会在他家的祖墓上做文章。受人之托，忠人之事。毛宇居能撒手不管吗？他于是决定去借钱。

然而，在他的亲戚朋友当中，殷实户不多，更别说家财万贯的豪富了。唯一能够借钱的地方，就是冲外银田镇的“何记钱庄”。吃过午饭，他往银田镇走去。

钱庄在镇子东头，一座毫不起眼的门楼，门口也没有挂招牌，外乡人打这里经过，会以为里面住的是某位乡绅。及至进了门，才有一块颇不寻常的黑色屏风，挡着屋子里的一切。那屏风上面，有一个仿照“康熙通宝”的大铜钱，占据了整个画面。只是那四个字换成了“何记钱庄”。这实际上就是钱庄的招牌。这种别具一格的设计，显示出主人的高屋建瓴。酒香不怕巷子深，招牌挂在屋里边，何老板又是何等的自负！

毛宇居过去没有来过这里。对于钱庄的情形，还是略知一二的。何老板家底雄厚，凡来借钱者，都能有求必应。与乡间的高利贷相比，利息也不算太高。只是他有一个附加条件：借钱必须有不动家产作抵押，通常是田产和房屋。逾期不还本付息，所抵押的资产就归钱庄所有。这种经营方式，其实就是“当铺”。何老板却坚持说这是钱庄，不是当铺。有“何记钱庄”的招牌为证。凡来这里借钱的人，往往都因天灾人祸，不是山穷水尽，不会走到这一步。末后，一些人因还不起债，只好忍痛舍弃了自己的房屋和田产。何老板有良田数百亩，就是通过钱庄抵押过来的！

在钱庄的大门口，毛宇居犹豫了片刻。并不是他临时又改变了主意，而是去钱庄借钱，在乡间是一件极不光彩的事。尤其是他这种体面的读书人，更有许多难以言说的心理障碍。而这时，柜台里的何老板，一个胖胖的笑和尚般的人物，笑嘻嘻地，却从屋里迎出来了，说：

“啊，是毛宇居先生呀，什么风把您吹来啦，请快进屋!”

毛宇居硬着头皮进了屋，惴惴然，心里一急，就脱口而出，说：“我……想，在贵宝号借一点钱!”

何老板打哈哈，说：“毛先生家里有田产，私塾里有进项，是个大福大贵的人哪。今天，莫不是来敝号寻开心吧!”

毛宇居难堪极了，说：“家里有点急事，手边一时周转不过来，要请何老板通融一下!”平时，何老板逢人眯眯笑，一讲到借贷上的事，脸立时就拉长了。问：“你打算借多少呢?”

“我想……借两百块光洋!”

何老板很吃惊的样子，说：“这可不是个小数目呀，得用四亩水田作抵押!”

在债主面前，读书人的清高变得一钱不值。毛宇居不无奉迎地说：“那就依钱庄的规矩吧!”

“你的地契带来了没有?”

毛宇居从袋兜里取出一张发黄的纸片片。何老板和所有狡黠多疑的生意人一样，将地契反反复复地看了一阵，验明没有讹误，才趴上账桌，草拟借约：借期一年，到期还本付息。以地契作抵押，若逾期不还，地契不退。立借据人毛宇居所管辖四亩水田产业，归何记钱庄所有。云云。

这是毛宇居的父亲留下来的唯一产业。父亲也教了一辈子私塾，平时省吃俭用，从他可怜的收入中攒钱置下来的。一年之内，毛宇居到哪里去找两百块光洋，来还这笔欠款呢？最后的结局只有一个，那就是祖业易主。在乡间，丢掉祖业，被认为大逆不孝，也是很失面子的事。而且，他一家人的生活，日后也将陷入困顿。但如果不送两百块光洋给文六指，他就不会让文家霁老先生出去避风，那后果就更难预料。他曾经在毛泽东面前拍过胸脯，一诺千金啊，毛宇居别无选择。于是，他把一切烦恼丢弃一旁，轻轻地运了口气，提笔在借约上写下自己的名字：毛宇居　押。

钱庄的伙计将一个木盘子，托出那叠光洋。毛宇居点数过了，揣着走出钱庄的大门。走了没多远，却迎面碰上了毛氏族立小学的女教师。女教师很吃惊的样子，说："毛先生，您干嘛要去钱庄啊。如果没有什么急用，千万别去钱庄借钱，那是个害人的火坑呀！"毛宇居窘迫死了，这种不体面的事，怎么就让她碰上了呢？他吱唔着："嗯。啊，不……"说着，像撞着了鬼魅一样，拔腿逃离了女教师……

四

天色将晚的时候，毛宇居回到了韶山冲，他为怎样把钱送到文家去而颇费踌躇。亲自送上门去，可以当面美言几句。礼多人不怪，自然有好处。但冲里穿蓝长衫的读书人，向来都是不屑于和金钱打交道的。如果请别人去送，不是贴心人，传出去了反而会把事情弄糟。毛宇居与文家平时并无经济往来，为什么要送这么多钱给文家呢？末后，他转到村口堂老弟家，堂老弟是个老实巴交的作田人，果然就不问钱是做什么用项的，拿着就去了后山文家。

安排好了这一切，他就有一种卸去重枷后的轻松感。他和毛泽东虽然在组织上不再是同志，他们却是同一祖宗子孙，同时还是很要好的朋友。政治信仰上的差别，并不妨碍他为朋友的事情竭尽全力。他倾家荡产来保护毛泽东家的祖墓，这就是明显的例证。在悄然而至的暮色之中，他甚至描绘着日后和毛泽东见面的情节。毛泽东一定会很高兴，说："投桃报李。宇居兄，我该怎么谢你啊！"毛宇居笑哈哈地回答他："忠人之事，成人之美，自古皆然。这用得着谢吗？"

毛宇居沉浸在大功告成的喜悦之中。

当然，也还有潜在的危机。那就是枪兵可能会直接找毛宇居。但他不怕。这是在韶山冲。冲里有四千多毛姓子弟。这不是"马日事变"后蒋介石来抓共产党。那时，或许有人还明哲保身，他本人不就因此而写过《悔过书》么？但如果是为了毛氏家族的尊严，无论老幼，也无论社会地位如何，都会同仇敌忾。一条坚韧强劲的亲族链，是敢于应付任何挑战的。毛宇居为什么要怕呢？当然了，如果事情平安过去，那就是祖宗的大恩大德了。

快到家了。在小溪边上，脚鱼佬毛俊才拦住了他：说："啊呀呀呀，宇居大叔，村里出大事啦！"

这是个有名的浪荡鬼。在湘潭县城的绸布庄当过学徒，也在何健的部队当过兵。但他从来没有在一个地方呆过半年以上。回到冲里，也不干正经事。祖宗留下来的产业，都让他卖光了。一栋青砖瓦屋，他拆下来零卖。今天卖砖，明天卖瓦。如今，只留下两间偏屋，为他和母亲遮风挡雨。也不知他跟谁学会了捉脚鱼，每天就在塘边溪边消磨时光。韶山冲一块巴掌大的地方，水面又少，捉脚鱼能够活命么？三十多岁的人了，还是光棍一条。毛宇居平时就厌恶他，这时，颇不耐烦地问：

“什么事？”

毛俊才唾沫星子直喷，说：“昨天进冲的几个货郎，原来是许克祥的兵。今天下午，全部亮出了家伙，一色的驳壳枪。他们找到红胡子五阿公家，请他给带路。听说红胡子五阿公已经答应了。明天一早，就去虎歇坪，掘毁润之三叔家那座要出大角色的墓！”

“你听哪个说的？”

“村里都传遍了，你还不知道呀！”

毛宇居刚刚打点了文家霁，这里又冒出个红胡子五阿公。他不是毛家的活祖宗么，怎么又在后院点火呢？毛宇居简直要跳脚骂街了！

红胡子五阿公脾气恶，自恃辈分高，动辄骂人，毛姓子弟不务正业，不敬父母，也不管血统亲疏，他都敢骂。冲里许多人都怕他。又因为他长了一把黄黄的胡子，人们背地里就叫他红胡子。

那一次，在毛家祠堂祭祖的酒宴上，红胡子五阿公听说韶山毛家要出大人物，尽管将信将疑，心里还是很高兴。毛家出了大人物，他就是大人物的长辈。你看清朝的那些王爷，不都是皇帝的兄弟和长辈么？京城里有他们的王爷府，外省有他们的册封地。红胡子五阿公和毛润之的祖父，虽然不算近亲，但一笔写不出两个毛字，他们是一脉承宗的房族兄弟。他无疑也是皇亲国戚，那几多了得！那阵子，他夜里尽做好梦。

四年前，毛润之从外边口岸上回来，依旧是蓝长衫，依旧是大背头。红胡子五阿公看不出他有什么灵光附体。那一次，他还跟毛润之干了一仗！

毛润之回到乡间来，一不向毛家长辈请安，二不拜谒祖宗坟墓。一天到黑都不落屋，办夜校、搞调查，闹得冲里乱糟糟的。一些大字不识的作田人，还有读了几句书的后生子，开会呀，背着梭镖巡逻呀，打的旗号是农民协会。作为毛家长辈，他要不去管管，他就不是红胡子了。

一天吃过早饭，红胡子五阿公去南岸上屋场，碰上正在出门的毛润之。劈头就问：

“石三伢子，你是不是又要出门搞农会？”

他叫毛润之的乳名，显示他是毛家长辈。毛润之也不生气，还恭恭敬敬地叫他五阿公，说：“是呀，听说您不赞成搞农会？”

红胡子五阿公没好气地说：“什么农会，都是一些痞子，流氓!”

毛润之脸色不好看，却还是好言好语给他作解释：“五阿公，地是农民种，布是工人织。种田的吃不饱饭，织布的穿破布筋，世道就是这么不公平。搞农会、闹革命，劳苦大众自己起来救自己，这是好得很的事情呀!”

冲里还从来没人敢顶撞红胡子五阿公！毛润之胆大包天，红胡子五阿公的自尊心受到了伤害。他提高嗓门教训毛润之：“古语云，伦理有五，首推君臣。现而如今是中华民国政府，尽管名义不同，民国政府就是一国之主。你饱读诗书，却煽起泥腿子来造反，历来的乱臣贼子都没有好下场。你为什么明知山有虎，偏向虎山行啰?”

毛润之微笑着说：“五阿公，你有田有地，不愁衣，不愁食，家里还雇了长工和月工，你这是饱汉不知饿汉饥咧!”

红胡子五阿公和这位房族侄孙，终于闹得不欢而散。

不久，毛润之又离家了。他在家乡撒下的那一把红色种子，很快就开花结果了，农民运动如风起云涌。一天，一伙赤卫队员来叫红胡子五阿公去开会。红胡子五阿公一屁股坐到太师椅上，跷起二郎腿，说：“老子今天就不去!”这时，四支梭镖在后，两把马刀在前，团团围住他。由不得他不去。他骂骂咧咧地来到板凳岭，也就是后来的韶山火车站广场。那里红旗飘扬，人山人海！红胡子五阿公还没来得及看清场面，一顶纸糊的高帽子，就戴到了他头上。上面写着：土豪劣绅红胡子。高帽子本身并不重，抬头低头却像脑壳顶上长了一棵树，难受死了。许多人围着他，朝他指指戳戳，好像看猴把戏。赫赫有名的五阿公，在车水沟里翻了船！

游乡结束，已是傍晚时候。他没有回家，而是径直跑到毛家祠堂。祠堂外墙斑驳，屋顶上有个葫芦形状物，陶制品，涂着紫绛色的彩釉。这是祠堂的宝顶，它象征着家族的吉祥和兴旺。西下的夕阳将金红色的光芒涂抹在屋顶上，宝顶恰如一支燃烧的蜡烛。红胡子五阿公有满肚子委屈，要向宝顶诉说。宝顶不语。他便蹒跚地走进祠堂。跪在祖宗神位前，叩头，嚎啕大哭。农会是毛润之搞起来的，那些背梭镖马刀的，不少是毛姓子弟。他高呼列祖列宗替他申冤，祖宗不答。他便一头朝祠堂的廊柱上撞去。眉棱角上撞破了皮，立时血流如注。要不是他的家里人去得快，死死拉住他，也许就撞死在那廊柱上了！

暝色四合，天渐渐黑了下来，毛宇居往红胡子五阿公家里走去。不管怎么说，红胡子五阿公是毛家的长辈。政治风云瞬息万变，韶山毛氏公祠才代代相传。即算他有天大的委屈，也不应该迁怒于长眠在地下的先人。只要讲清道理，他相信红胡子五阿公会深明大义的。因此，进门的时候，毛宇居按小字辈的规矩，朝红胡子五阿公打拱，行礼如仪。

然而，红胡子五阿公却不理他。那会儿，他正在吃晚饭。端着一杯米酒，有滋有味地喝着。也没有叫他坐，俨然是年高德劭的活祖宗。把毛宇居晾了半天，才拉长声音说话。问：

“十一月中旬，石三伢子的堂客杨开慧，在长沙东门外的识字岭被杀。长沙、湘潭的新闻报纸都登过的，你知道不知道?”

杨开慧被害的消息，在冲里早传开了。大家心里很难过。那是个很招人喜欢的女子啊，又端庄又贤惠，何健怎么就这样下毒手呢？毛宇居说：

“开慧死得惨，五阿公你不痛惜吗?”

红胡子五阿公将酒杯往桌上一顿，说：“我痛惜有什么用！现在，许克祥的兵来韶山，还要掘毁石三伢子爷爷的坟墓!”他不容毛宇居插嘴，又火气冲天地呵斥毛宇居：“你是石三伢子的启蒙先生，看你教出来的好学生！闹农会、搞造反。劝都劝不打转。那会儿，连你也白吃了几十年的五谷杂粮，跟着去疯。以为就这样得天下了。结果怎么样呢？你被枪杆子押着去乡公所写了一份《悔过书》。要不写，你的人脑壳就要落地！而他的堂客也丢了命。现在，连地下的祖宗也不得安生，要抛尸露骨。明天，有轿子来接我。许克祥是湘乡定托许砻匠的崽，我认识他爹。他们口口声声叫我老前辈，请我去给他们带路!”

情况果然如此。毛宇居冷冷地问：“你去不去呢?”

红胡子五阿公端起酒杯呷了一口，神气活现地说：“如果有轿子来接我，我就去!”

毛宇居忿忿说：“七八十年前，你家和毛润之家的先人，还是在同一口锅里搅稀稠。血浓于水，血亲无终。五阿公，你就这样狠心吗?”

红胡子五阿公摸了摸眉棱骨上的伤疤，恶狠狠地说：

"我这块伤疤是在毛家祠堂的廊柱上撞的。我做的事，那时就禀告了祖宗先人的!"

红胡子五阿公既已横下了一条心，毛宇居也就不顾什么情面了。说:"你要报仇，应该去找毛润之本人。他的祖宗先人没有对不起你的地方。再说，我们毛家祠堂有族规族法，毁坏祖宗坟墓，要狠狠惩治！家法难容，到时候，你别怪族中人不把你当活祖宗啦!"

红胡子五阿公说:"戴高帽子游乡的时候，你们谁把我当活祖宗啦?"

红胡子五阿公不撞倒南墙不回头，毛宇居就吓唬他，说:"五阿公，你想不想给自己留条后路?"

红胡子五阿公说:"我都奔六十岁的人了，有儿有孙，还要什么后路?"

毛宇居说:"你应该记得文家霁先生的话吧，毛润之前途无可限量。倘若被文老先生言中了，他日后若是坐了天下，你却领枪兵去掘毁他家的祖墓。将来，即算毛润之本人不说什么，你做了这种昧良心的事，你的儿孙也会把你恨死!"

红胡子五阿公暴跳起来，叫道:"那么，我的高帽子白戴啦，游乡白游啦。马善被人骑，人善被人欺。我不能让人在我头上拉屎拉尿!"说完，他一巴掌拍在桌上，震倒了酒瓶和酒杯，米酒流了一桌一地。看情形，事情是无可挽回了。

五

毛宇居好心烦哟。自从写了那份倒霉的《悔过书》后，除了每天在私塾上课，他几乎就断绝了一切社交往来，亲戚疏淡了，当然更没有组织上的人来找过他。过去熟识的同志，有的牺牲了，有的不知去向。有一两位仍在乡间，也不知他们是自首了，还是转入了地下。偶尔碰见了，也如同陌生人。他成了一只失群的孤雁！

他急于要找人商量，又无人可以诉说。这时，女教师又来到他家。她没提钱庄的事，他也不说。可不可以跟她讲讲心中的忧虑呢？不行，毛氏家族内部的事，向来是不与外人言及的。

女教师是来向他请教古文的。她读的新学，对国学一窍不通。他答应过教她。便讲了几段，但她又提出许多疑难请他解释。他很烦。心里就嘀咕：今天，她怎么老是影子一样跟着他呀！

女教师直到夜深才走。他无心睡觉，抬脚就出门，他也不知道自己要去哪里。

山冲里的夜很静。鸟雀无踪，山林沉寂。偶尔传来几声狗吠，更使人感到心慌。四下里黑黢黢的，增添了夜的神秘。只有对面坡里还亮着灯光。毛宇居知道，那是猎户毛昆由的家。那年在祠堂祭祖，对于文家霁的预言，他坚信无疑。当时起哄最厉害的，也就是他。现在，他可不可以和毛昆由商量一下呢？

毛宇居不敢去找他。

闹农会的那年，毛宇居去找过毛昆由，动员他加入农会。毛昆由不干。他不相信开几个大会，游几次乡，打几个啊嗬，就能把土豪劣绅打倒。他依旧每日跑山狩猎。游乡的队伍经过他的家门口时，他也不出门看看，仿佛他生活在另外一个世界里。毛宇居骂他怕死鬼、顽固派。谁知没过多久，农民协会销声匿迹，团防局四处抓人。口号喊得特别响的毛宇居，也写了《悔过书》，自动投了降。这时，毛昆由却悄悄地掩护了几个正在被通缉的农会干部。他跟毛宇居对门对户，自然常常碰面。毛昆由总是爱搭不理。有一回，他们在田埂上擦身而过，毛宇居分明听得他在后面骂："没骨气的东西!"毛宇居曾想向他做些解释。可是，这种事情，三言两语怎么解释得清楚呢？现在，情况又这么紧急，毛宇居一筹莫展，他真想找毛昆由，希望他能给拿拿主意!

毛昆由跑山刚回不久。立冬过后，山里的野猪肥了，狐狸毛厚了。这些天他一直泡在山上。毛宇居深夜造访，他很诧异，不冷不热地说："你没摸错门吧?"

毛宇居很尴尬，说："昆由，我知道你瞧不起我，我不怪你。今天，我是来向你讨主意的!"接着，他讲起许克祥派枪兵来冲里的事，以及他心中的忧虑。毛昆由急了，问：

"风水宝地毁了没有?"

毛宇居说："他们还没有找到那地方!"

毛昆山想了想，说："别理他。虎歇坪山高林密，冲里人平时都难得去那里。几个外地来的枪兵，人生地不熟，量他们也找不着！”

毛宇居苦着脸说：“红胡子五阿公要出那口恶气，答应给枪兵带路！”

毛昆由天光出门，落黑好久才回家，还不知冲里出了这样的事。他本是个家族观念极重的人，对于自己的祖墓，清明不忘扫墓，冬至不忘培土。大年三十夜，也还要爬上山去，给祖宗先人坟前送香烛。前人栽树，后人乘凉，慎终追远，上辈人传下来的各种祭礼，他从不懈怠。现在，听说红胡子五阿公要去带路，他登的一下就冒火了。说：

“他敢去！我放猎狗去咬断他的脚巴筋！”

毛宇居摇摇头说：“这次来头不一般，恐怕不能那样冒失！”

“那怎么办？”

毛宇居跑去把门栓上，神色机密地说：“虎歇坪山高路险，那里有许多座坟墓。我估计红胡子五阿公也搞不清哪一座墓是毛润之家的。趁现在天黑，悄悄地把墓碑揭下来，抬走，埋在深山里。然后将坟堆平了，种上生芽，或者堆上柴火，掩住。明天即算红胡子五阿公领人上山，也没咒可念了！”

毛昆由说：“事到如今，也只能这么办了！”

有了帮手，毛宇居心里就踏实了。说：“趁时候还早，我们赶快去吧！”

毛昆由磨磨蹭蹭不动身。说：“人多了反而容易坏事。你把那座墓的方位告诉我，掩个石碑，平个坟堆，我一个人足够了！”

毛宇居以为毛昆由要照顾他，便笑着说：“我身体棒着呢，领个路，做个帮手，能行！”

毛昆由干脆把话挑明，说：“宇居大叔，你别怪我多心，我把丑话讲在前边。我们两人去把事情办了，你知我知，天知地知。日后，若是枪兵把你抓去了，你可不能又去写什么《悔过书》，把我也卖了呀！”

毛宇居恨不得要给自己掌嘴。说：“昆由，你这是打我的抹面巴掌啊。当初，我也是一念之差，做下了那桩丑事。过后，我有吃不尽的后悔药咧！”

毛昆由心中的嫌隙终于化解了。他们扛着锄头，沿着屋后的山埂，往虎歇坪走去。星星发出青凛凛的光，山路两旁的怪石显得狰狞可怖。衰草枯枝上的露珠渐渐变为霜，山间因此寒气很重。他们都感觉到冷，于是加快了脚步。

约摸一个时辰，终于爬上了虎歇坪。穿过那片树林，便是那块风水宝地了。这时，他们两人同时吃了一惊。那墓前有忽明忽暗的火光。仔细一瞧，那里还有个黑影子。到底是人呢，还是鬼?！如若是人，未必是枪兵捷足先登了？那一定是红胡子五阿公带的路！毛昆由跑山有经验，他握着锄头，猫着腰，斜插过去。毛宇居一介书生，握锄头的姿式虽有点滑稽，也摆出格斗的架势，紧紧地跟在后面。毛昆由年轻力壮，饿虎扑羊似地猛扑过去，揪住墓前那个黑影，一看大吃一惊，竟是红胡子五阿公！

红胡子一巴掌拍走了毛宇居，独自坐在堂屋里生闷气。这时，神龛上传来一阵老鼠的唧唧声，更使他烦躁不安。

在他家的堂屋上方，墙上嵌有一个神龛子。里面除了“天地君亲师位”的神牌外，还有十几块大小不等的木牌子，那是他的父亲、母亲、祖父、祖母，乃至曾祖和老祖的神位。逢年过节，或者是某位祖宗的诞辰和忌日，红胡子五阿公必定要沐浴更衣，在神龛上点香烛、摆供品，祭祀先人的在天之灵。这样，也养肥了躲在神龛后面墙角里的几只老鼠。那些硕大无比的老鼠，大白天也在神龛上翻跟头，赶也赶不走。家人多次要把神龛拆下来，赶走那几只可恶的老鼠，并且把老鼠洞堵死。红胡子五阿公不同意，说神龛上的老鼠是神鼠。世间万物，只要蒙上神的灵光，就不可轻易冒犯。对神鼠的亵渎，一定会带来意想不到的灾难。于是，那几只老鼠就成了神龛子上的长期住户。

刚才，他和毛宇居闹了个不欢而散。现在，老鼠们不识趣，也来凑热闹，这无异于火上浇油。他生气地跺脚，老鼠收敛了，屋里又复于平静。刚过一会儿，它们又不安分了。在神龛上追逐，上下搅动，搅得那十几块祖宗牌位直晃动。红胡子五阿公火气冲天，起身向神龛走去。只听得哗啦一声，神龛里的神牌全倒了，还有两块掉到地上了。

红胡子五阿公吓呆了！

他的第一个念头，是祖宗在向他作某种喻示。那么，这喻示着什么呢？下午，就在这间堂屋里，他答应过许克祥派来的枪兵，明天领他们上山，去找那块风水宝地。其中有一个是连长，名叫唐锦忠。唐锦忠说，办好了这件事，许克祥要犒赏他两千块光洋！他倒不是为了钱，他耿耿于怀的，是民国十五年那顶高帽子。晚上，他又在这里赶走了族中人毛宇居。这一切都发生在祖宗老子的眼皮底下，未必祖宗们被这件事震怒了么？世间上是有因果报应的。他对此深信不疑。上了年纪的乡间老人，总是经常能接收到很多神灵显圣的信息。比如，某地有一个盗墓贼，不仅盗古墓，刚刚掩埋的墓，他也去扒。他还扒过一名未出阁的女子的墓。好作孽啊，他将那女子的衣衫剥了，让它抛尸露骨。恶有恶报，后来这个盗墓贼自己死了，当天晚上，他的坟墓就被野猪拱开。等到家人发现，老鹰已经啄去了他的眼珠子和卵子！某村，一个年轻人在山上砍柴，忽然闹肚子。他不去拜谒神灵，却扒掉裤子，在山神庙前拉屎。这是对山神爷爷的亵渎，于是受到神的惩罚。回去没几天，就不治而亡……这时，那些牛头马面的天兵神将，纷纷从天而降，仿佛就站在红胡子五阿公的眼前，指着他的鼻子说："赶快立地成佛吧。倘若你不仁不义，即刻就索了你的老命去！"

红胡子五阿公浑身筛糠般地发抖，魂魄都飞走了。待他回过气来，就爬爬滚滚，摸黑来到虎歇坪的山上。

没想在这里碰到了毛宇居和毛昆由！

毛宇居很冷淡，甚至抱有明显的敌意。一个时辰以前，为了劝说这位居心叵测的老古董，毛宇居好话说了三箩筐，他一句也听不进耳朵。现在，鬼头鬼脑地跑上山来，到底要干什么呢？毛宇居也就说话带刺：

“五阿公，山上野物多。深更半夜的，你一个人上山，可别做了豺狼豹子的夜饭菜啊！”

红胡子五阿公知道他们是误会了。但他是毛家的活祖宗，哪容得这般无礼。他呵斥毛宇居：“你怎么可以这样和我说话？没大没小！”

毛宇居针锋相对，说：“我不会说话，总比吃里扒外强！”

红胡子五阿公音调更高了，说：“你把我看成什么人啦？我能干那种缺德的事吗？我跌跌撞撞爬上山来，是想把翼臣公的墓碑移个位，藏起来！”

毛宇居简直不相信自己的耳朵！

红胡子五阿公说：“我告诉你们，我不是怕石三伢子将来成了气候，再把我怎么样。他目无族中长辈，那笔账我还是要算的。我也不是怕毛姓人骂我咒我，民国十五年我受屈受辱，冲里无人不晓。但这墓地里躺着的，是毛石三的祖父毛翼臣。毛翼臣比我年长，我们是同辈的房族兄弟。一脉承宗，情同手足。韶山毛家到我们这一代，还从来没有祖宗先人的坟茔被人掘毁过。许克祥答应我两千块光洋的犒赏，哼，我才不会见钱眼开，让他们在这里肆虐逞威！”

红胡子五阿公和他们想到一块儿去了。这太突然，以至于毛宇居不能马上作出反应：“这……”

红胡子五阿公说：“不是么？好歹我还是毛家的长辈嘛！还愣着干什么呀，时候不早了，赶快动手吧！”

毛宇居忙说：“别忙。五阿公，请先受我一拜！”

红胡子五阿公诧异了，问：“为哪样要拜我？”

毛宇居说：“就凭您是毛家的活祖宗，我要拜您！”

说完，毛宇居真的就跪下了。红胡子五阿公慌了手脚，连忙拉起他，说：

“你是痒的不知道痛的咧。让你去戴个高帽子试试看，你能不生气吗？好了，别说这些倒霉的事了，我们来放鞭炮吧！”

红胡子五阿公带来了鞭炮。依照乡例，移动坟墓，除了放鞭炮，还有放三眼铳的。他没有带三眼铳，还感到遗憾呢！毛宇居说：

“五阿公，情形不一样，不能依老规矩啦。我们磕头吧！”说完，他率先跪在坟头。三叩首。然后轻声祷告：“翼臣大人，我是毛家祖宗第二十一代孙宇居，皆因您的孙子泽东在外闯天下，国民党恨之入骨，派枪兵来捣毁您的坟地。为了掩人耳目，今晚我和叔祖五阿公，房侄昆由，一起来掩护您老人家。我们要搬走您的墓碑，先藏着。日后天下太平了，再来给您竖上。您老人家的坟堆，也要平了。绝不会惊动您的棺木，您不必惊慌……”

三位毛氏传人，尽管他们的际遇各不相同，为了他们神圣的图腾，在这寒气袭人的夜晚，霜冻铺天盖地降落之时，他们一起跪在这枯草丛生的坟头上！

六

第二天。唐锦忠带着一乘布轿来搬红胡子五阿公。红胡子五阿公回说身体不舒服，不能去。唐锦忠见他不像生病的样子，问："五阿公，未必你也通共了？"红胡子五阿公打哈哈："我这个样子，共产党会要我吗？"红胡子倚老卖老，唐锦忠一点办法也没有。

中午的时候，有消息说，风水先生文家霁没有出去躲风，他被轿子抬着，跟着枪兵来韶山冲了。毛宇居心里挺纳闷：文家霁曾是朝廷命官，为政多年，应该是恪守信用的。毛宇居倾家荡产，送去两百元光洋，就是请老先生出去躲避一时。文家既已受纳了钱财，老先生为什么又不走呢？现在，他跟着枪兵一起来韶山，除了讲出风水宝地的秘密，还能有什么别的结果呢？

毛宇居急得火上房！

毛昆由也听说了这个消息，风忙火急地跑来，对毛宇居说："赶快鸣锣，把毛姓子弟集合起来，打！"

乡间十万火急的事情，常常是以铜锣为信号。"当当当——"声音脆亮悠长。散居山坳里的乡民们，就会闻声而起。许多家族械斗，就是这样拉开序幕的。

毛宇居问："把人集合起来，打谁呢？"

毛昆由说："文家霁既然受纳了你的钱财，又这么不讲信用，先教训这个老东西！"

毛宇居略一思忖，说："不妥。事情扯到文老先生身上，我们毛家也有责任。文家在后山，也是大姓。周围四五里，打开门，家家都姓文。如果我们打了文家的人，将来文家就会打过来，最后结下世代冤仇，我们不能这么干！”

毛昆由眨眨眼，说：“那就打枪兵。他们才八个人，冲里的毛姓子弟有几千人。人多势众，还不把他们揍成肉饼饼！”

毛宇居叹了口气说：“许克祥有一团人呢，何健还有数不清的兵，他们后面还有蒋介石！今天来八个，明天就可能来八十、八百个！”

毛昆由不高兴地说：“打又打不得，难道眼睁睁地看着他们毁了那块风水宝地吗？”

毛宇居毕竟是一位满腹文章的人，他熟知许多历史典故。比如，孔明借箭；西楚霸王项羽被困在垓下，听得四面楚歌……都是一些虚张声势的历史杰作！毛宇居为什么不借了过来，古为今用一番呢？他立刻打好一个腹稿，把一幕古代活剧，移植到二十世纪三十年代的韶山冲来。那就是集合冲里的毛姓人，有锣的敲锣，有铳的放铳，没锣没铳的就呐喊，打嗬嗬。毛家人众志成城，好汉不吃眼前亏，枪兵敢轻举妄动吗？文家霁是个明白人，面对这个人多势众的家族，哪些该说，哪些不该说，他能不仔细掂量掂量吗？

一会儿，红胡子五阿公也来了。只要是给毛氏家族助声威，作为活祖宗，他没有不赞成的。三人当下议定：分头去通知毛家子弟，只等文家霁的轿子一进冲，就鸣锣为号！

文家霁大意失荆州。昨天晚上，儿子六指瞒着他受纳了毛宇居两百块光洋的情节，只说情况紧急，劝父亲去湘乡县城姑奶奶家躲一躲。文家霁不去。惹了麻烦就躲到亲戚家去，那样太不体面了。像文家霁这样有身份的人，总是很讲面子的。他同时也很自信。不就是来了几个枪兵么？不管怎样凤凰落毛不如鸡，他总还作过大清国的臬台，宣统退位，民国政府还让他保留了一个小朝廷呢！对于一位前朝官员，人家敢把他怎么样？因此，当家人通报，有枪兵求见，文家霁一点也不慌怯，还依惯例进里屋更衣。

久居官位的人，会有许多讲究。他虽然赋闲乡居，昔日在衙门里形成的习惯，一直保持至今。每逢外出见客，或者在接待重要来访者，他必定要全副武装起来。这时，枪兵在外面催得急，他仍然不慌不忙地脱下身上的家织土布棉袍，换上一件缎面羔羊皮袍。取下头上的瓜瓢帽，戴起一顶银狐皮大毡帽。这些乡间罕见的宝物，是他当年在新疆的任上添置的。平时从不穿它，装在一只樟木箱子里。里面塞着晒干了的老烟茎，虫子就不咬坏。四季都拿出来翻晒，尽管二十多年了，仍然光泽鲜艳。文家霁身材魁梧，又长得方头大脸。他常年跑山，身体受到锻炼。七十多岁的人了，还面如重枣，腰板还挺直。现在，穿上这种衣衫，雍容富态之中，更显出几分威严。像昔日去衙门里议事，正正衣襟，掸掸袖口，就迈着鹅行鸭步，去堂屋里见客。

那几个枪兵果然被文家霁的不凡气势镇住了，纷纷起身迎候他。寒暄过后，那个叫唐锦忠的连长，就说起此行的目的，请老先生领个路，去找那块风水宝地。文家霁沉吟片刻，说："连长先生，你这是强人所难呀。我虽非专司堪舆，堪舆家有一条行规：天机不可泄露。我怎么可以置行规不顾，去做那种伤天害理的事情呢？"

唐锦忠说："这关系到蒋总司令的反共救国大业，请老先生以大局为重，给予协助！"

文家霁爱莫能助的样子，说："自从大清皇帝退位，老夫再不过问世事，更不涉足党派，且手无缚鸡之力。连长先生，抱歉得很哪！"说完，他就站起身来，仍像当年在那威风凛凛的臬台府，喊他的家人，说：

"送——客！"

然而，文家霁犯了经验主义的错误。国民党的兵，大都有几分匪性。他们可不管你当过清朝臬台，也不管你年过古稀，说翻脸就翻脸。唐锦忠悻悻地说："文老先生敬酒不吃吃罚酒。今天，莫怪我唐某不客气了！来人，给我绑起！"

文家霁哪里容得这般无礼，大喝道："放肆！"

唐锦忠却毫无通融的意思，手一扬，立时就有两个枪兵，一左一右地立在文家霁身后，随手就可以将他扭持。文家霁果然是秀才遇了兵，有理说不清。但他毕竟是见过大世面的，只见他脚一跺，朝里屋喊他的家人：

"备轿！"

说罢，他整衣帽，掸袖口。依旧是鹅行鸭步，只不过频率大大加快了。他头也没回就上了轿。

这一切都在不假思索之中。老臬台有着中国士大夫的传统风骨：士可杀不可辱。与其枪兵对他无礼，还不如做一个威武不屈的汉子。然而，当他坐进轿子，就知道事情糟糕透了。他太看重自己的身份。昨天晚上，如果听从儿子六指的劝说，去湘乡县城躲一躲；或者刚才对这几个枪兵，说话婉转一些，他都不至于被弄到韶山冲去。即将发生的事，肯定是他一生中最尴尬的情节！

上岭下坡，在轿子的吱呀声中，他们来到一个叫木鱼山的地方。再往前走一段路，就进韶山冲了。毛家人的警戒线，划在那个冲口上。只要过了那地方，就会有“当当当”的铜锣声响起。且不管毛家人的意图如何，总会有许多预想不到的事情发生。对于这一切，文家霁一无所知，只是他心里很不安，仿佛受到了某种感应，于是掀开轿帘，对轿夫说：

“停轿！”

轿夫以为他要小解，忙停下轿子。他的几个儿子，担心父亲有什么不测，一直跟在轿子后头。儿子们把老先生扶下轿。他却没有要小解的意思，在路边的一块石头上坐了下来，还点燃了玉嘴烟杆，悠悠地抽着。

歇息了一阵，枪兵催他起身。文家霁说：“急什么，轿夫也要落落汗嘛！”他伸手往四周一指，又说：“你们也看看，这个地方好景致啰！”

站在木鱼山举目四顾，这里确是一处风景优美的所在。浅浅的山岗团团环绕，形成一个小小的盆地。此地又叫塅。塅中有良田百十亩。山上长满松杉，冬日也不凋零，触目是一片青黛。山下有一条小溪，涓涓细流唱着轻轻的歌。五七户人家，傍山建房，泥墙青瓦，清新入目。好一幅清淡恬静的水墨画！文家霁招手问大儿子：

“这个地方，你们来过吗？”

这里是去韶山的必经之路，怎么会没来过呢？文家霁不等大儿子回答，就笑着说：“我看你是白来了，不知此中的妙处！”

儿子们一脸狐疑。文家霁指指他坐的这个地方，说：“这里正是在木鱼山的龙脉上。山下这个塅，叫银盆塅。左为月形山，右为日形山，后脉有仙顶灵山。我自告老还乡以来，时常来此游玩，发觉这里是一块难得的穴地！”

文家霁三句话不离本行。都什么时候了，他还有大讲堪舆的雅兴。他的儿子们都是一脸的焦灼！

文家霁不管这些，他把几个儿子都叫过来，说：“难得你们兄弟都在。我跟这块地的主人钟先生讲过，愿意用二十亩良田，换取钟家的这块穴地。钟先生答应了。明天，你们就去办好。我死后，你们就把我安葬在这里。将来，我到了阎罗王那里，就不至于下油锅。你们在阳世间，也会保个粗茶淡饭！”

儿子们不知父亲为什么说这种不吉利的话，心里都有一股说不出的凄凉。说：“爹，您会长命百岁！”

文家霁断然道：“蠢话！人总是会死的。我没有给你们留下太多的家产。今天，也决不给你们留下与外姓人的世代冤仇！”

说完，他整衣，正帽，掸袖口，然后向枪兵走去。神色庄重地说：“连长先生，在敝舍时，老夫已经告诉过你，堪舆家的行规是不可泄露天机。对于连长先生的要求，老夫实在无法从命。我审度了双方的难处，想出了个两全之策！”

“你讲！”唐锦忠一脸狐疑。

文家霁向唐锦忠走了两步，指指他腰间的驳壳枪，然后又指指自己的胸口。说：“刚才，我把后事都安排妥当了。连长先生朝我这儿开一枪，我们就都好交代了！”

老人绵里藏针。唐锦忠恼羞成怒，伸手就来揪他的前胸。

正这时，从后山方向飞跑来一群人。文家霁一抬头，全都是他的文家子侄们。在文家，老先生年尊辈长，也称得上活祖宗。他又官至清朝臬台，是他们文氏家族的荣耀。他们听说活祖宗被枪兵劫持，一声吆喝，百十号人便跟踪而来！

双方弩拔弓张，一场打斗眼看就要开始。这时，隐匿在近处树林里的毛姓人，见后山文家来了这么多人，不知发生了什么情况，为了防止可能发生的事态，毛昆由一个手势，猛然响起一阵响亮的铜锣声：“当当当当……”跟着，土铳声、呐喊声、啊嗬声……响遍十里长冲，铺天盖地而来，惊涛骇浪般呼啸，使人胆颤心惊。这是毛宇居导演的一场现代活剧，为的是劝阻文老先生不要参与这件事。歪打正着，这排山倒海的声音，却给文姓人壮了胆子。他们抬起文老先生的轿子，箭一般飞向后山回家的路。刚才还神气活现的枪兵，闹不明白其中的奥妙，这时吓得手脚无措。他们端着枪，向通往后山的路上瞄准，向四周山上传来呐喊声的地方瞄准。瞄了半天，竟没有一人敢于扣动扳机。面对着这两个人多势众的家族，谁敢拿自己的小命开玩笑呢……

七

虎歇坪的毛家祖坟，末后还是被枪兵掘毁了。是脚鱼佬毛俊才领上山去的。那些枪兵当中，有一个曾和毛俊才同在一个部队。别后数年邂逅，那枪兵买酒请他喝。又领他去见连长唐锦忠。唐锦忠给了他四块光洋，他就在半夜把枪兵领上山。也不知毛俊才为得那四块光洋，胡乱指一座坟墓呢，还是他的确搞不清楚，哪是枪兵要找的墓。但他指的那处墓地，无疑也是毛家先人的坟场。只是由于年代久远，后人失散，早已无人去祭祀修葺了。在夜来刺骨的寒风中，唐锦忠把几天来的火气，都倾泻在这个墓地上。几把锄头齐下，坟场顿时被掘开。一个枪兵又挑来一担臭气熏天的大粪，倒进坟坑里。据跑江湖的阴阳先生说，在坟坑里淋了大粪，那坟墓中的鬼魂，在阴间就变成了背时鬼，阳世间的子孙也永不得翻身！

这就是当时赫赫有名的中央军总司令蒋介石，在韶山冲导演的一幕愚昧乖戾的剿共丑剧！

冲里舆论哗然。为了替毛家保守秘密，文家霁老先生置身家性命于不顾，毛氏家族里却出了毛俊才这种不肖子孙，领着枪兵去掘毁先人坟场！这不让人笑掉大牙吗？毛宇居立刻去找红胡子五阿公，说：

“五阿公，族中出了毛俊才这种败类，这是族门的耻辱!”

活祖宗红胡子五阿公自然也是极为气忿。骂道：“孽种!”

毛宇居还有更多的担忧。这一次毛家子弟齐心合力，文姓乡邻又鼎力相助，总算保住了那块风水宝地。但肯定会有人知道内情。倘若日后许克祥又派些人来，价钱开得再大些，不是四块光洋，而是四百、四千，会不会再出个毛俊才式的家伙，把风水宝地的秘密说了出来呢?

毛宇居决心杀一儆百，说：“五阿公，您是活祖宗，您要拿主意。对于这种忤逆，如果毛氏公祠不惩治，将会后患无穷。并且，已经有人在看笑话了!”

毛氏家族的声誉受到损害，活祖宗脸上也不光彩。说：“你看怎么惩治?”

“毛氏公祠有家规，毁坏祖宗坟茔，要在祠堂里打屁股!”

处罚不肖子孙，祠堂里必定还要祭祖。红胡子五阿公于是说：“你就快去准备吧!”

得到活祖宗的首肯，毛宇居即刻去了毛氏公祠。通知女教师，明天停课一天。女教师诧异地说：“停课? 我们不是商量过，明天开始期末考试吗?”

毛宇居说：“这是毛家长辈的意思，考试就往后推一天吧!”

庚午年十二月初三，公历1931年1月21日，大寒。天气突然变冷。铅灰色的云团，凝聚在韶山冲四周的山上，小小的山冲空间，似乎变得狭小起来。这一天，韶山毛氏公祠祭祖。

毛宇居一早来到公祠。在厅堂的香案上，点上香火和蜡烛，还摆上供品。香火和蜡烛的气味，在大厅里弥漫开来，气氛于是变得肃穆而凝重。人们陆续来了。大家都穿着长袍。也有在长袍上套马褂的。即使是家境比较窘迫的，也一身干净整齐，面对祖宗，人人都十二分的虔诚。

大厅两边的太师椅子上，坐着辈分最高的红胡子五阿公，然后依次坐着本族的长者和贤者。毛俊才是毛昆由带进来的，他事前听说了这次祭祖与他有关，有点儿沮丧，也有点儿紧张，悄悄地站在一个不显眼的角落里，一声不吭。

人到齐了，祭祖开始。敲钟，鸣炮。主祭人红胡子五阿公就位，在香案前跪下。全场人于是都跪下。满场人的双腿被长袍罩住，显得有些滑稽，仿佛到了矮人国。毛宇居的私塾里有一门必修课，就是礼仪祭祀。他驾轻就熟，以礼仪先生的身份，宣读他亲自拟就的祭文：

维中华民国十九年十二月初三日，阖族子孙虔具清酌庶馐之仪，致祭于历代考妣之神位前曰：缅怀列祖，在上洋洋。岁时祭祀，济济一堂。嗣孙泽东，国尔家忘。闳中肆外，英名早扬。昏昧当局，丧心病狂。谋掘祖坟，寻觅无方。不肖俊才，狼子心肠。贪图小利，为虎作伥。祖宗蒙耻，族人无光。援例该杖，以肃纪纲。千良一莠，奖罚必彰。伏维列祖，万古流芳。尚享！

宣读完祭文，按通常惯例，必得由活祖宗来发落这个跪在地上的忤逆了。这时，却出了点小小的波折。毛宇居写的这篇《祭文》，红胡子五阿公事先没看。毛泽东还欠他一笔账呢，就是那顶使他威风扫地的高帽子。《祭文》把毛泽东捧上了天，日后还怎么找他论理呢？红胡子五阿公说得出做得到。在众目睽睽之下，他走下祭坛，对毛宇居说：

“宇居，把祭文改过来，祭祖重来！”

毛宇居一听，就知道是怎么回事了。他把红胡子五阿公拉到一旁，悄悄耳语道：“前几天有人带来消息，蒋介石的前敌总指挥张辉瓒，也被红军要了脑袋。五阿公，您就识时务者为俊杰吧！”

厅堂里的人纷纷交头接耳，跪在地上的毛俊才，以为可以见缝下蛆，于是爬到红胡子五阿公的脚跟前，哭着求饶：“活祖宗，我改。我退出那四块光洋！”说完，他自己掌嘴。红胡子五阿公气不打一处来，顿足道：

“为四块光洋，你把毛氏祖先的坟场也卖了。出了你这个孽种，是族门不幸，杖八十！”

毛家祠堂打屁股，通常是以一代十，十板其实只打一板。象征性的惩戒。这一回，执家法的是猎户毛昆由。他血气方刚，疾恶如仇。一板，两板，三板，四板……不打半点折扣，没有丝毫通融。打得毛俊才屁股上皮开肉绽，像一条落入红锅里的泥鳅，在地上登登乱跳！

于是，礼仪先生毛宇居宣布：庚午年岁末，韶山毛氏公祠祭祖礼成！

毛宇居回到家里，一身筋疲力竭。他早已下过决心，要超然于世外。不想为了毛氏家族里的一块风水宝地，竟没日没夜地跑了这么些天。他该给学生上课啦！要不然，家长会把子弟领回去。他仅有的田产已经典押，今后，一家人将怎么过日子呢？祭祖后一日，他拿着教鞭走进课堂。这时，文家霁却又乘着轿子，来到了他家。老先生气色很好，进门就拱手道："山头鸣锣，宇居先生真是大手笔呀！"看来，他似乎知道了什么秘密。毛宇居打哈哈，说："让文老先生受惊了，抱歉，抱歉！"说笑间，文家霁打开包袱，说："事后我才知道，我那不谙世事的儿子，接纳了宇居先生的钱款，这实在是极不应该的。现在事情已平安过去，这钱也应该完璧归赵！"毛宇居哪里肯依，说："既已送过去，绝无再收回的道理。麻烦是我们这边惹出来的，文老先生担了这么大的风险，我们都感激不尽哩。"文家霁说："好啦，这些就不必多说了，我有一句话，不知当不当问！"毛宇居说："有什么话，您尽管说！"文家霁斟词酌句地说："宇居先生送钱过来，是否跟别人说过？"毛宇居说："没有。连我内人都不知道！"文家霁叹息道："哎呀，差点误了大事咧。枪兵来时，说毛宇居先生给我送来了两百块光洋，封我的嘴巴。我一口咬定没有。他们紧追不放，还说宇居先生的钱，是从银田镇何记钱庄典押田产弄来的，说得有鼻子有眼。那会儿我就想，未必宇居先生抵挡不住，又去自首了？”毛宇居满脸绯红，忙说：“不会的。我怎么会再去做那种没骨气的事情呢？”文家霁长长地嘘了口气，又说：“幸亏我没有认这个账，又幸亏我们文家子侄们齐心，来了那么多人。要不然，就真要出事了！不过，宇居先生还得小心谨慎为好，别让他们安个什么尾巴在身边，那样，随时都会有不测之事！”

送走文家霁，毛宇居心里又是十五只吊桶打水，七上八下了。事情确实蹊跷，枪兵进冲三天，找的人都找对了，红胡子五阿公，文家霁……而且，他本人的行动也在他们目光之内。假如没有内线，他们能够这样准确无误吗？毛宇居搞过农会，加入过共产党。知道国民党明里是人，暗里是鬼，惯于搞这一套。那么，谁是那个可怕的尾巴呢？

说有鬼，鬼就来了。这时有个半大孩子跑进来，说：“学校今天考试，女教师不来出试题，校长，到底还考不考呀？”毛宇居说：“怎么不考试？你们去叫老师！”那半大孩子说：“女老师不在，她的房门是锁着的！”毛宇居顿生疑窦，立时想起文家霁说的尾巴。他急急来到学校，果然不见女教师。撬开她的房门，床上的被帐没有了，满床是翻乱了的垫铺草。那桌上，留有一张纸条：

宇居先生：

贵公祠施用凌厉的家法，同族相煎，使人目不忍睹。我不辞而别，请先生多多见谅！

女教师留字

十二月初三晚

这就怪了，毛家祠堂惩戒自己的不肖子孙，关她的什么事？那么，她是不是那个可怕的尾巴呢？假如不是，那会是谁呢？周围的一切，都变得诡谲起来。过了好一会儿，他才理清乱纷纷的思绪。人生无常，生命短促，还是回到私塾里去。虽然清贫，那里却是他的安身立命之所在。

本篇赘语

这之后，蒋介石又曾两次派人来韶山掘毁那个风水宝地。外姓人不知道在什么地方，毛姓人自然有知道的，那也不要紧，《毛氏族谱》上刻有族规：“凡子孙掘毁父母、祖父母及九族至亲祖先坟墓者，杖五十。”祖宗坟墓是家族的图腾。毛家祠堂屋顶上那个葫芦形状的宝顶，是一把尚方宝剑。韶山冲满山的翠竹，都可以削成打屁股的竹片。毛俊才好长时间都蹶着屁股走路，这就是前车之鉴！

1945 年 8 月 28 日，毛泽东头戴遮阳帽，身穿浅灰色中山装，赴重庆参加国共和谈。重庆万人空巷。一位名叫柳六文的记者，于是年 9 月 8 日在《新华日报》发表文章，谈到庚午年岁末在韶山发生的掘坟事件。文章说：“笔者至今还是替毛家的祖坟抱不平。事情过去了也不多加追述。不可理解的是，有些人为什么只许自家拜祖坟，却不许别人有祖坟呢?”美国学者特里尔也著文写道:“他的家被国民党查封。更甚的是，他们还掘毁了他父母的坟墓。”这些显然都是讹传，他家的祖墓被乡亲们机智地保护下来了，并未受到损害。1949年9月，作为胜利者，毛泽东搬进了紫禁城。有人对他讲起这件事，他说:“何健他们没办法，打不赢就挖祖坟!”毛泽东一笑置之。

1951年春天某日，县里通知韶山乡:当年那个来韶山掘毁坟墓的伪连长唐锦忠，是一个十恶不赦的反革命分子。曾在县城四乡残害共产党员和无辜群众十余人，作恶多端，民愤极大，被人民法院依法判处死刑，将于近日执行枪决。县里让韶山乡派两名代表参加公审大会。毛宇居先生此时已是县人民代表了。他以人民代表的身份，要求将罪犯押来韶山执行。理由是他曾在韶山闹得鸡飞狗跳。心里却想，要将这个家伙杀在毛家祖宗的坟山上，以他的人头来祭祖。县里同意了他的第一要求。第二个要求他没敢提出来!

刑场就设在毛家祠堂前边的稻田里。一枪响过，竟出现了奇迹:死囚的脑壳上冒出一把红珊瑚似的东西，跟毛家祠堂屋脊上那个涂上彩釉的宝顶一样，绚丽夺目。他扑倒的姿势一点也不优美。蛇一样软了下去。事后听说死囚撞着了一颗开花子。那把红珊瑚似的东西，便是他的血的喷溅。作者那时是个清鼻涕娃，和许多看热闹的小伙伴一起，目睹了这个瞬间，所以至今还记得。

桑梓地礼赞

——《韶山冲往事》跋

这是一个相当遥远的故事。一九五四年初秋，还差一个半月满十七岁的我，从一所中专学校毕业，被分配到汨罗江上游的平江县。这里是山区。夏天，南方闹过一场百年不遇的水灾。县城街道上，那时还有洪水漫过的痕迹。有些地方长有茅草，给人一种荒凉的感觉。见面的全是陌生人，他们讲话我很难听得懂。而我去报到的单位，驻在一家旧时的店铺里，里面潮湿而阴暗。晚饭是泥瓦钵蒸饭。山区盛产旱粮作物，瓦钵里蒸着红薯丝和碾碎过的玉米籽儿，扒到下边，才有少量的白米饭。我长这么大，这是第一次单独出远门。我想家，躲在一个没有人的地方，偷偷抹眼泪！

晚上，睡在店铺的阁楼上。木板床，木板楼，连墙壁也是木头的。全都老态龙钟。一动，整个世界都在晃动。我害怕，我想家。

阁楼临街。窗口下边，有一根电杆。电杆上有一只大喇叭。后来我才知道，那是县广播站架设的。每天早起，中午，晚上，分三次播音。喇叭的功率很大，全城可能有好几只。它工作的时候，喇叭的声音在县城上空漫卷，全城都得洗耳恭听。这种奇特的山区县城景观，一直持续到许多年之后。

话扯远了，还讲我自己。

也许是第二天，或者是第三天。清晨，我还沉浸在想家的迷糊之中，忽然有一阵喇叭声把我吵醒。我恨不能把喇叭砸烂！这时，却出现了奇迹。喇叭里传出了我所熟悉的乡音。有如清风吹过田野，我仿佛闻到了故乡的气息。声音很洪亮，些微有些苍老，跟韶山冲里上了年纪的长辈讲话是一种腔调。比如，读光荣的“荣”，不读 róng，而是读 wén 。事业的“事”，不读 shì ，而是读 zì……昨夜在我梦里几番萦绕的乡音啊，此刻传遍了县城的大街小巷：

……我们正在前进。我们正在做我们的前人从来没有做过的极其光荣伟大的事业……

我完全没有注意讲话的内容，只想着可能有一位老乡，在这里当播音员。他乡遇故知，我是多么地喜悦！我慌慌张张地跑下楼，找人打听：县广播站在什么地方，那里有我的老乡！

这当然是给人增加了一份笑料。人家说：北京正在召开第一届全国人民代表大会，这是毛主席在致开幕词。你发什么神经呀！

原来是这样！

我在韶山出生，上学，却没有见过毛泽东，也没有听过他讲话。当然对他也不陌生。还在很小的时候，我就常听人谈起过他。那时，新中国还没有建立，我们那地方属“国统区”。人们在谈到他时，因此都很神秘，很机密，对他也很景仰。不过，大家都不叫他的官名，而是叫润之先生，石三先生。是一曲陕北民歌《东方红》，传来了润之先生在北京坐江山的消息，韶山冲里沸腾了。从此，学校的礼堂里，开大会的主席台上，就有了毛泽东主席的巨幅画像。毛泽东成了一代伟人。我的思维却很迟钝，竟没有把巨幅画像上的这位伟人，和乡亲们多次谈论过的润之先生联系起来。总觉得画像上的那个人太伟大，太至高无上，因而也太神秘。及至到了这个山川外县，在我极度想家的时候，听到他那亲切悦耳的乡音，我才恍然明白过来，画像上的这个人物，就是乡亲们多次讲起的润之先生。韶山冲的老头儿。眼下，他正在北京的中南海里做事！

请不要责怪我对伟人太不恭敬。获得这个认识，对我至关重要。日后，我提起笔来，写他与乡亲们的乡谊，写他与乡间兄弟子侄们的亲情，写他的故乡情结。假如毛泽东是一尊神，我将如何下笔呢？

对于历史人物，人们尽可以评说他的历史功过。在乡亲们的心目中，毛泽东是一位了不起的大英雄。他建立了丰功伟业，影响了二十世纪中国和世界历史的进程。但他的口音一直没有变。乡亲们对此极为重视，以为你没有忘记他们。冲着这一点，他们就永远也不会忘记他！

1986 年冬天，我得到一册人民出版社出版的《毛泽东书信选集》。我发现其中有不少信是写给韶山冲的乡亲的。比如，老木匠张有成，种田的行家里手文涧泉，私塾先生毛宇居，小学校长赵浦珠……他们都收到过毛泽东的亲笔信。令我惊喜不已的是，这些人我都认识，且熟悉。其中有一两位，还和我家有点转弯抹角的亲戚关系。他们是怎样和毛泽东相识相知，并且建立起亲密的友谊的呢？这引起我极大的好奇。春节，家父来我这里过年。家父从乡办中学的教学岗位上退休好几年了。父子俩聊天，自然谈到了他们。家父比我更熟悉，还知道他们的许多闲闻轶事。于是萌发了我一个写作计划：写毛泽东和他的亲朋故旧的故事，也写中南海和韶山冲这两种反差极大的生活氛围，毛泽东和他的朋友们是怎样和谐地糅合在一起的。

然而，我迟迟没有动笔。写作者对生活事物的描摹，需要有文学的积累与咀嚼。

1991 年春天，我因事去北京。一次，和冯抗胜同志聊天，顺便讲起我的计划。冯抗胜同志时任解放军文艺出版社的第二编辑室副主任。一年前，她编发过我一部长篇报告文学《魂系青山》。一位很热情，也很有见解的编辑同志。北京人听韶山土话，比较费劲，也不知她是否完全听清楚了我的意思，只见她手一扬，说："你写吧。写了，我们还给你出！"冯抗胜同志当啦啦队了。回到长沙，《湖南文学》主编王以平等先生找我约稿。我也讲了这个拟议中的计划。他们很爽快，说："写了，先抽一部分在我们刊物上发表！"再回到韶山，在车站碰上赵启存同志。他曾在我的母校湘潭三中（后来叫韶山二中）当过党支部书记。那会儿，他担任韶山地方志办公室主任。他把我带到"志办"档案室，指着满满两屋子档案说，你可以摘抄，也可以复印！有这么多朋友的支持和鼓励，我别无选择，只能背水一战了！

我把这一组作品题为《桑梓地》。毛泽东当年离家出走时，曾借用日本青年政治家西乡隆盛的诗，写在留给他父亲的字条上，其中有"埋骨何须桑梓地"之句，我便转借过来了。作品在刊物上发表最初篇章的时候，我写了几句卷头语：

> 那年我十二岁。乡谚说，小娃子记得千年事。然而，过了四十余年之后，当初一些极为深刻的印象，现在也变得模糊起来。于是，我们的这些故事，便在"似与不似之间"。

我的意思是，《桑梓地》不是信史，这是一部乡土文学作品。因为我补充了许多生活细节，是个人视角下的独立写作。我本着“大事不虚，小事不拘”的原则，描绘乡亲们的音容笑貌，刻画他们的勤劳坚韧与忠厚善良，同时着力书写湘中丘陵区的山风和地气。这便是我写作这一组作品的动力。可以这么说，这部作品是我对故乡高天厚土的一次虔诚的礼赞！

作品在省内外文学刊物陆续发表。这时，也发生了一些有趣的事情。1992 年冬天，毛岸青、邵华两位同志来长沙，约我去见面。邵华说，您写的《桑梓地》，我们看了好几篇，岸青也看了，“很真实，很生动，感到亲切”。又比如，《诗友》最初发表的时候，主人公是“端五先生”。生活中的“端五先生”姓蒋，名端甫。端甫先生的儿子，一位业已退休的小学校长，看了《诗友》之后，托家父捎来口信：《诗友》写的是他父亲，很逼真，他很感谢。如果今后正式出版，希望将他父亲的名字恢复过来。如果有必要，他可以将毛泽东主席写给他父亲的亲笔信影印件寄来，插印在文章中间，以增强其效果。对于这些热情的故乡人，包括其他篇章主人公的亲属们，他们也提供了许多极为生动的生活素材。他们的深情厚谊，我至今铭感于心。

1993 年 12 月，八一出版社以《红墙里的桑梓情》为题结集出版，《人民日报 · 海外版》也以《毛泽东的乡亲》为题，于 1993 年 12 月 11 日至 31 日全书节选连载。

2021 年夏天，一个偶然的机会，编辑张伟珍同志读到这些作品，十分感兴趣，并推荐给她的同事。在人民出版社领导同志的大力支持下，我将这些作品收集起来，重新整理修改，增加了后来写的一篇，以《韶山冲往事》为题，呈献给各位读者。期待知音，也欢迎批评指正。

作　者

2022 年 4 月 20 日

附　录

人是他作品的中心

——读张步真《桑梓地·诗友》

孙武臣

从我过去读张步真的《老猎人的梦》，到现在读他的系列小说《桑梓地·诗友》(载《湖南文学》1991 年第 12 期)，悠悠十年。然而，他仍在走自己的路。他始终把刻画人物性格作为作品的中心点，而且是将揭示人物心灵的美好作为基调的。写人——刻画人物的性格、画出人物灵魂，是文学中最难的课题，一个古老而又崭新的课题，是一个永远不能穷尽、永远不能全部攻克的课题。文学史证明：谁相对攻克多一些，谁的成功就大一些。只有那些畏惧上路，吃不得跋涉之苦的作者，才会以“吃不到葡萄说葡萄酸”的口吻，贬损它的强大生命力。张步真给自己选择了这条难走的路。不能说他已是个了不起的成功者，然而，他一步一个脚印地探索着，而且不断有新的收获，这足以告慰自己了。

张步真写人物不是那种只以人物为线索，重在提出和剖析社会问题的写法，而是将社会矛盾作为人物的背景，注重在社会矛盾的作用下去揭示人物的性格内涵。《诗友》这个短篇小说以一个学生的视角，摄取了一个乡村私塾先生一生中几个重要片段的际遇命运，完成了一个性格的塑造。作者通过许多具有典型性的情节与细节的描写，使我们窥见到端甫先生——这个在偏僻闭塞乡村特殊环境下私塾先生性格的多侧面。他虽然意识到“新学将来可以拿文凭”，“可以出去搞事”，但更深刻的理解便很寥寥。他虽然倾向新学，宣称自己所办学校只教新学，不教国学。但环境、阅历和文化教养，都决定了他并无新学知识和本领。国文课，他只能领读“来来来，来上学。去去去，去游戏。”算术课，只会教打算盘。以致“我”到国立二小插班读三年级时，还不会列加减乘除的横竖式，以后考大学也因数学不及格而落榜。上音乐课，他不识谱，只是跟乡里老先生一样学吟诗。由于“旧的那一套根深蒂固，新的东西又一下子接受不了”，解放后他就“很难适应新型人民教师的工作”。不能受聘成了使端甫先生“仿佛一下子苍老了许多”的很痛苦的事。

端甫先生平时不大关心政治，然而，他却不乏正义感和民族气节。当他的故乡韶山来了日本鬼子，冲里许多有文化的人都外出躲兵，他却不走，还在自家堂屋里办了个学堂。当日本鬼子找他，想利用他在乡间的声誉，增加日本帝国的教学内容，这个本是毫无朝气的私塾先生，仿佛是一位顶天立地的英雄了！他一边走出教室，保护了学生；一边严词拒绝了片山长官的无理要求。他捍卫了一个正直中国人的尊严。这位铭记大成至圣先师古训的乡村学人，再也无法讲究“非礼勿为”了，再也顾不上斯文了，跳脚大骂远去的日本鬼子：“禽兽，衣冠禽兽！”这一反常之举，正是他性格在特殊境况下发展的显现。

端甫先生是毛泽东主席的朋友。他也许不知道毛泽东是怎样领导革命胜利的。然而，润之先生在他们冲里搞农民调查时，与他一起谈诗“谈得很投机”的情景，以及润之先生“讲仁义，重感情”的思想品德，他是永远铭记的。因此，当开国大典后的第二天，他就草成四首诗寄润之先生了。几个月后，毛泽东回信给他：“端甫先生：承惠祝辞，极感盛意。谨此致谢，并颂教祺！”他以能有毛主席这样的诗友而感到骄傲。然而，他却从不以此为自己捞取什么。圣洁的友情，绝无半点世俗污染。当他暂时不明缘由，和一些不宜做教师的人一起，不被聘为教师时，他的确情绪极为沮丧。人们劝他给毛主席写信，他也曾这样想过，但他终究没有写。这里作者没有拔高端甫先生的形象，而是写他基于古云：“同志为友，或曰同党为朋”的教诲。他说：“我和润之先生相交时，我们谈得最多的是诗。他没有跟我谈共产主义，也没有邀我加入共产党，我们便不能称为朋。这么多年来我没有信仰共产主义，没有合志同方，亦不能称为友。我们只能算个诗友。现在润之先生居九五之尊，仍然记得我这个草民诗友，也就很不简单了。如果我写信向他诉苦，他会很为难。当然，他也许会念旧情，向区里发个令，料想区里是不敢打折扣的。这样，我的问题解决了，而对润之先生，是很有累于他的清德的。于我，则会有攀龙附凤、倚仗权势之嫌。”作者活活画出了相当数量的中国老知识分子的心灵世界，也使我们思索中国文化怎样铸就了这样一些懂得尊人爱人，也懂得自尊自爱的性格。端甫先生是平凡的，甚至现在或许有人会认为他还有点“迂”，但他绝对不“腐”。他是个“有点精神”的那种人。那以后的日子，他愈见窘迫。在“文化大革命”中，如果不是他的三儿子用毛泽东的那二十多个字的回信，击退前来洗劫的红卫兵，端甫先生是断然活不到一九七〇年代末的。但他认为老三太功利、太世俗，心中总是愧疚不已：“这怎么对得起润之先生呀！”尽管作品在描写铸就端甫先生这一典型性格时，尚有不够厚重不够充分之憾，但这一性格的力量却震撼着我们的心灵，也穿透着社会现实生活。

屠格涅夫说：“我从来都没有凭想象来创造人物，我必须有一个活生生的人作依据，才能塑造人物。”我坚信端甫先生形象的塑造，一定是作者基于一个生活原型，但他的典型性却是对生活原型的概括、提炼和加工(其中特别重要的，如这篇小说一样的富有生命力的艺术细节的补充)。端甫先生形象的成功，一定会给这种读来颇有散文真实韵味的小说写作带来有益的经验。

（原载《文艺报》1991 年 1 月 25 日）

（孙武臣：文艺评论家，曾任《文艺报》文学评论部主任、鲁迅文学院副院长）

淡墨写真情

——读《桑梓地》系列小说

周蕴琴

张步真同志是一位文风质朴的作家，他的作品以白描勾勒见长，较少大写意、大渲染的重彩浓墨。无论是写景、抒情、铺陈细节还是刻画人物、交代时代背景，他都十分吝惜笔墨，一招一式，都有自己的章法——大白话式的表现手法。但由于观察思考生活、攫取题材有独到的眼光，又得益于扎实的生活基础，所以作品的韵味沉实而鲜明，有独特感人的艺术魅力。我曾经编发过张步真三十余万字的作品，并拜读过他散见于其他报刊的许多佳作。读他的作品，我有一种感觉，仿佛置身于爽朗的秋野，天空明净高远，裸露的土地坦荡坚实，成熟的果实丰盈饱满，一种无任何渲染的明朗厚重朴实，强烈地裹挟着心绪，于表面的宁静淡泊之下，却有内里的情感潜流回旋……读他最近问世的《桑梓地》系列小说，这种感受尤为强烈。

《桑梓地》系列小说全部取材于作者的家乡韶山冲。自从“东方红，太阳升”唱遍全中国的时候，这个位于湘中地区的小山冲便闻名世界了，因为它是毛泽东主席的桑梓胞衣之地。张步真是毛泽东的小同乡。他奶奶的娘家“和毛润之家只隔一条田垅”，正宗的老乡亲。所以他有写这《桑梓地》得天独厚的优势。

党的十一届三中全会后，拨乱反正，毛泽东走下了神坛，恢复了一个真正的伟大人民领袖的光辉与尊严。伴随着近些年兴起的“毛泽东热”，众多描写毛泽东的作品问世，毛泽东这东方巨人在世界上和中国人民心目中威望愈高，也愈加亲切了。在这一特定背景中来撰写这一组《桑梓地》系列小说，作者或许有他的政治眼光和文学匠心，但不能说不包含着作为韶山冲的乡亲，对自己山冲里走出去的伟人的一片挚爱之心——“毛泽东是家乡的光荣与骄傲”。

既然同一题材的作品已有许多，《桑梓地》的创作便面临一个难题：如何才能不落窠臼？我认为，作者是巧妙地借用一个湘人的市俗俚语：“淡吃（音 qiā）”来作为《桑梓地》的艺术表现手法的。湖南人对于某些大事没有被看重，便谓之为“淡吃了”。作者的“淡吃”，当然不是那个意思，而是欲深故浅，欲重故轻，欲大故小，写不起眼的小人物，从侧面迂回表现，用极平直通俗的乡村语言。

《桑梓地》计划写十五篇，目前已问世七篇。在这七篇作品中，除《诗人的夜晚》之外，所有的主人公既不是毛泽东本人，也不是韶山冲里出去的跟随毛泽东南征北战的重要人物，而是几个最普通不过的乡村百姓：毫不显眼的乡下老汉、唱花鼓戏的乡村艺人、教私塾的老先生、普通农妇，最大的官儿是一个生产队长，真是名符其实的小老百姓人物谱。而且这些人物日出而作，日落而息，在那山旮旯里为生计而劳碌，并无什么惊人的壮举，似乎也与革命无缘，芸芸众生而已。但造物主使他们降生在韶山冲，成为了毛泽东的乡亲，于是在领袖与这些小老百姓之间，便发生了一些不凡的且十分有趣的故事。于是，在作者仿佛漫不经心，轻松自如，说白道古般的款款叙说中，溅出乡情亲情人情与严酷的政治斗争糅杂、磨砺的火花，流露出领袖与人民血肉交融的浓郁情感，小人物发光了，同时又烘托出毛泽东伟岸亲切的身影。

在这一组人物中，佑木匠、端甫先生、大阿公是三个特别鲜活可爱的人物。

《乡韵》中的佑木匠张有成，是毛泽东“儿时同放牛，同戏水，很要好的童年伙伴”。佑木匠年轻时因木工手艺好，在当地很有名气，开着一爿木作坊，家道尚丰。由于他在一九二七年担着极大的风险，在白狗子的眼皮底下机智地掩护了毛泽东——他的石三兄弟，又把开木作坊的本钱五十块光洋送给他，以致后来家道衰落了。佑木匠实在是为革命作出了巨大的贡献。如果按照“高、大、全”的创作手法，不知要作如何的渲染铺排了。但是，作者却写得很“淡”。“一个行善积德的老汉，没有半句高境界的语言”，他掩护毛泽东的动机不过是：“石三兄弟和我一同长大，他比我天分高，读了一肚子书。他有难处，我能不管吗？那次，他若被枪兵捉去，说不定就没命了。人常说，救人一命，胜造七级浮屠。见死不救，天不容哩，雷火劈哩！”“韶山冲里有一句乡谚：亲愿亲好，邻愿邻安。”他对毛泽东倾囊相助，也只是说："你都带上。俗话说，穷家富路。出门在外，事事处处要用钱。至于我，一把斧头在手，饿不着的！"他认为保护石三兄弟不过是尽了一个朋友、乡亲应尽的本分，从来没有对别人夸耀过，以至解放后毛泽东派高头大马接他到北京相会，引起了乡里的种种猜测。他也是一份农民式的眼光："是呀，没有办法呀，石三兄弟执意要我去！"好像是至亲好友之间最寻常不过的探访而已。作者呈献给读者的是一个泥土般实在的老木匠。唯其实在，更显得血热情深，格外感人。

《诗友》中的私塾老师端甫先生则是另一种典型的人物。他和润之先生只见过两次面，以后两人有些文字之交，对润之先生是十分的景仰，对小儿子借毛主席的信躲灾避祸，认为太功利、太世俗，亵渎了这份洁净如水的情谊。

《过激派阿公》中的大阿公李漱清，是一个闲居乡间的乡村老知识分子，他为革命痛失亲子，得到毛泽东的殷殷眷顾。这份情愫虽然淡淡着笔，读来却是十分亲切感人。

这些鲜活的人物，是浓缩了中国老百姓的形象。在他们身上，体现了忠厚质朴、善良正直、重乡情人情等传统美德。作为单个的人，他们是微不足道的，但千千万万的聚合，便形成了中国革命的坚实基础。毛泽东与乡亲的情谊，实则就是领袖与人民之间的情谊。作者仍然用"淡"处理的手法，成功表现了一代伟人对韶山父老乡亲的殷殷深情。

当毛泽东在佑木匠的掩护下脱险后，接过佑木匠塞给他的沉甸甸的五十块光洋时，"毛润之激动起来了，说：'有成哥，感谢你一番好意。这钱是木作坊的本钱，我拿十块吧。全部拿走了，你的木作坊要开不成了！'”当佑木匠执意要给他时，“毛润之的眼也潮湿了。他握着佑木匠的手，说：‘这钱，今生今世，我要加倍地还你！'”果然言而有信。解放后毛泽东邀请佑木匠到北京相会，诙谐地说：“有成兄，你那个木作坊，我可赔不起。至于每天二两老白干，我还是管得起的啰！”于是，每月五十元汇款，直寄到老木匠一九六〇年病逝，用的是毛泽东自己的稿费。没有豪言壮语，共和国主席恪守“滴水之恩，涌泉相报”的中华民族的传统美德，因而毛泽东的形象也十分亲切感人。

毛泽东对自己亲戚的要求是严格的。对于要求出来参加工作的唱花鼓戏的小表弟（《馈赠》），他送了一箱子马列著作。只是这“金不换”的馈赠，李哥受益不多，却将他的老婆培养成了一个公社党委书记，栽桃得李的意外结果颇耐人寻味：领袖的亲情实在是高层次的革命的同志式的亲情。

表达领袖的伟大襟怀着笔颇淡，但分量最重的是中篇《最后的蓝长衫》。私塾先生谭世瑛，与毛润之是曾在东山学堂“打通铺”抵足而眠的老学友。当年，毛润之是由于谭世瑛的父亲谭咏春先生的力荐，才得以进入曾培养出许多名人的湘乡县东山高小学堂的。咏春先生对于毛润之有过知遇之恩。但是，谭世瑛是个十足的“迂夫子”。受苦人出身，却对土改、镇反运动中的大是大非问题分辨不清。借大旗作虎皮，酸气十足，一再干扰土改运动。他的大儿子、儿媳是国民党特务，双手染有共产党人的鲜血，是肃反镇压的对象。

但谭世瑛却以为人情大于法，信奉“朝廷有人好做官”的封建社会的金科玉律。因此，他直闯“金銮殿”告“御状”，将他的老学友、共和国的主席推到了情与法的矛盾之中。然而，情与法是水火不相容的。知遇之恩，学友之情，毛泽东是怎么也不会忘记的。而“他对人的价值的关心，常常放在目标价值的背后”，他怎么可能为一己之私谊而循情枉法？于是，毛泽东一方面殷勤款待老学友，送他住院治眼病，让人陪他逛京城，不让他回乡，以避开儿子儿媳被枪毙的感情冲击，不要在革命的疾风暴雨中迷航转向，再跌跤子，用心何其良苦！另一方面又用乡下人能够接受的道理劝解于他：“世瑛先生，我们家乡有一句乡谚：儿大不由娘。又说，崽大爷难做。做父母的，只能生他的身，不能生他的心……所以我劝你，儿女们的事，你不要去管。据我看，你想管也管不了。”殷殷之情，溢于言表。作者并没有将毛泽东处置这一事件的过程详写，只是读者从一些细节描写中去揣摩，因而扩大了读者的思维空间。其实，毛泽东将乡情人情、秉公执法和不徇私情这样一些中华民族的传统美德，和谐地糅合在一起的雍容大度的伟人胸襟已经跃然于纸上，令人掩卷难忘。

无疑，《桑梓地》的创作是成功的，张步真以淡墨为表，深情为里，以至这一组小说如醇良美酒，后劲绵长。写淡容易，淡而深便需有真功力。张步真生长于农村，又在湘东连云山区度过了多年时光。几十年的耳濡目染，与农民的甘苦与共，使得他了解农民，熟悉农村，沉实质朴的泥土味已然植骨入髓，所以他写的乡亲们是长袖善舞，挥洒自如。《桑梓地》作为一部毛泽东外传，在中国的革命史和文学史上，也许会留下很有价值的一笔。但通读 7 篇作品，觉得《诗人的夜晚》脱出了作者独有的风格，用了较重的笔力和较为奔放的感情渲染，来表达一代伟人与故乡的父老乡亲三十二年后重逢的动人情景。虽然其中不乏许多真切生动的细节描写，但也觉得内在韵味不足。这或许是我个人的一管之见，未必贴切。

总之，我和许多读者一样，怀着热切的心情盼着《桑梓地》的续篇问世。我想，作者是不会使我们失望的。

（原载《理论与创作》1992 年第 4 期，收入《湖南当代文学评论选》，湖南文艺出版社 1996 年版）

（周蕴琴：《洞庭湖》文学杂志主编、岳阳市文联副主席）

评　说

刘起林

张步真在一九八〇年出版了第一个短篇小说集《追花夺蜜》，一九八三年出版中篇小说集《老猎人的梦》，一九八五年出版短篇小说集《远处，传来沉闷的枪声》；陆续创作于八十年代末，而在一九九三年结集出版的韶山题材中短篇小说集《桑梓地》，则体现了张步真整个创作生涯的最高成就。

（摘自《“文学湘军”的演进与格局》（上），原载《求索》杂志 2017 年第 2 期）

（刘起林：文学博士后，河北大学教授）

责任编辑：张伟珍

图书在版编目（CIP）数据

韶山冲往事 / 张步真 著 . — 北京：人民出版社，2022.6
ISBN 978 – 7 – 01 – 023931 – 6

I. ①韶…　II. ①张…　III. ①散文集 – 中国 – 当代　IV. ① I267

中国版本图书馆 CIP 数据核字（2021）第 246483 号

韶山冲往事
SHAOSHANCHONG WANGSHI

张步真　著

人民出版社 出版发行
（100706　北京市东城区隆福寺街 99 号）

北京盛通印刷股份有限公司印刷　新华书店经销

2022 年 6 月第 1 版　2022 年 6 月北京第 1 次印刷
开本：710 毫米 ×1000 毫米 1/16　印张：24
字数：200 千字

ISBN 978 – 7 – 01 – 023931 – 6　定价：96.00 元

邮购地址 100706　北京市东城区隆福寺街 99 号
人民东方图书销售中心　电话（010）65250042　65289539